べんけい飛脚

一

寛政二年十二月十六日（一七九一年一月二十日）、明日は大寒である。二十四節気の冬は、この大寒で仕舞いである。

「ことさら今日は、寒がきついようです」

朝の掃除を終えた下足番の鴇蔵《ときぞう》が、出かけようとするあるじに話しかけた。

五尺七寸（約百七十三センチ）の上背がある鴇蔵は、やわらと剣術を得手《えて》としている。あるじに話しかけながらも、周りへの目配りに抜かりはなかった。

七代目浅田屋伊兵衛《あさだやいへえ》は、わずかなうなずきで鴇蔵に応《こた》えた。

天道《てんとう》は四方に陽光をまき散らしている。なかの一筋は、浅田屋江戸店《えどだな》の玄関先にも降り注いでいた。

　しかし地べたに届く前に、凍えが陽のぬくもりにまとわりついているらしい。鴇蔵が口にした通り、今朝の凍えはきついようだ。伊兵衛が吐き出した息は、口の周りで白く濁った。

「昼までには戻ってくる」

「はい」

　大きな背を丸くした鴇蔵は、返事をしたのちも周囲に目を走らせた。

　伊兵衛が羽織った厚手の綿入れはキツネ色。雪駄《せった》の鼻緒《こ》は焦げ茶色《ちゃいろ》の鹿皮《しかがわ》で、刺子《さしこ》仕上げの足袋は深紅である。

　雪を思わせる純白の襟巻きを胸元で重ね合わせてから、伊兵衛は浅田屋の玄関を出た。

　竹ぼうきを手にした鴇蔵は、伊兵衛が往来に出るまでわきに従っていた。

　浅田屋の前を南北に通る大路は、加賀様通りと呼ばれていた。道幅二十五間（約四十五メートル）もある往来は、加賀藩の手で道造りの作事がなされていたからだ。

　外様《とざま》ながら百万石の禄高《ろくだか》を誇る加賀藩上屋敷は、敷地が十万坪を大きく超えている。浅田屋玄関前の加賀様通りは、上屋敷正門へとつながっていた。

大路を渡る前に、伊兵衛は加賀藩上屋敷のほうに目を走らせた。

行列が向かってくる気配はなかった。分かってはいても、往来を渡る前に上屋敷の方角を見るように、伊兵衛の身体《からだ》が勝手に動いた。

向きを元に戻した伊兵衛は綿入れのたもとに右手を入れて、持ち歩き暦を取り出した。

寛政二年十二月十六日。

壬戌《みずのえいぬ》。

厚紙で拵《こしら》えた懐中暦の、本日の記述である。居室を出る前に見てはいたが、いま一度、陽の当たる往来で確かめた。

去年の十二月二十日、加賀組三度飛脚の頭《かしら》だった弥吉《やきち》が命を落とした。

いま伊兵衛が向かっている先は、湯島天神である。暦を見て念入りに確かめたのは、今日が戌《いぬ》の日であることだった。弥吉は戌年の生まれで、湯島天神境内からの眺めを好んだ。

わざわざ戌の日を選んで出向いているのは、弥吉への手向けだった。

ふうっ。

暦をたもとに仕舞い、一歩を踏み出したところで伊兵衛は吐息を漏らした。

本来ならば弥吉の一周忌法要を盛大に執り行いたいところである。しかしそれは、かなわぬ願いだった。

伊兵衛の重たい気持ちをからかうかのように、湯島天神に向かう道は明るかった。

寺社と武家屋敷が多い一角で、どの屋敷も高さ一間半（約二・七メートル）の塀で敷地を囲っていた。

加賀藩上屋敷の長屋塀は、見事な純白の漆喰《しっくい》仕上げとなっていた。

前田家に対して、格別に意地を見せているわけでもないだろう。しかしこの一角の寺社も武家屋敷も、塀は土ではなく漆喰仕上げとしていた。

冬の低い陽差しは漆喰壁を照らし、壁に弾《はじ》き返された光は、地べたを明るく照らしていた。

高台にある湯島天神に向かうには、男坂と女坂のふたつの参道があった。

伊兵衛は男坂を行った。弥吉が好んだ坂だったからだ。

「男坂の踊り場にある茶店のまんじゅうは、餡《あん》の甘さが格別だ」

江戸から金沢に帰る折には、弥吉はかならずこの茶店の茶まんじゅうを携行した。

伊兵衛も弥吉に倣《なら》い、茶店に腰をおろした。

「これはまた、浅田屋さんがどういう次第でてまえなんかに？」

茶店の親爺《おやじ》はひと目見ただけで、伊兵衛が浅田屋当主だと見て取った。土地では浅田屋のほかに苗字帯刀《みょうじたいとう》を許された町人はない。毛氈《もうせん》も敷いていない縁台に腰をおろした伊兵衛を見て、親爺が目を見開いて驚いたのも無理はなかった。

「あまりに陽差しが柔らかだったもので、つい天神様目指して足が動きましてなあ」

当たり障《さわ》りのないあいさつを口にしたあと、伊兵衛は焙《ほう》じ茶とまんじゅうを注文した。

「ほんとうに、うちのまんじゅうでよろしいので？」

親爺は語尾を上げて確かめた。

「こちらのまんじゅうの餡は美味《うま》いと、うちの飛脚が褒めております」

一度賞味をしてみたかったと、伊兵衛は応えた。

「その飛脚さんは、金沢の弥吉さんで？」

親爺の顔が一気にほころんだ。

伊兵衛がうなずくと、親爺は一歩を詰めた。

「もうかれこれ一年ほどお見えになりませんが、弥吉さんはお達者でしょうな？」

親爺の物言いは、親身で弥吉の達者を願っていた。

「息災にしております」

このうえは、もう答えない……伊兵衛の物言いが、親爺にそれを告げていた。察しのいい茶店の親爺は、軽い会釈《えしゃく》を残して奥に引っ込んだ。戻ってきたときには、分厚い湯呑《ゆの》みとまんじゅう二個が載った菓子皿を持っていた。

「お口にあいますように」

親爺は余計なことを言わずに引っ込んだ。

伊兵衛は湯呑みを両手で包み込んだ。分厚い湯呑みを通して伝わってくる、焙じ茶のぬくもりが心地よい。

茶をひと口すすったあとも、しばし手に包んでぬくもりを味わった。

男坂を吹き上がってきた風が、立ち上る湯気を揺らした。

まんじゅうも蒸《ふ》かし上がって間がないらしい。手に持つと、皮の底には蒸籠《せいろう》のぬくもりが残っていた。

伊兵衛はまんじゅうをふたつに割った。

「あのまんじゅうをふたつに割るとよう。色艶《いろつや》のいい餡から、甘みたっぷりのにおいがにじみ出してくる。食う前から、口のなかは生唾《なまつば》だらけになるぜ」

飛脚仲間と車座になったとき、弥吉は静かな声でまんじゅうの美味さを褒めた。帳場で番頭と差し向かいになっていた伊兵衛の耳にも、弥吉の声は届いた。

まんじゅうにひと口をつけた伊兵衛は、餡の美味さに正味《しょうみ》で舌を巻いた。

おまえが達者であったときに一緒に口にして、美味さを語り合ってみたかった……。


江戸組・加賀組が命がけで働いたことで、去年の師走《しわす》に国許《くにもと》から密丸《みつがん》を江戸まで運び入れることがかなった。密丸は、みごと前田家を窮地から救った。

しかしその道中で、弥吉を失った。

のみならず、老中松平定信《まつだいらさだのぶ》の恨みを買う羽目にもなった。

いまも浅田屋は江戸と金沢とを結ぶ飛脚御用を加賀藩から請け負っている。

加賀藩の手前、いかに老中といえども浅田屋に手出しはできないでいた。あれ以来、道中で一度も、賊の襲撃を受けたことはなかった。

「浅田屋飛脚に仇《あだ》を為《な》すことは、前田家に弓を引くも同然の所業である」

公儀の耳に届く声で、前田家はこれを告げてくれていた。

幸いにも、飛脚に変事は生じてはいなかった。が、伊兵衛の動きを見張る目は、二六時中つきまとっていた。

やわらと剣術に秀《ひい》でた鴇蔵は、加賀藩が伊兵衛警護のために差し向けていた。

弥吉は公儀隠密《おんみつ》に手痛い一矢《いっし》を放った張本人である。

その者の一周忌法要を盛大に執り行うのは、老中に歯向かうと宣言するも同然の振舞いだ。

老中を本気で怒らせたりすれば、浅田屋はもとより、前田家にも甚大《じんだい》な迷惑を及ぼすことになる……それを案じたがゆえに、伊兵衛は弥吉の一周忌法要を思い止《とど》まった。

許してくれ、弥吉。

甘い餡を、伊兵衛は苦い思いとともに味わった。

舌に残った餡の甘味を、熱い焙じ茶で喉《のど》に流し込んだとき。

「旦那《だんな》様とぜひとも話をさせてほしいと、小松屋《こまつや》さんがお見えです」

来客を告げにきた鴇蔵は、気配を感じさせぬまま伊兵衛の背後に近寄っていた。

二

「ご都合のほどをおうかがいもいたさず、勝手に押しかけてしまいました」

十二畳の客間で伊兵衛と向き合った小松屋善吉《ぜんきち》は、詫《わ》びの言葉を幾度も重ねた。

庭に面した客間には、障子戸越しに陽の明かりが差し込んでいる。伊兵衛の表情も、はっきりと見て取れた。

「火急《かきゅう》の御用がおありだと、鵜蔵からうかがいましたが？」

気をつけて口を開いたつもりだったが、伊兵衛は不機嫌さを隠しきれずにいた。

「まことに厚かましいお願いを申しあげまして……」

肩をすぼめた小松屋は、言葉の尻尾《しっぽ》が消え入りそうだった。

小松屋は何代にもわたって浅田屋が付き合ってきた、本郷の道具屋（書画骨董《こっとう》屋）である。

去年の暮れに仕上がった離れの調度品も、多くは小松屋が扱っていた。

「道具の目利《めき》きでは、京の服部堂《はっとりどう》と本郷の小松屋が抜きん出ている。うちで求める道具は、このどちらかに限りなさい」

浅田屋代々の当主は、これを跡継ぎに言い伝えてきた。

小松屋にとっても、浅田屋は前田家に次いで大事な得意先である。当主善吉が軽々しく面談を求めてきたりしないのは、伊兵衛も充分に承知していた。

火急の用というからには、相応の大事を抱えているに違いない。

今年の四月から、善吉は国許の金沢に戻っていた。急ぎ伊兵衛に会いたいというのは、金沢で極めつきの道具類を手に入れたからに違いない……小松屋が待っていると告げられたとき、伊兵衛はこう判じた。

普段ならば、上機嫌で浅田屋にとって返し、小松屋と向かい合っただろう。伊兵衛はひとに負けない道具好きだったからだ。

しかし今日は違った。

わざわざ戌の日のおとずれを待って、湯島天神に向かっていた。茶店から浅田屋に戻ったのでは、弥吉の供養《くよう》という大事を果たせぬことになる。

さりとて小松屋を待たせて湯島天神に向かい、急ぎ参詣《さんけい》をすませたのでは弥吉にも小松屋にも不義理をなす気がした。

すまない、弥吉。

口を開く前に、伊兵衛は茶を含んだ。しっかり口の中を湿しておかないことには、言葉の尖《とが》りを消せない気がしたからだ。

茶を呑み込む伊兵衛を、善吉は肩をすぼめたまま見詰めていた。

「金沢からは、いつ帰られましたのか？」

口調が穏やかさを取り戻していた。

「ついさきほど、五ツ（午前八時）前に帰り着きました」

板橋宿を明け六ツ（午前六時）に出た善吉は、足を急がせて本郷まで帰り着いた。足をすすぎ、身なりを調えただけで、内湯にもつからず浅田屋に顔を出したと、善吉は一気に話した。

「善吉さんがそれほどまでに急がれたのは、よほどの道具でも持ち帰られましたのか」

伊兵衛はさきほどまで抱いていた屈託も忘れて、善吉に問いかけた。

「手に入れましたのは、道具ではなく書き物でございます」

善吉は持参した風呂敷《ふろしき》包みの結び目に手をかけた。両手で固結びをほぐしてから、善吉は風呂敷を開いた。

書き物五冊が姿をあらわした。

善吉は一冊も手に持とうとはせず、真っ直《ます》ぐな目で伊兵衛を見た。

「七代目は、前田家五代目綱紀《つなのり》様のことには通じておいでですか？」

「いや、大して分かってはいません」

伊兵衛は即座に答えた。

浅田屋は代々が加賀藩前田家の御用手伝いをうけたまわってきた。なかでも国許と江戸とを結ぶ飛脚便は、浅田屋の屋台骨をなしていた。

浅田屋当代は、前田家当代に従うこと。

浅田屋の家訓第一には、こう書かれていた。

当代以外は必要に応じて書物から学べばいいがゆえ、五代藩主前田綱紀のことに伊兵衛はさほどに通じてはいなかった。

「ここに持ち帰りました五冊は、いずれも五代様に付き従いました者がしたためたと思われる、いわば日記のようなものです」

善吉は声の調子を落とし、部屋の周囲を気遣うような素振りを見せた。

「なにか、気がかりでも？」

いぶかしんだ伊兵衛は、思わず身を乗り出していた。

「前田家五代綱紀様は、まことにご長寿であられました」

「八十二で大往生を遂げられたと聞いています」

伊兵衛が口を挟むと、善吉はわずかにうなずいた。

「五代様は徳川家八代将軍吉宗《よしむね》様と、深いかかわりをお持ちでした」

かかわりというよりは、吉宗が綱紀を深く尊敬していたようだと善吉は付け加えた。

「吉宗様が綱紀様を大事にされましたのは、当時の諸藩藩主のだれよりも年長者であられたからです」

吉宗が八代将軍に就いたのは享保《きょうほう》元（一七一六）年である。吉宗は八代に就く折りに、元号を正徳から享保へと改元した。

享保元年、吉宗は三十三歳。綱紀はすでに七十四の高齢だった。

「外様大名ではありますが、吉宗様は綱紀様を後見人とお考えであられたようです」

「綱紀様が後見人ですと？」

驚きのあまり、伊兵衛の声が裏返っていた。

両者の間が親密との風説は聞いたことがあった。が、よもや後見人とは！

うなずいた善吉は、居住まいを正した。

「吉宗様のお孫様が、ただいま老中筆頭でおいでの松平定信様でございます」

定信の名を口にしたとき、善吉は周りの様子をうかがった。去年の密丸運びにかかわるあらましを、善吉は呑み込んでいた。離れで用いる道具手配りの際、伊兵衛はあらましを話した。小松屋を知恵袋として信頼していたからだ。

松平定信が浅田屋に対して存念を抱いていることも、善吉はわきまえていた。

「吉宗様が綱紀様を深く敬《うやま》っておいでであるのを、こころよく思わないご老中がおいででした。今は吉宗様のお孫様が浅田屋さんに意趣をお持ちですが、七十三年前には綱紀様に対して当時のご老中が思うところを抱え持っておいででした」

因縁めいた事柄の数々が、この日記五巻に記されている……。

善吉は詳しい話を始める前に、五冊を横一列に並べた。

享保便覧　巻ノ壱
享保便覧　巻ノ弐
享保便覧　巻ノ参
享保便覧　巻ノ四
享保便覧　巻ノ五

題はいずれも享保便覧とされていた。が、表紙の色も、書かれた文字も、冊子の綴《と》じ方のいずれもが、五巻それぞれに大きく異なっていた。

善吉は享保便覧巻ノ参を手に取り、真ん中近くを見開きにした。

「のちほど、存分にお読みいただけば分かることですが、綱紀様の参勤交代行列は、まことに大所帯だったようです」

善吉が手にした巻ノ参は、参勤交代木曾路《きそじ》往来の子細《しさい》を書き留めた一冊だった。

「綱紀様が道中、退屈なされませぬように、行列には軽業師《かるわざ》や道化師、万歳師《まんざい》までも加わっていたようです」
「軽業師……ですか……」
伊兵衛はあとの言葉に詰まっていた。
巻を閉じて五冊を重ね直してから、善吉はいま一度、居住まいを正した。
「書かれている内容からも、綱紀様のきわめてお側近《そば》くにいた者が筆者に加わってい
る……そう判じることができます。そして持参いたしましたこの五巻を、てまえは金
沢で何度も何度も読み返しました。二度目の読み返しを終えたとき、てまえは五巻す
べてを浅田屋さんにお届けしたほうがいいと感じました」
湯呑みを手に持ち、善吉は音を立てずにすすった。
「三度目の読み返しは、二度目以上に念入りにいたしました。読み終えましたときに
は、この五巻の届け先は浅田屋さんのほかにはないと確信いたしました」
強い口調で言い切った善吉は、膝《ひざ》に載せた両手に力を込めた。
「五巻執筆の目的は、御公儀と前田家の間柄に摩擦が生じたとき、熱冷ましとして書
き起こされたものです」
善吉はいささかのぶれた様子も見せずに断言した。

三

伊兵衛は思わず部屋の周囲に目を走らせた。なにごともないのを確かめて、ふうっと小さな吐息を漏らした。

途方もないことを善吉は言い切った。

伊兵衛と善吉が向き合っている客間には、余計な耳目の入り込む余地はない。そのことを伊兵衛は疑ってはいなかった。それを分かっていながらも、伊兵衛は思わず部屋を見回した。

「小松屋さんの言われることを、ゆえもなしに疑うつもりはない」

声の調子を一段落とした伊兵衛は、上体を善吉のほうに乗り出していた。

「いまこの場で小松屋さんが言われたことは、五巻のどこかに書かれていますのか」

「いや、一行もそんなことは書いてはありません」

善吉は強い口調で即答した。

「ならば摩擦の熱冷ましうんぬんは、小松屋さんのお考えですな？」

「そうです」

善吉は両手に力を込めて答えた。

「あんたはさきほど、御老中松平様が、うちに意趣を抱いておられると言った」

伊兵衛は承知のうえで、小松屋をあんた呼ばわりした。

「申し上げました」

善吉は顔色も動かさずに応じた。

「ならば小松屋さん、この便覧は、前田家に二心なきのあかしとして書かれたと考えているのですな」

「そうです」

善吉の両目にも強い光が宿された。

「だったら訊《き》くが、そんな大事な五巻をなぜ前田様ではなしに、うちに持ち込んできたりするんだ」

伊兵衛の口調が尖り気味であるのも無理はなかった。

摩擦の熱冷ましとして公儀に差し出すためにしたためられた五巻……善吉は自分でそう言い切った。公儀に差し出すとすれば、それは前田家からである。そんな大事な書物を浅田屋に持ち込むのでは、話の筋が通らない。

善吉は背筋を張って、伊兵衛の尖った口調を受け止めた。

「七代目がお知恵を巡らせられれば、前田家と御公儀の間が緊密になります」のみならず、定信と浅田屋との間柄も改善されるに違いない。

「綱紀様が亡《な》くなられた享保九(一七二四)年から、今年で六十六年が過ぎました」

つつがなく六十七年目を迎えるためにも、いまこそこの五巻を生かすことだ。

この五巻を精読し、そのうえで産み出す伊兵衛の知恵に前田家および浅田屋の安泰がかかっている……。

善吉も声の調子を落としていた。

外は木枯らしが舞い始めたらしい。

障子戸越しに差し込む冬日が揺れた。

七ツ(午後四時)の鐘が浅田屋に流れてきたときも、伊兵衛はまだ善吉と一緒にいた。

が、部屋は八畳間に移っていた。善吉の話は長引くと察するなり、掘炬燵《ほりごたつ》のあるこの部屋に移ってきたのだ。

「吉宗様がいかほど綱紀様を大事に思っておいでであったかは、この五巻の随所に逸話として子細が書かれております」

掘炬燵には幅一間（約一・八メートル）、奥行き半間（約九十センチ）もある、樫板《かしいた》の卓が載っている。五巻を横に並べると、大きな卓がいきなり狭くなった。

善吉は四つに畳んでいた半紙を伊兵衛の前に広げた。

八代将軍　徳川吉宗様
寛延四年没　享年《きようねん》六十八
御老中　水野《みずの》忠之《ただゆき》様
享保十六年没　享年六十三
儒学者　室鳩巣　むろきゅうそう　殿
享保十九年没　享年七十七
儒学者　林鳳岡　はやしほうこう　殿
享保十七年没　享年八十九

半紙には四人の名が記されている。儒学者室鳩巣と林鳳岡は、かな文字の読み方が添え書きしてあった。

「吉宗様を含めまして、ここに書き出しました四人は、いずれも存命中の綱紀様と深いかかわりをお持ちだった方々です」

伊兵衛は半紙を手に持ち、四人の没年を見比べた。いずれも享保九年に没した綱紀よりも後である。

わけても吉宗の没年は寛延四（一七五一）年と、四人のなかではもっとも後《のち》まで生きた。

「綱紀様は、まことに気性のはっきりした藩主でした。とりわけ晩年の綱紀様は……」

善吉は茶をすすった。あとに続く言葉を思ってのひと口だった。

「老いの一徹《いってつ》とでも申しましょうか、御公儀を相手に大きなもめ事を幾つも作りだしておいででした」

一度言い出したことは、なにがあっても引っ込めない。その頑固さが、公儀とのもめ事を頻発させることになった。

綱紀が真っ向勝負の相手にしたのが、享保二年当時の老中水野忠之だった。

「室鳩巣殿も林鳳岡殿も、ともに吉宗様がことあるごとに意見を求められた儒学者です。そしてご両名とも、綱紀様とも深いかかわりをお持ちでした」

「深いかかわりですと？」

伊兵衛は思わず声を高くした。

将軍に仕える儒学者といえば、学者の頂点に立つ者である。いかに百万石前田家当主とはいえ、将軍御用達《ごようたし》の学者となにゆえあって深いかかわりを持つことができたのか。

儒学者と付き合いのない伊兵衛は、つい声を高くして問い質《ただ》した。

「七代目もご承知とは存じますが、綱紀様はまことに学問と書籍収集を大事になさる殿様でした」

綱紀没して、はや六十六年が過ぎている。しかし長き歳月を経たいまでも、綱紀が収集した数を超える図書は、徳川御三家といえども所蔵してはいなかった。

「綱紀様のご本好きは、わたしでも知っていることだが、それと林……」

言いかけた伊兵衛は、不意に善吉の話の先が読めた。

「吉宗様が八代将軍の座に就かれたのは享保元年だが、綱紀様が諸国から本を集めておられたのは、それよりもはるかに昔からだったはずだ」

「そうです」

善吉は鷹揚《おうよう》なうなずき方をした。

伊兵衛は構わずに思い浮かんだ話を続けた。

「この没年一覧で一目にできたが、綱紀様も林鳳岡先生、室鳩巣先生も、いずれも歳《とし》が似通っておいでだ」

吉宗に仕える前から、綱紀は林や室と交遊があったということか……伊兵衛が問うと、善吉は嬉《うれ》しそうな顔でうなずいた。

「林鳳岡先生は……」

善吉も伊兵衛に倣い、学者を先生と呼んだ。

「吉宗様以前は、四代家綱《いえつな》様、五代綱吉《つなよし》様にも仕えておいでです。林先生と綱紀様は、五代将軍の時代から深い親交をお持ちでした」

善吉はまるで我が恩師を語るかのように、林鳳岡の話を始めた。

「お読みいただけばお分かりになるでしょうが、吉宗様と綱紀様は、どちらも相手を深く深く敬っておいでです」

将軍と外様大名が、これほど相手を信頼し、相手の人柄を高く買っているのは希有《けう》なことだと善吉は考えていた。

「綱紀様がお隠れになったあとにはお家騒動まで起きております。しかしそんな大事を引き起こしながらもお取り潰《つぶ》しに遭わずに済んだのも、つまりは吉宗様が綱紀様を深く信じておいでだったからでしょう」

加賀騒動は善吉の言う通り、前田家改易《かいえき》にも至らずにことが治まった。しかしすべてが片付いたのは、綱紀没後から三十年も経た宝暦四（一七五四）年のことである。

「聞けば聞くほどこの五巻は前田家に留め置くべきものだと思うのだが」

伊兵衛の物言いは浅田屋七代目当主としての威厳に満ちていた。

「これはほかならぬいま、浅田屋さんのお手元にあるべきものです」

善吉から笑みが消えた。

「松平定信様は、いまもって前田家と浅田屋さんへの見張りの目を解いてはおりません。七代目も、そのことはご承知でしょう」

善吉の物言いには、半端《はんぱ》な言い逃れを封じる強さがあった。

「松平様は吉宗様のお孫様にあられます」

吉宗の聡明《そうめい》な血は、定信にも色濃く流れているというのが世評である。

松平様は知恵者や知恵比べが大好きだそうです……善吉は耳にしたうわさを明かした。

「松平様が思わずうなるような思案を七代目が思いつかれたら、きっと御公儀との間のぎくしゃくが失《う》せます」

前田家が真正面からこの五巻を提出したら、きっと公儀は身構える。

うまく運ぶ話も、それで頓挫《とんざ》しかねない。

しかし浅田屋が、搦手《からめて》から知恵比べを仕掛けるならば……。

「この五巻、ひとまず預からせてもらいます」

伊兵衛の発した言葉に、善吉は卓の向こう側であたまを下げた。

四

ゴオオーーン……。

寛政二年十二月十六日の四ツ（午後十時）を告げる鐘が、障子戸を通り抜けて伊兵衛の居室に届いた。

仕舞いの鐘で、しかも冬場の深夜だ。鐘は昼間よりもひそやかに響いた。

二張りの遠州行灯《えんしゅうあんどん》が、黒い卓の両端に置かれている。紙越しのほのかな明かりが、伊兵衛の手元を照らしていた。

やはり間違いはない。

伊兵衛から独り言がこぼれ出た。

独り言をつぶやくのは、歳を重ねたことのあかし……伊兵衛の胸にこの言葉が突き刺さったのは、つい先日のことだった。

「達者なように見えても、あんたも相応に歳を重ねているようだな」

伊兵衛に向かってこれを言い放ったのは湯島天神下の呉服屋、香林坊堂《こうりんぼうどう》当主の吉《きち》右衛門《えもん》である。近頃の江戸で日増しに評判を高めている加賀友禅《かがゆうぜん》の卸元《おろしもと》だった。

伊兵衛と吉右衛門は、本郷の碁会所で碁盤を挟んで向き合う格好の碁敵同士だ。自陣の石に威勢が失せたときの吉右衛門は、容赦のない辛口を放った。

まったくあのひとは、物言いに加減というものがない……伊兵衛は胸の内でつぶやいた。

ざっと眺めた享保便覧五巻の中に、加賀友禅にかかわる記述が出てきた。そのことで思いはしばし香林坊堂へと寄り道した。

加賀には古くから加賀染があった。藍色《あいいろ》・あかね色・黒色などの無地染で、なかでもあかね色の美しさは格別だった。

「加賀様のお供があごに結んでいる紐《ひも》の色味は、江戸でもふたつとないぜ」

加賀藩の行列を御府内で目にした江戸っ子は、加賀あかねの色味に見とれた。

吉宗が将軍に就いた享保時代以降は、従来からの加賀染に加えて、加賀友禅が評判になった。綱紀が将軍家に加賀友禅を献上したことが端緒となり、一気に評判が御府内に広まった。そして江戸の大尽たちは、競い合って加賀友禅を求めた。

『新たな加賀特産品を江戸に広めたいとの思案をお持ちであられた綱紀様には、加賀友禅の評判よろしきを大いに喜ばれた』

巻ノ壱にはこう記されていた。

綱紀が将軍家に献上した友禅は、色使いの鮮やかさが際立《きわだ》っていた。白地に臙脂《えんじ》色《いろ》・紅色・藍色・緑色などが、巧みなぼかしの技法で染められていた。

色味の鮮やかさに見入った吉宗は、染めの名を問うた。

「加賀友禅にござりまする」

応えた綱紀は、莞爾《かんじ》として微笑《ほほえ》んだ。

咄嗟《とっさ》に吉宗の前で思いついた名称だった。が、加賀友禅という語句の響きは、色味の鮮やかさと見事に釣り合っていた。

「これが将軍様からお褒めを頂戴《ちょうだい》した、加賀友禅にございます」

香林坊堂の手代は、日本橋の呉服屋の番頭に加賀から取り寄せた友禅の反物を見せた。

わずか一年で、香林坊堂江戸店は二百匹（四百反）を卸すほどの評判を呼んだと、巻ノ壱の記述にあった……。

独り言が、伊兵衛の思案を横道に逸《そ》らせた。

火鉢の鉄瓶を手に持ち、急須《きゅうす》の焙じ茶に湯を注いだ。夜の茶は、胃ノ腑《いふ》にやさしい焙じ茶と決めていた。熱々の茶を口にしたことで伊兵衛の思案が脇道《わきみち》から元の道に戻ってきた。

伊兵衛が享保便覧を眺めて気づいたこと。それは、享保便覧は綱紀没後に編纂《へんさん》されたのではないかということだった。

それを確かめるために、伊兵衛は五巻をざっと見比べた。

やはりそうだ。

享保便覧はどの巻も、何人もの筆者の手で書かれていた。

どの筆者も、読みやすい楷書《かいしょ》でしたためていた。崩さない楷書の角張った文字は、書き手のくせが表に出にくい。

が、なかにひとりだけ、文字が極端に右上がりになっている書き手がいた。

横一文字に引けばいい数字の『一』が、大きく右上に跳ね上がっている。こんな楷書の書き方をする者は、ひとりしかいなかった。

巻ノ壱では、筆遣いが何人も変わったのち、五人目に右上がり文字の記述が出てきた。将軍家御用学者林鳳岡にかかわる記述だ。

綴《つづ》りをめくり、次の記述を探した。

「室鳩巣……」

次もまた御用学者にかかわる記述である。室鳩巣の生年が書き始めに記されていた。

その記述の末尾に目を走らせたとき。

「なんとっ」

もはや香林坊堂吉右衛門に「独り言をつぶやくのは……」と辛口を言われようとも、知ったことではない。

伊兵衛は、もう一度林鳳岡の記述から読み直しを始めた。

「林鳳岡　はやし　ほうこう

寛永二十一年十二月、江戸に生まれる。延宝八年に林家を継いだのち、徳川家四代将軍家綱様から八代将軍吉宗様まで、五代にわたり将軍家に仕えた」

なかでも五代綱吉と八代吉宗には重用されたと記述は特筆していた。

そして林鳳岡の末尾には、綱紀と林鳳岡とのかかわりが記されていた。

「綱紀様は公私にわたり、林鳳岡殿とは交誼《こうぎ》を結ばれていた。歳が近いことが、綱紀様のよろしき話し相手となったゆえんであろう」

幾度となく、綱紀と公儀との間を取り持ったと記述は続いた。

綱紀は一本気・頑固な気性ゆえ、老中の指図にも従わぬことが多々あった。その折りには林鳳岡が間に立ち、綱紀の思いを将軍吉宗にじかに伝えた。

記述はここまでで、どんな思いを吉宗に伝えたのかは、言及されていなかった。

読み直した伊兵衛はしかし、子細記述のなきことには頓着《とんちゃく》しなかった。林鳳岡の記述には、伊兵衛は充分に満足していたからだ。

つぎに伊兵衛は室鳩巣の記述部分を開いた。

「万治元年二月二十六日、谷中村《やなかむら》に生まれる。十五歳の春より、本郷前田家上屋敷に仕える。綱紀様は室殿の才を高く買われ、京の木下順庵《きのしたじゅんあん》師の門下生として送り出された。江戸に戻ったのちは、正徳元年に新井白石《あらいはくせき》殿の推挙を得て、公儀儒学者となる。徳川家六代将軍家宣《いえのぶ》様、七代家継《いえつぐ》様、八代吉宗様の三代に仕え、駿河台《するがだい》に拝領屋敷を与えられた」

ここまで読み進めたところで、伊兵衛の目は数行先の記述を捉《とら》えた。

「享保十九年八月十二日没、享年七十七」

早く確かめたかったのは、まさにこの記述だった。

室鳩巣の没年は享保十九年である。

綱紀は享保九年に没した。

享保便覧は、少なくとも綱紀が没してから十年以上過ぎたのちに、何人もの書き手によってしたためられていた。

浅い眠りゆえの寝返りを繰り返しながら、伊兵衛は思案を続けた。

おのれの発見したことが何を意味するのか。

得心のいく答えに行き着けぬまま、伊兵衛は十七日の夜明けを迎えた。

気持ちは晴れなかったが、冬の夜明けは空の底まで晴れ上がっていた。

この日の朝餉《あさげ》は、伊兵衛の好む玉子焼きと焼き海苔《のり》、それに大根の香《こう》の物《もの》が供された。味噌汁《みそしる》はしじみだ。すべてが伊兵衛好みで調《ととの》えられていた。にもかかわらず、伊兵衛の箸《はし》は一向に進まなかった。

飯を半分食したところで、小僧を呼び寄せた。

あるじの朝餉の場に呼ばれるなど、滅多にないことだ。わけの分からぬ小僧は、張り詰めた顔で姿を見せた。

「いまから小松屋さんに出向き、なんどきであれば出向いてよろしいかと、ご主人の都合をうかがってきなさい」

指図を受けた小僧は、いぶかしげな目で伊兵衛を見た。出向くではなく、出向いてもらうの聞き間違いではないか……浅田屋と小松屋の格を考えれば、先方から出向いてもらって当然である。

「旦那様のほうから小松屋さんに出向かれるのですか?」

伊兵衛は小さくうなずいた。

小僧はその上の問いはせず、すぐさま小松屋へと駆けた。

よほどに駆け足を急がせたのだろう。小僧が戻ってきたとき、伊兵衛はまだ朝餉のあとの焙じ茶と梅干しを味わっていた。

口を開く前に、小僧は息を整えた。ハッ、ハッとせわしない息をしている間、伊兵衛は穏やかな顔で小僧を見ていた。

「いつなんどきでも、旦那様のご都合でお越しくださいとのことです」

小僧はひと息で言い終えた。

「ごくろうさん」

伊兵衛は四文銭三枚の駄賃を小僧に握らせた。十二文の駄賃に、小僧は目を丸くした。

五

「さすがは七代目です」

善吉は伊兵衛の目を見詰めたまま、感服の表情で言葉を口にした。口調にも瞳《ひとみ》にも、いささかも追従《ついしょう》めいたものはなかった。

「てまえも七代目と同じで、右上がり文字の書き手を手がかりにして、五巻の謎解《なぞと》きを進めました」

伊兵衛の膝元に、一冊の綴りを差し出した。善吉は伊兵衛の来訪に合わせて、この綴りを用意したようだ。

『前田家蔵書目録巻ノ二十五』

表題の末尾には【控ノ参】と書き添えられていた。

「綱紀様がお始めになった蔵書の収集は、いまもご家中の方々が続けておいでです」

蔵書目録第二十五巻の裏表紙には、目録の作成年度が記されていた。

明和七庚寅《かのえとら》年四月二十三日。いまから二十年前の、明和七（一七七〇）年作成の目録である。

「どうぞ綴りを開いてください」

善吉に勧められるままに、伊兵衛は目録を手に取り、見開き頁《ページ》に書かれた行数を数えた。

物差しでもあてたかのように、行間隔はぴたりと揃《そろ》っている。

「これを仕上げた右筆《ゆうひつ》様は、よくよく几帳面《きちょうめん》なお方のようだ」

一頁あたりの行数は、どちらも二十七行で揃っていた。

「書き手が几帳面であることは、七代目のおっしゃる通りですが」

伊兵衛は目録を膝元に置き、善吉を見詰めた。

「これを仕上げたのは、前田家のご右筆衆ではありません」

善吉は強い口調で言い切った。

「ならば、どなたが？」

「林家のご門下生です」

伊兵衛から目録を戻してもらった善吉は、綴りの中程を見開きにした。

「これをご覧ください」

見開きのまま受け取った伊兵衛は、指された場所を注視した。

「この文字は……」

伊兵衛の声が上ずっていた。昨夜、何度も見た右上がり文字で、前田家蔵書目録は書かれていた。

「便覧の書き手と、おそらく同じお方だと存じます」

伊兵衛同様に、善吉も享保便覧の全巻に右上がり文字があることに気づいた。そしてなにか別の書物で、この文字を見たことがあると考えた。

おのれの記憶を辿《たど》るなかで、前田家蔵書目録で目にしていたのを思い出した。

膨大な数を誇る前田家蔵書は、目録を手書きではなく摺《す》り物にしていた。善吉はその目録の控えをほぼ全巻、前田家から下げ渡しを受けていた。

享保便覧が作成されたのは、室鳩巣の没後……こう見当をつけた善吉は、宝暦年間以降の目録を調べ始めた。享保十八（一七三三）年の目録のあとは、宝暦二（一七五二）年まで作成されていなかったからだ。

調べ始めてから三冊目で、見慣れた右上がり文字に行き着いた。蔵書目録が、この文字の書き手の素性を明かしてくれた。

「林家のご門下生の何人もが、いまも前田家上屋敷に仕えています」

門下生には蔵書目録を仕上げるのが、大きな仕事のひとつだった。

「享保便覧の作成は、林家ご門下生による前田家への恭順の意を示したものと思われます」

善吉の言い分は、またしても伊兵衛の理解を大きく超えていた。

「林鳳岡殿は吉宗様にも重く取り立てられてきましたが、綱紀様との付き合いのほうが将軍様よりもはるかに長く、しかも濃いものでした」

善吉は、綱紀と林鳳岡がいかに深い付き合いを重ねてきたかを伊兵衛に聞かせた。

「綱紀様の一徹なご気性は、吉宗様にも好まれておいででしたが、御老中方の評判は決してよろしくはありませんでした」

善吉は話を続けるうちに、言い切りが多くなっていた。

「吉宗様ご存命の間は、幕閣が前田家に手出しをしようとしても、それを断じてお許しにはならなかったでしょう。吉宗様は、大きな力をお持ちの将軍でしたから。しかし吉宗様がおかくれになられたあとは、幕閣は前田家に手厳しく接するやもしれないと、鳳岡殿は案じられたのです」

「前田家の殿様や吉宗様が代替わりをしたら、御老中方が厳しく振る舞いかねないと、林鳳岡殿は心配されたのだと？」

伊兵衛がなぞり返すと、善吉は大きくうなずいた。

「前田家と土佐藩の山内《やまうち》家は、このたびのことがあって、さらに昵懇《じっこん》の度合いを深められたのでしょう?」

不意に話を変えた善吉の問いに、伊兵衛は同じ口調でそうだと答えた。

老中松平定信は去年の師走《しわす》に、土佐藩と加賀藩を狙《ねら》い撃ちにしてきた。ともに内室《ないしつ》の具合が芳《かんば》しくなかったがゆえである。内室が命を落とせば定信が藩に口出しをするのは目に見えていた。

金沢から運んだ密丸の効能で、両藩とも大事に至らずに済んだ。そして山内家と前田家は、その後も交誼の度合いを深めていた。

「かつて御公儀は土佐藩に対してまことに手厳しい仕打ちを、十五年の長きにわたり続けました。もちろん善吉さんはご存知でしょうな?」

「知っています」

善吉は公儀の仕打ちを話し始めた。

土佐藩山内家は、加賀藩前田家同様の外様《とざま》である。

関ケ原の合戦時、遠江《とおとうみ》五万石の藩主だった山内一豊《かずとよ》は、徳川家勝ち戦《いくさ》のために奮闘した。

家康は一豊の軍功を大いに称《たた》え、一挙に四倍近く加増させた。

「そなたにはぜひにも、四国の鎮守となってもらいたい」

一豊の戦陣での働きを褒め称えてから、家康は土佐国への移封を命じた。

ここが家康のしたたかなところである。

外様山内家を、家康は信用しなかった。信じていないがこそ、満座のなかで褒め称えた。恥をかかせたら、相手は恨みを抱く。それを知り尽くしていた家康は一豊を褒めた。そして四倍の加増の沙汰《さた》を提示した。

禄《ろく》ある者は任《にん》うすく。

任ある者は禄うすく。

江戸幕府を開いたとき、家康および家康の周りを固めていた知恵者たちは、この考えを基にして大名の篩《ふる》い分けをした。

外様の山内家は「禄ある者は任うすく」だ。四倍加増だが、江戸から遠ざけた。遠ざけたうえで、参勤交代を命じた。出府するだけでも大散財だ。しかも江戸には上・中・下の三屋敷を構えなければならない。この普請《ふしん》にも巨費が入り用だった。

さらに土佐には長宗我部《ちょうそかべ》の残党、一領具足《いちりょうぐそく》が伏せていた。この討伐と江戸出府に要する費《つい》えで、加増分など吹き飛んだ。

山内一豊存命中は、公儀もまだ手荒なことは控えていた。しかし一豊没するなり、牙《きば》を剝《む》き出しにして襲いかかった。毎年、城普請手伝いや材木拠出、さらには討伐出兵などを命じた。土佐藩は米びつが底を突き、大坂の豪商から借金を重ねる羽目になった。

公儀が土佐藩いじめの手をゆるめたのは、一豊没後十五年を過ぎてからだった。なんとか持ちこたえられたのは、土佐藩に何人もの人物がいたからだ。

公儀に目をつけられたら、潰れるまで課役責めの憂《う》き目に遭う……土佐藩が受けた仕打ちを、外様大名は我が事として受け止めた。

なかでも抜きん出た大身《たいしん》外様大名の前田家は、右筆に命じて土佐藩の課役責めの子細を書き留めさせていた。

「林鳳岡殿は、その綴りを精読していたに違いありません。藩にいささかの咎《とが》めも及ばぬように、御公儀と前田家とがいかによろしき間柄であったかを、委細余さず書き留めておくようにと鳳岡殿は門下生に命じたのです」

土佐藩の二の舞とならぬように、鳳岡が編纂を命じたのが享保便覧である。

「便覧の中身の多くに、御公儀と前田家、あけすけに言えば、老中と綱紀様が反目し合っていたことが綴られています」

善吉の言い分に、伊兵衛は首をかしげた。

「御老中と綱紀様が反目し合っていたなどと綴られていたら、決して前田家のためにはならないと思うが？」

「その通りです」

善吉は大きくうなずいてから、しかしながらと続けた。

「御老中方と綱紀様との間に生じた摩擦を、吉宗様がみずから動かれて冷ましておいでです。そのいきさつを細かに書きとどめることで、鳳岡殿は吉宗様と綱紀様が互いに相手を信じていたと明らかにしているのです」

綱紀は深く吉宗を信頼し、尊敬もしていた。

吉宗とて同じだった。

ゆえに前田家に二心《にしん》なし。

鳳岡はこれを後の世の公儀に伝えたいがために、もめ事にもかかわらず委細を余さずに書き留めさせた。

なんのために享保便覧が編まれたか、そのわけを善吉はこう読み解いていた。

考えをすべて話し終えた善吉は、すっかり冷めた焙《ほう》じ茶に口をつけた。

「巻ノ壱を精読すれば、てまえがこの場で申し上げたことをお分かりいただけましょう」

ぜひとも巻ノ壱から読み始めてくださいと、善吉は頼みを口にした。それはもはや、指図に近かった。

「読みましょう」

伊兵衛も強い口調で応じた。

六

十二月十七日、八ツ半（午後三時）過ぎ。

湯船につかって身だしなみを調え終えた伊兵衛は、巻ノ壱を書見台に載せた。

桜材で拵《こしら》えたとっておきの一台で、使うのは前田家から賜《たまわ》った書物を読むときに限っていた。享保便覧こそ、この書見台を使うにふさわしい……そう判じた伊兵衛は、別珍《べっちん》の布で台を乾拭《からぶ》きしてから便覧を載せていた。

大型の九谷《くたに》焼き火鉢が、伊兵衛の真後ろに置かれていた。炭火が長持ちする備長炭《びんちょうたん》がいけられた火鉢だ。

五徳《ごとく》には奥州の南部鉄で拵えた茶釜《ちゃがま》が載っていた。火鉢の灰にしっかりと深く押し込まれている五徳は、茶釜の大きさに寸法を合わせて鋳造した大型である。いつなんどきでも、自分の手で茶がいれられる用意はすべて調っていた。

伊兵衛は、背筋を伸ばして享保便覧巻ノ壱の表紙をめくった。

『享保二年は国許《くにもと》帰国の年である。正月三が日が過ぎるなり、上屋敷の随所で参勤交代行列の稽古《けいこ》が始まった』

巻ノ壱は、こんな書き出しで始まっていた。

享保二年の帰国には、木曾路を使う行程が組まれていた。

江戸上屋敷出発は四月初めの予定である。晩春から初夏にかけての木曾路は、雨も少なくて行列で進むには好都合だ。

加賀藩の大名行列は、総勢四千人を数える桁違《けたちが》いの大所帯である。道中で藩主が投宿する本陣の手配りとともに、行列四千人が泊まる宿を確保するのは大仕事だった。

中山道《なかせんどう》にも木曾路にも、宿場は多数あった。しかし加賀藩の行列全員が投宿できる宿場は皆無に近かった。旅籠《はたご》に泊まるのは上士に限ると、藩は定めていた。しかし上士に限ったところで、優に千人を超えた。

上士といえども、道中はひとり二畳相当の相部屋とすると、細則に明記されていた。

それでも千人の上士の部屋割りには、旅籠が五十軒は入り用だった。下士や小者、武家奉公人は農家に分宿できれば幸いで、多くは野宿を余儀なくされた。

加賀藩道中奉行配下の手配掛は、年明けとともにまだ雪深い木曾路を目指して旅立った。本陣と旅籠の手配りのためである。

享保二年の帰国に際しては、道中奉行はもうひとつ別の難題を抱え持たされていた。

「殿におかれては、江戸にて調達なされた鉄砲七十挺《ちょう》を、すべて国許にお持ち帰りになるお考えである」

公儀に申し出て、持ち帰りの許可を取り付けられたい……この指図が綱紀用人より道中奉行と江戸留守居役《るすいやく》に伝えられた。

新年祝賀宴がお開きとなった直後である。

留守居役は青ざめた。

「調達済みの鉄砲につきましては、国許持ち帰りには細かな定めがございます」

十万石未満の大名は二挺限り。

十万石以上三十万石未満の大名は三挺限り。

三十万石以上は五挺を限りとする。

これが公儀の定めである。

三十万石でも百万石でも、持ち帰れる鉄砲は五挺限り。残りの鉄砲は、いつなんどきでも公儀の査察を受けられるように、江戸上屋敷武器庫に納めておくことと、法度《はっと》に明記されていた。

七十挺すべてを国許に持ち帰るなどは、公儀から見れば沙汰の限りであった。

「いかに殿の強いお指図であられましても、この一件に限りましては、談判の余地はなきものと存じます」

困惑の極みにある留守居役は、返答の途中で舌がもつれた。

「そなたに聞かされるまでもなく、御公儀の法度は承知いたしておる」

用人は苦い顔つきのまま、つぶやくように言葉を漏らした。

「そなたもしかし、殿のご気性は存じておろうが」

綱紀が七十挺を持ち帰ると言えば、六十でも六十九でもない。七十挺が揃わぬ限りは、ことは前に進まないのだ。

「無理を承知で、そなたらに申しつけることだ。なんとしても御公儀に、七十挺持ち帰りを承知してもらいなさい」

用人の指図を、留守居役と道中奉行は息を詰めたまま受け止めた。が、うなずくことはせず、用人を見詰めたままだった。

ここまで読み進んで、伊兵衛は初めて急須に茶釜の湯を注いだ。

よもや巻ノ壱の書き出しから、これほど中身が張り詰めているとは考えもしなかった。

果たして今夜は寝られるのか……。

伊兵衛は茶をすすりつつ、徹夜も辞せずと肚《はら》をくった。

伊兵衛が巻ノ壱を読み終えたのは、十二月十八日の夜明けを迎えるころだった。

朝餉を終えるなり、伊兵衛は小僧を呼び寄せた。

「黒門町《くろもんちょう》の黒焼き屋さんを、おまえは知っているな？」

「知っています」

小僧は即答した。

湯島の坂道を降りきった先の大路に面した一角が黒門町である。黒焼き屋は薬種問屋だ。ヤモリやトカゲ、マムシなどの黒焼きは、老いを示し始めた身体各部の機能回復に特効があるとされていた。

歯の痛みが激しい番頭の忠兵衛《ちゅうべえ》は、ヤモリの黒焼きを常備薬に用いていた。小僧は番頭の使いで、何度も黒焼き屋に出向いていたようだ。

「黒焼き屋さんの真裏にある長兵衛店《ちょうべえだな》に、戯作者《げさくしゃ》の小林雪之丞《こばやしゆきのじょう》さんが暮らしている」

急用があると伝えて、雪之丞を連れてくるようにと小僧に用を言いつけ、四文銭三枚の駄賃を先に渡した。

黒焼き屋の隣には、餡《あん》と皮の両方が美味《うま》いと評判のうさぎやがある。名物のどらやきが一個四文。使いに出た小僧には、どらやきを買い食いするのが楽しみだと伊兵衛には分かっていた。

「行ってまいりまあああす」

小僧は天まで届けとばかりに、声を張り上げてから駆けだした。

四文銭三枚の駄賃は効き目あらたかだった。

小僧は飛び出してから半刻《はんとき》（一時間）少々で、雪之丞を伴って帰ってきた。

「火急のご用とうかがいましたが」

伊兵衛は用向きを話す前に、雪之丞に茶菓を勧めた。雪之丞好みの純白のまんじゅうが、朱塗りの菓子皿に載っていた。

「いただきます」

雪之丞が手を伸ばしたとき、すす払いの物売り声が流れてきた。

師走も半ばを過ぎていた。

七

すす払いが通り過ぎたあとは、来年の暦を売る物売りの声が流れてきた。

わずか半里しか離れていないのに本郷と黒門町とでは、回ってくる物売りからして違う……。


売り声を聞きながら、雪之丞は我が町の裏店《うらだな》と浅田屋とを思い比べた。

黒門町の裏店にも、ひっきりなしに物売りはやってきた。多くは青物や鮮魚、豆腐、しじみなどを売りにくる棒手振《ぼてふり》の声だ。

夏場の名物は、金魚屋の眠たそうな売り声だ。きんぎょおう――と思いっきり語尾の伸びた声を聞くと、こどもたちが路地から飛び出した。

しかしいま浅田屋の客間で耳にした「すす払い」「暦売り」は、いずれも黒門町の長屋で聞くことはなかった。裏店の群れた町には、すす払いを頼むような大店はほとんどない。来年の暦を買う者も皆無である。暦は大事だが、長屋の住人が買い求めるのは安値になった年の瀬の縁日と決まっていた。

ここは加賀百万石の前田家上屋敷のある本郷だ。

町の格を雪之丞はあらためて思い知った。

伊兵衛は口を閉じたまま、静かな目で雪之丞を見ている。

黙っている男が一番手強《てごわ》い。

雪之丞が七歳の夏に急逝《きゆうせい》した父親は、これを口ぐせとしていた。

伊兵衛が口を開かないがゆえ、やむを得ず、遠い昔に父親が口にしていたことを思い返した。

市川團史郎《いちかわだんしろう》を名乗っていた父親は、両国橋西詰めのよしず小屋で小芝居の脇役をつとめていた。

名前が大げさになればなるほど、役者は小さくなる。古くから言われてきた通りで、團史郎は斬《き》られ役、敵役が限りだった。

敵役が大きければ、芝居は盛り上がるという。が、團史郎にその芸はなかった。

大げさなセリフ回しと、声音を上回るほどの過剰な演技。小芝居小屋とはいえ、客の目は肥えている。

「いつまでも舞台に立ってねえで、とっとと斬られちまいな」

「駄目だよ、それは」

「なにが駄目なんでえ」

「團史郎は幽霊になっても、セリフ回しが大げさでうっとうしいからさ」

舞台よりも、客同士のやり取りに小屋は沸き返った。

抑えることができなかった團史郎なればこそ、黙っている男の凄《すご》さを分かっていたのだろう。

大店当主にしか備わっていない威厳が、黙したままの伊兵衛から漂い出ていた。

何用なのか、雪之丞は知りたかった。浅田屋から仕事をもらえるかもしれないと、望みを抱いていた。が、期待が大きいだけに、焦《あせ》るな、口を閉じていろと自分に言い聞かせていた。

この数カ月、雪之丞はほとんど仕事をしていなかった。仕事はしたいのだが、注文がなかったのだ。小芝居の台本は二作仕上げていた。ところが二作とも、わずか十日で芝居は打ち切りとなった。

「もっと客が泣きたくなるように仕上げないと駄目だ。うちの小屋に二十四文の木戸《きど》銭《せん》を払う客は、泣きたくてくるんだ。あんたがしたり顔で仕上げている説教じみた芝居なんぞ、見たいわけがない」

キセルの雁首《がんくび》を灰吹きに叩《たた》きつけた座長は、次が駄目なら出入りを差し止めると雪之丞に言い渡した。

月初払いが決まりの店賃《たなちん》五百文も、今月はまだ払えていない。年の瀬が近づいているというのに、手持ちのカネは小粒銀三粒と、ゼニで二十七文しかなかった。

そのゼニも、いま紙入れのなかでは四文銭五枚にまで減っている。あるじの言いつけで顔を出した浅田屋の小僧に、身分でもないのに、一文銭を七枚もくれたからだ。

ゼニのないときに、どこまで見栄《みえ》が張れるかで男の値打ちが決まる。

これもまた團史郎が常から言っていたことだ。雪之丞は我知らず、亡父のあとを歩いていた。

湯呑《ゆの》みを手にした雪之丞は、注がれた茶を見て驚いた。熱々の焙じ茶が注がれていたからだ。

浅田屋が客に出す茶は煎茶《せんちゃ》のはずだ。

ご当主はおれの茶の好みまで覚えていてくれたのか……湯気の立っている焙じ茶をひと口味わった雪之丞は、湯呑みの内を見てさらに目を見開いた。

嬉《うれ》しいことに茶柱が立っていた。

すこぶるつきの吉兆じゃないか。

目元がゆるみそうになったが、いまは伊兵衛が目の前に座っていた。雪之丞は背筋を張り、懸命に気を引き締めた。

「おいしくて、縁起のいいお茶です」

「それを気にいってもらえればなによりだ」

それをの部分を、伊兵衛は強めに応《こた》えた。

まさか、おれを喜ばせようとして？

茶をすすりつつ、雪之丞は伊兵衛を見た。

伊兵衛は相変わらず、物静かな表情を保っていた。しかし雪之丞は、伊兵衛がことさら無表情であるがゆえに確信した。

茶柱はご当主の指図に違いない、と。

よほどに大事な、しかもひとに知られたくない用向きを切りだそうとしているに違いない……あれこれと思い巡らせた末に、この思案に行き着いた。

「近頃、書き物のほうははかどっていますのか？」

話しかけてきた伊兵衛は、雪之丞の筆を高く買っている口ぶりである。

「おかげさまで、書いても書いても、一向に暇にならない日々を過ごしています」

「それはなによりだが」

言葉の調子を落とした伊兵衛は、眉《まゆ》を動かした。

「なんとも惜しいことだ」

雪之丞は、強い目で伊兵衛を見詰めた。見詰めはしたが、問いかけはせずに踏ん張った。

小僧まで差し向けて呼び出しておきながら、定かな用向きを言わない。そんな伊兵衛に負けてなるものかと、雪之丞は腹に力を込めた。

「年の瀬を迎えようとしているいま、多くのひとがやり繰りのきつさに音を上げていると聞くが」

強く光っている雪之丞の目を、伊兵衛は正面から受け止めていた。

「ひっきりなしに注文が舞い込んでいるなら、このうえなくめでたいことだ」

伊兵衛は尻《しり》をずらし、重ねた足の裏を入れ替えた。

「折り入って、書き物をひとつお願いできればと思ったのだが、なんとも惜しい」

伊兵衛は雪之丞に聞こえるように、ふうっと吐息を漏らした。

「書き物をひとつとは、いったいどういうことなのでしょうか」

落ち着いて話そうと努めているが、雪之丞の声は上擦《き》っていた。

「毎日書き物に追われているというあんたが、中身を訊いてどうする気かね」

本郷の大路を渡る風よりも凍えた声で、伊兵衛は雪之丞の問いを突き放した。

あとの言葉を思いつけないのか、雪之丞は黙り込んだ。

庭の鹿威《ししおど》しの音が、ことさらに響いた。


雪之丞が食い詰めているのは、ひと目で伊兵衛には察しがついた。

着ているのは濃紺木綿の作務衣《さむえ》上下だ。近頃の江戸では、僧侶《そうりょ》でもない者が作務衣を着用することが流行《はや》っていた。

作務衣の上衣は打合せで筒袖《つつそで》だ。前の紐《ひも》をきつく結べば、袖口の広い筒袖は動きが楽になる。しかも下衣は軽衫《かるさん》（半ズボン）に似た拵えで、まことに動きやすい。元来が修行僧の作業着だ、動きがよくて当然だろう。しかも帯だの襦袢《じゅばん》だのが不要で、仕立ても安上がりだ。

最初に作務衣を着用して江戸の町中を歩いたのが、雪之丞同様の食い詰め戯作者だった。

当人にしてみれば、あわせを誂《あつら》えたくてもカネがないという切羽詰まった事情があった。

「庭掃除でもかわやの掃除でも、文句を言わずに手伝わせてもらうから」

知り合いの僧侶に手を合わせて、安値で作務衣を譲り受けた。町を歩いたのも、ほかに着るモノがなかったからだ。

ところが総髪の若い者が作務衣姿で歩くのを見て、年頃の娘たちがたもとを引っ張り合い、目で追った。

様子のいいこと……。

娘が漏らした言葉がうわさとなり、一気に町中に広まった。以来、物書きをこころざす若い者は、競い合って作務衣の着用に及んだ。

雪之丞も濃紺の作務衣に総髪である。

しかし袖口は色落ちしていたし、糸のほつれも目立っている。一着しかない作務衣を、着続けているとしか思えない生地の傷《いた》み方だった。

身なりだけではない。頬はこけているし、顔色もよくなかった。

飛脚の血色がすぐれないと判じたとき、伊兵衛は番頭を呼び寄せた。そしてその日のうちに、飛脚を医者に出向かせた。いきなり診療所を開業したにわか医者と呼ばれる手合いよりも、伊兵衛のほうが診立《みた》ての目は確かだった。

いま目の前に座している雪之丞は、滋養のある食べ物が足りていない顔色だった。

しかし手元のカネに詰まっているはずの雪之丞が、小僧に七文もの駄賃を握らせていたことを伊兵衛は確かめてきていた。

男が見栄を張るのは大事なことだと、伊兵衛は考えていた。

仲間と連れだって飲み食いに出かけたとき、弥吉はただの一度も他の者に勘定書きを持たせたことはなかった。

配下の者たちは弥吉の気性が分かっているだけに、ふところ具合がわるそうなときは先に宿から出て行った。

うっかり残っていたら……。

「メシはまだだろう？」

ゼニに詰まっているはずの弥吉に、外に連れ出されてしまうからだ。

弥吉を気遣って宿から出て行く配下の者。

払いの痛さをおくびにも出さず、夕暮れどきになるとメシと酒に誘い出した弥吉。

伊兵衛はどちらの者も誇りに思った。

しかしいまの雪之丞には、見栄を張り続けるのは荷が重すぎると伊兵衛は断じた。

雪之丞に頼もうとしていることは、なににも増して秘密厳守が肝心である。身に過ぎた見栄っ張りは、伊兵衛の仕事をこなすには害毒でしかない。苦し紛れに、つい口がゆるむのは世の常だった。

伊兵衛は背筋を伸ばし、膝《ひざ》に両手を置いて雪之丞を見た。

「武士は食わねど高楊枝《たかようじ》と言うが、まことに尊いことだとわたしは考えている」

話に戻った伊兵衛の口調は乾いていた。しかし雪之丞の問いを突き放したときの凍えは、すっかり失《う》せていた。

「あんたはうちの小僧に七文の駄賃を握らせてくれたが、まことのところは、いまはあんたのほうがその七文を欲しいはずだ」

食わずに高楊枝を使うのも大事だが、なにごともほどが大事だと伊兵衛は続けた。

「あんたは今日、ふたつの大きなしくじりをおかした」

ふたつがなにかを言い当てられるかと、雪之丞に問いかけた。

「ひとつはカネもないのに、小僧さんに七文の駄賃を握らせたことでしょう」

「その通りだが、それは小さいほうのしくじりだ」

しばしの間、雪之丞は考え込んだ。しかし答えに行き着くことはできなかったようだ。

「教えてください。うかがったことを、肝に銘じます」

雪之丞は上体を乗り出してたずねた。

「忙しくて仕方がないと、わたしに偽りを口にしたことだ」

伊兵衛が手を鳴らすと、すかさず女中が入ってきた。言いつけもしていないのに、茶の代わりを盆に載せていた。

女中がふすまを閉じたところで、伊兵衛は話の続きに戻った。

「あんたに頼もうとした書き物は、わたしにとっては命も同様に大事なものだ」

雪之丞は口に溜《た》まった固唾《かたず》を呑み込んだ。

「話し合いを縁起良く上首尾に運びたくて、わたしは茶柱を立てるように言いつけた。焙じ茶にこめた謎《なぞ》を解いてくれたのはさすがだと感心したが、あとがよろしくない」

伊兵衛は話し合いを滑らかに運びたくて、女中に茶の指図をした。しかし雪之丞は、伊兵衛の気遣いを読み違えて強気に出た。

「小僧を差し向けたのも、あんた好みの茶菓を用意させたのも、すべては書き物を気持ちよく引き受けてもらいたかったからだ」

評判がいまひとつで、すぐに演《だ》し物《もの》が変わったが、あの芝居はよかった……芝居好きの伊兵衛は雪之丞原作の芝居を見に、今年の夏によしず小屋まで出かけていた。

「泉吉《せんきち》という男が肚をくくって泥をかぶっていたが、あの描き方は見事だった。このたびの書き物をあんたに頼もうと決めたのも、あの芝居に流れていた高きこころざしに、響き合うものを感じたからだ」

伊兵衛は雪之丞の筆力とこころざしを買っていた。

そんな伊兵衛の思いを、雪之丞は汲《く》み取ることができてはいなかった。

「男には見栄を張るのも、やせ我慢も大事だ。しかし過ぎたやせ我慢は、もはや美徳ではない。本気で自分を買ってくれようとしている相手には、正味で応えることが肝要だ」

伊兵衛の諭しは、一語一語、雪之丞の胸の奥底に収まったようだ。

「底の浅い見栄を張ってしまいました。てまえの浅慮《せんりょ》を、なにとぞお許しください」

あの戯作一番の見せ所・聞かせ所と、決めていた箇所だった。

浅田屋伊兵衛ほどの大店当主が小芝居小屋に足を運び、しかも余さず肝となる部分を汲み取ってくれていたとは！

評価された喜びと、伊兵衛の眼力に対して覚えた畏怖《いふ》の念……込み上げる昂《たか》ぶりゆえに、雪之丞は言葉を呑み込んでいた。

「雪之丞さん」

「はい」

顔を上げた雪之丞は、潤んだ目で伊兵衛を見た。

「長い書き物を一作、仕上げていただけるだろうか？」

「明日からといわず、今日からかかりきりで、書き進めさせていただきます」

雪之丞は畳についた両手に力を込めた。

「それを聞いて、大いに安堵《あんど》した」

雪之丞を元の姿勢に戻させてから、伊兵衛はまた手を鳴らした。

わずかの間をおいたのちに、ふすまが開かれた。ふたりの女中が、ふたり分の昼餉《ひるげ》を客間に運び入れてきた。

雪之丞の腹が空腹を訴えて正直に鳴いた。

八

伊兵衛の諭しは、雪之丞のこころに深く染《し》みこんだらしい。

「もう一杯……」

「すみませんが、あと一杯」

すっかり素直さを取り戻した雪之丞は、大きめの茶碗《ちゃわん》に四膳《ぜん》もメシをお代わりした。

「このうえ食べると、眠くなりそうですから」

四杯でやめた雪之丞に、給仕役の女中は心底の笑みを返した。

存分に昼餉を味わったあと、濃いめの焙じ茶と甘納豆が供された。

今年の夏、雪之丞の芝居見物に出向いた帰り道、伊兵衛は浅草三筋町に足を伸ばした。榮久堂《えいきゅうどう》が新しく売り出した甘納豆が、大きな評判を得ていたからだ。

走りに命を賭《か》ける飛脚には、軽くて運びやすく、甘味に富んだ菓子は必携品である。伊兵衛は新たな甘味の評判を耳にするにつけ、みずからの口で吟味を続けた。

三筋町榮久堂の甘納豆は、甘さも軽さも飛び切りに秀《ひい》でた菓子だった。

雪之丞が甘味大好きであろうことは、まんじゅうの食べ方からも察せられた。

ところが朱塗りの菓子小鉢に盛られた甘納豆を見るなり、雪之丞は困惑顔を拵えた。

「まことに不作法千万とお感じでしょうが、いまのてまえはもう、ひと粒の甘納豆も口に入りません」

湯呑みには手を伸ばしたものの、雪之丞は甘納豆を見ようともしなかった。

「無理強《むりじ》いをするつもりはないが、存分に昼餉・夕餉を食したあとでも、甘味は別だといわれているのをご存知か？」

伊兵衛は数粒を摘《つま》み、口に運んだ。その食べ方が、まことに美味そうに映ったのだろう。

「それでは、てまえも」

雪之丞も伊兵衛を真似《まね》して、同様に数粒を口に入れた。

ひと粒でも甘味は楽しめる。数粒を一度に頰張れば、豆の美味さが口一杯に広がった。

「あれほどメシを平らげたあとで、甘味をこれほど美味いと感じようとは……」

甘納豆の美味さに驚く自分に、雪之丞は本気で驚いていた。

「前田家五代目藩主の綱紀様は、昼餉・夕餉のあとの甘味をことのほか大事にされておられたようだ」

甘納豆を端緒として、伊兵衛は書き物のあらましを話し始めた。

昼餉のさなかに、伊兵衛は享保便覧五巻すべてを風呂敷《ふろしき》に包んで客間に持ち込んでいた。

綱紀がいかに食後の甘味を大事にしたか。便覧巻ノ壱は、そのことに言い及んでいた。

「享保二年に前田家が江戸から国許に帰国した折り、加賀藩の大名行列がどれほどの規模だったか、あんたに察しはつくか？」

いきなり問いを発せられて、雪之丞は甘納豆を呑み込んで伊兵衛と目を合わせた。

「加賀藩の行列の長きことは、江戸でも知れ渡っています」

つかの間、雪之丞は思案を巡らせた。自分に向かってうなずいたとき、思い切って大人数を言おうと決めたようだ。

「二千人の大行列だったと思います」

雪之丞は算術が得手だった。

「行列の前後の間合いには、馬だの乗物だのが加わってバラバラです」

勘定をしやすくするために、間合いを一尺に均《なら》してみれば……。

「じつに二千尺（約六百メートル）という、途方もない長さになります」

暗算を終えた雪之丞は、悔いているような顔つきになっていた。

思い切って口にはしたものの、二千人の隊列は余りに多すぎたと思ったらしい。

「綱紀様の行列の長さはじつに十八町（約二キロ）に及んだと、この便覧に記されている」

と、伊兵衛は答えた。

「十八町、ですか」

数をなぞることで、雪之丞は途方もない人数の隊列を思い描いているかに見えた。

「十数日もかかる道中、綱紀様が乗物のなかでいかに窮屈な思いをなされたかは、わたしでも容易に察しがつく。享保二年の帰国の折り、綱紀様は七十五というご高齢であられた。身動きできぬ乗物がどれほど難儀であられたことか」

豪華な造りであっても、乗物は狭い。

昼飯後、またあの乗物を使って長い道中が始まるのだ。沈み気味の藩主の気持ちを弾ませるためにも、食後の甘味は大事だった。

「乗物に向かう綱紀様の気持ちを、多少なりとも引き立てられますようにと、道中奉行は腕のいい菓子職人を選りすぐり、行列に加えておられた」

職人は先回りをし、菓子を拵えて藩主の到着を待った……享保便覧巻ノ壱に記されていた事柄を、伊兵衛は雪之丞に聞かせた。

「いま話したことの子細は、この便覧に余すところなく記されている」

便覧五冊を縦積みにしたのち、伊兵衛は居住まいを正した。

いよいよ本題に入ると、雪之丞は察したようだ。伊兵衛同様に、背筋を真っ直《ま》ぐ《す》に伸ばしてあごを引き締めた。

「ここにある享保便覧五巻を下敷きにして、一篇の読み物を仕立ててほしいというのが、あんたへの頼みだ」

伊兵衛が話を区切ると、雪之丞はすぐさま問いを発したそうな顔つきになった。

その雪之丞を、伊兵衛は右手を突きだして押しとどめた。

「あんたの訊きたいことには、あとで答える。いまはひとまず、わたしの言い分を聞いてもらいたい」

「うけたまわりました」

雪之丞は落ち着いた口調で受け入れた。

「読み物がどれほどの長さになろうが、物語のあらすじを組み立てること。

巻ノ壱から巻ノ五までを精読し、物語のあらすじを組み立てること。

全体の筋立てが決まったあとは、どう物語を描こうが雪之丞の勝手次第でいい。

「あんたの筆力を、わたしは買っている。描き方の一切に、口出しする気は毛頭ない」

まだまだ雪之丞との間で煮詰めなければならない事柄は山積みになっていた。

それらに言い及ぶ前に、伊兵衛は謝金を口にした。

「三十両を用意させていただく。取りかかると決めた場で、前払いに五両。仕掛かり途中の半ば払いが十両で、残金十五両は仕上げと引き替えとする。享保便覧を精読する期間も、あらすじを組み立てる期間も含めて、読み物は半年で仕上げてもらいたい」

五両あれば、迫り来る年の瀬も越せるだろうと、伊兵衛は質《ただ》した。

「充分です」

それだけ答えるのが、雪之丞には精一杯だったようだ。

伊兵衛から目を外したあと、菓子鉢の甘納豆を摘んだ。数が多すぎて、指からこぼれ落ちた。


昼餉を済ませたあと、伊兵衛の居室に大型の卓が運び込まれた。

もともとこの部屋には、大きな文机《ふづくえ》の備えはできていた。しかし雪之丞と話を進めるにおいては、街道図や旅籠便覧、さらには金沢城下図など幾つもの刷り物が入り用になるだろう。

大型の卓は、それらを並べて置くための支度だった。

運び込まれたのは四八の卓だった。

幅八尺（約二・四メートル）、奥行き四尺（約一・二メートル）もある特大の卓だ。天板はケヤキの一枚板で、黒漆が重ね塗りされた特上品である。

卓を挟んで伊兵衛と雪之丞は向かい合った。

「さきほどは、わたしの筆運びを買ってもらえたことで、ついつい気持ちが浮かれ気味になりましたが」

静かに雪之丞は口を開いた。

「浅田屋さんはただの酔狂《すいきょう》で、読み物の書き下ろしをわたしに注文されたわけではないでしょう」

雪之丞は両目に力を込めて伊兵衛を見た。

「三十両もの大金を遣って一作を作らせるからには、カネに見合うだけのわけがあるはずです」

取りかかる前にまことのわけを教えてほしいと、強い口調で迫った。

「どんな事情があろうとも、わたしは書き下ろしを引き受けさせていただきます。わけをうかがいたいのは、浅田屋さんの思惑から外れた読み物にはしたくないからです。うかがった話では、この五冊には八代将軍吉宗様と、前田家五代綱紀様とのやり取りが書かれているとのことでした」

念押しするかのように、雪之丞は言葉を区切った。伊兵衛はうなずくことで念押しに答えて、先を促した。

名は通ってはいなくても、さすがは戯作者というべきか。雪之丞は吉宗にとどまらず、前田綱紀にも通じていた。

「綱紀様と吉宗様が互いに相手を敬い合っておられたのを、わたしも耳にしたことがありました。詳しいことが知りたくて、林家の門下生に面談を申し入れもしました」

なんと雪之丞は、前田綱紀と徳川吉宗を主人公にした戯作執筆を考えたことがあったという。

親子というよりも、祖父と孫ほども歳《とし》の離れた綱紀と吉宗が、身分も年齢も乗り越えて交誼《こうぎ》を結んでいた。その形の妙味に惹《ひ》かれて、雪之丞は戯作書き下ろしを思い立った。

小芝居の座長に、林家門下生との面談あっせんを頼み込んだ。が、不調に終わった。戯作者ごときに割けるひまはないと、木で鼻をくったような返答しか得られなかった。

あろうことか、浅田屋からまさに雪之丞が切望した通りの配役で、一作の物語書き下ろしの注文を得た。夢かと頬をつねりたくなるほどに、雪之丞は気を昂ぶらせた。

しかしその気持ちが静まったあとは、大いなる疑問が湧《わ》いた。

なぜ浅田屋は三十両もの大金を投じて、綱紀と吉宗が主役と思われる物語書き下ろしを思い立ったのか。

執筆の下敷きにする五冊の享保便覧は、浅田屋の手で書き起こしたものではなかった。

雪之丞はまだ一冊も読んではいない。

しかし読んでいないだけに、ものが見えて疑問を感じたのだ。

疑問その一

浅田屋が編纂《へんさん》したわけでもない享保便覧五冊が、なぜここにあるのか。

疑問その二

なんのために、だれに読ませようとして前田家・徳川家が絡《から》まり合うような物語を書き下ろさせようとしているのか。

雪之丞は疑問ふたつを口にしたあと、再び両目に力を込めた。

「わたしはいま、食い詰めています。浅田屋さんが約束してくださった謝金は、喉《のど》から手が出るほどに欲しいカネです。ですが浅田屋さん、カネが欲しいだけでこの仕事を引き受けたわけではありません」

自分の筆力を高く買ってくれたからこそ、持てる力の限りを尽くして物語を書く気になった……雪之丞の言い分には、偽りも誇張もなかった。

「書き下ろすからには、だれに読んでもらえるのかをぜひにも知りたいのです。肝をしっかりとわきまえたうえで、浅田屋さんに満足してもらえる一作を仕上げたい。わたしは命がけで取り組みます。なにとぞまことのわけを聞かせてください」

雪之丞は物静かな口調で言い終えた。

伊兵衛は手を鳴らした。

わずかな音だったが、その手を待っていたかのようにふすまが開かれた。

「鴇蔵を」

「かしこまりました」

毎日、ろうそくを塗って滑りをよくしている敷居である。ふすまは音も立てず滑らかに敷居を走った。

九

「この男は鴇蔵だ」

伊兵衛は居室に呼び入れた鴇蔵を、雪之丞に顔つなぎした。

「いろいろと、大事なところで手助けをしてもらっている」

鴇蔵がどんな役割を担《にな》っているのか。短い言葉の顔つなぎだったが、雪之丞には充分に察しがついた。

「あんたが挙げたふたつの疑問は」

ひと息おいてから、伊兵衛は言葉を続けた。

「本気で自分の仕事に取り組む者なら、いぶかしく思って当然の事柄だ」

伊兵衛はキセルを手に持ち、次に雪之丞になにを言うかを思案しながら、銀の太い火皿に煙草《たばこ》を詰め始めた。

刻み煙草の葉は、尾張町《おわりちよう》の菊水《きくすい》に別誂えさせていた。薩摩《さつま》国分《こくぶ》特産の葉で、開聞《かいもん》誉《ほまれ》の名がついていた。

太めに刻んだ葉に、黒砂糖を溶かした焼酎《しようちゆう》を吹きかける。その葉を生乾きにしたのち、包丁で極細に刻んだ煙草だ。伊兵衛はやわらか目に煙草を詰めた。別誂えの極細煙草は、詰めすぎると風味が台無しになるからだ。

「脅しを言うわけではないが、あんたの疑問に答えるということは、もはやあんたには帰り道がなくなるということだが、それは承知のうえでしょうな？」

煙草を詰める手を止めたまま、いまは伊兵衛が雪之丞に念押しをしていた。

「わたしが挙げた疑問の答えを聞かせてもらったあとは、もうこの仕事を断れないということですね？」

雪之丞はあいまいなことは一切言わず、伊兵衛が口にした言葉の意味を確かめた。

伊兵衛はきっぱりとうなずいた。

「もとよりわたしは命がけで物語を書かせてもらう気でいます」

答えたあとで雪之丞はあごを引き締めた。

刻み煙草の先端に、豆粒ほどの火がともった。吸い口を咥《くわ》えた伊兵衛は、気を静めて吸い込んだ。煙草に火が回り、銀ギセルの火皿が真っ赤になった。

吸った一服を、伊兵衛は惜しみながら少しずつ吐き出すと、部屋に黒砂糖と焼酎の混じり合った甘い香りが広がった。

「最初の疑問から答えさせてもらおう」

なぜ浅田屋が編んだわけでもない享保便覧五巻が、四八の卓に載っているのか。

「ここにある五巻とも、うちに出入りをしている道具屋が、金沢で手に入れて持ち帰ってきたものだ」

伊兵衛はなにひとつ省《はぶ》かずに雪之丞に聞かせた。

内室の容態を回復させるため、国許《くにもと》からの密丸運び……伊兵衛はここから話を始めた。この部分を正しく聞かせないことには、話が先に進まないからだ。

公儀隠密《おんみつ》との死闘の末、弥吉が命を落としたことも省かずに聞かせた。

雪之丞は一言も口を挟まずに聞き入った。話が進むにつれて、顔つきがさらに引き締まっていった。

疑問その一の答えをすべて聞き終えたあと、雪之丞はまず伊兵衛を見た。

これほどの秘密を聞かされたからには、知り得たことを他言したり、書き下ろしを途中でやめたりしたら、命を失うのも当然……雪之丞は顔つきで、それを伊兵衛に答えていた。

そのあとで鴇蔵に目を移した。

鴇蔵は眉ひとつ動かさずに雪之丞を見詰め返した。

「疑問その一の答えは、いまの話で得心いただけたようですな？」

「なにひとつ残さず、しっかりと呑み込めました」

伊兵衛の問いに、雪之丞は真正面から返事をした。

「ならば雪之丞さん、あんたが見当をつけている疑問その二の答えを聞かせてもらおう」

伊兵衛は逆に、相手に返答を求めた。

「仕上げた物語をお見せする相手は、御老中松平定信様です」

迷いのない物言いで雪之丞は断じた。

伊兵衛は黙したまま、雪之丞を見詰めている。前田家御用をうけたまわる老舗《しにせ》当主の眼光は鋭い。

雪之丞はしかし、いささかも怯《ひる》まず定信だと判じたわけを話し始めた。

「浅田屋さんはいまもまだ、御公儀隠密とのいさかいが終わっていないはずです。その隠密を浅田屋さんから退かせることができるのは、御老中松平様だけです」

伊兵衛はここまで告げられても、まだ黙したまま相手を見詰めている。

雪之丞は丹田に力を込めて先を続けた。

小松屋善吉は、なにゆえ享保便覧五巻を浅田屋に納めにきたのか？

浅田屋の役に立つと考えたからだ。

ならば、享保便覧のなにが浅田屋の役に立つと善吉は思ったのか。

前田綱紀と徳川吉宗は、互いに相手を敬い合っていた。ふたりの親密な間柄は、五巻を精読すればだれの目にも明らかに映る。

浅田屋は前田家の公用文書を運んで国許と江戸とを行き来する飛脚宿のひとつだ。

前田家は綱紀公の時代からいまに至るも、公儀に対しては従順至極である。

そのことを公儀に分からせるために、享保便覧は編纂された。

享保便覧を下敷きとし、記載史実はなにひとつ変えず、物語を書き下ろす目的とは？

いまだ監視の目をゆるめない公儀に対し、浅田屋も前田家同様に公儀に対しては二心なく、恭順至極であると伝えること。

書き下ろしの目的はこれに尽きると、雪之丞は判じたのだ。

伊兵衛から尋常ならざるきつい目で見詰められても、雪之丞は見立てを変えずに話した。

「ほかに言うことはないのか？」

「ありません。言いたいことは、すべて話しました」

雪之丞の返事に揺るぎはなかった。

目つきを和らげた伊兵衛は、鴇蔵を見た。

うなずいた鴇蔵は座を立った。戻ってきたときには、二合徳利と盃の載った膳を抱え持っていた。

雪之丞は目を見開いて鴇蔵を見た。まさかそんな雑用を、鴇蔵がこなすとは思ってもみなかったのだろう。

固めの盃を交わそうと、伊兵衛は雪之丞に告げた。鴇蔵がみずから運んできたのは、女中まかせにはできない大事な膳だったからだ。

「これを受け取っていただこう」

雪之丞に盃を差し出した。

「ちょうだいします」

受け取った雪之丞は、手に持ったまま伊兵衛に話しかけた。

「盃を受ける前に、申し上げたいことがあります」

雪之丞の物言いがあらたまっていた。

「聞かせていただこう」

伊兵衛は徳利から手を離した。

「浅田屋さんは仕上げに半年と言われましたが、それでは短か過ぎます」

そのわけをひとつずつ、順を追って雪之丞は話し始めた。

「わたしは参勤交代のことも、大名が投宿する本陣のことも、詳しいことは知りません」

前田家といえば、並ぶ者なき百万石の大身大名である。

参勤交代の行列は、いったいどれほどの規模になるのか。

江戸から金沢までの道中は、どの街道を幾日がかりで行き来するのか。

藩主の乗る乗物は、どんな拵《こしら》えなのか。

「それらを知らないことには、薄っぺらな物語になります。そんな仕上がりでは、松平様に得心いただくはおろか、読んでいただくこともかなわないでしょう」

道中すべてを自分の足で歩くのは、到底できる話ではない。しかしせめて江戸から近い宿場を訪ねてみたい。本陣もつぶさに自分の目で確かめたい。

伊兵衛は雪之丞の言い分に、静かなうなずきで応えた。

「あと、どれほどの月日が入り用か？」

「いい加減な見当は言えません」

五巻すべてを素読みし、物語の粗筋を組み立てたあとで見当を口にしたいと、雪之丞は伊兵衛に答えた。

この雪之丞の言い分にも、伊兵衛はうなずきで了を示した。

盃に注がれた固めの酒を、雪之丞は噛《か》みしめるようにして飲み干した。

十

冬の日暮れは訪れが早い。ましてや分厚い雲が空に張り付いているような日は、七ツ（午後四時）ともなれば薄暗さがもう町を包み始めた。

神田川に架かる和泉《いずみ》橋たもとの船宿では七ツどきの鐘を聞きながら、三人の船頭が同じ言葉をつぶやいた。

「こいつあ、めえったぜ」

重たかった空が粉雪をこぼし始めていた。

三人の船頭は空を見上げてぼやいたものの、その後の動きは俊敏だった。

それぞれが七輪を三台ずつ、都合九台の七輪で火熾《ひおこ》しを始めた。二台は客に供する火で、残る一台は船頭が自分の手と身体《からだ》を暖める火に使うのだ。

九台目の七輪がパチパチッと音を立てて、凄《すさ》まじい数の火の粉を舞い上げた。うちわであおいでいた船頭は、身体に向かってくる火の粉を同じうちわで追い払った。

「きれいに炭を洗っとかねえからだぜ」

年長の船頭が小言を口にしたとき。

「深川の平野町まで、猪牙舟《ちょきぶね》を一杯仕立ててくんなせえ」

猪牙舟を走らせてくれと、鴇蔵が頼んだ。後ろには作務衣姿の雪之丞が立っていた。

「平野町のどの辺りなんで？」

火の粉を飛ばした若い船頭が問いかけた。

「亀久橋《かめひさ》たもとの船着き場までいいんだが、にいさんが行ってくださるかい？」

「がってんだ」

うちわの手を止めた船頭は、威勢のいい返事とともに立ち上がった。

「お連れさんも一緒ですかい？」

「ふたり一緒で、こんなところでどうだろう」

鴇蔵は小粒銀四粒を握らせた。

晴れた日の七ツどきなら、和泉橋から亀久橋まではひとり百文で御《おん》の字である。

いまは粉雪が舞う悪天候だが、それでもひとり小粒銀二粒（約百三十四文相当）なら、雪の日祝儀《しゅうぎ》込みだとしても文句はない。

「すぐに支度しやすから、その七輪を一台ずつ使ってくだせえ」

船頭は愛想のいい声を残して、猪牙舟の支度に向かった。

小粒銀の船賃が、よほどに利《き》いたらしい。幾らも待たされずに、ふたりは舟に乗ることができた。

支度が早かっただけではない。舟には座布団《ざぶとん》二枚と薄手の掻巻《かいまき》一着が用意されていた。掻巻は薄着の雪之丞のために調えてくれたものである。

鴇蔵は刺子半纏《さしこばんてん》を羽織っていたが、雪之丞は素肌に作務衣しか着ていなかった。

伊達《だて》の薄着というが、いまから粉雪の舞う神田川を猪牙舟で走るのだ。今日のような厳寒の日は、見栄よりも温《ぬく》もりのほうが大事だった。

乗り込んだあと、舳先《へさき》のほうに鴇蔵が座った。いわば上座だが、雪の舞う日はまともに寒さを浴びる席だ。

「これからは大事な身体だ。風邪でもひかれたら厄介だぜ」

鴇蔵は風よけ役を買って出ていた。

「まさか、こんな運びになるとは……」

雪之丞の物言いには、成り行きに対する正味の驚きが色濃く出ていた。

「あんたの目利きぶりに、旦那様《だんな》が感ずるところがあったからだろうさ」

ふたりが向かう平野町には、浅田屋の寮（別宅）があった。今日から書き下ろしが仕上がるまで、雪之丞は浅田屋の寮暮らしを送ることになったのだ。

鴇蔵が平野町の話を始めようとしたとき、船頭が口で割り込んできた。

「こんな雪模様でさ、のんびり行くのがいいか、雪を蹴散《けち》らしてぶんぶんぶっ飛ばして行くのがいいか、どっちにしやしょう？」

「日暮れ前に着きたい。寒さには構わず、飛ばしてもらおう」

「がってんだ」

答えた船頭は、威勢よく棹《さお》を神田川に突き立てた。

猪牙舟が牙《きば》を剝《む》いて疾走を始めた。

浅田屋の寮は、隅々の普請《ふしん》にまで浅田屋が生きていた。寮は仙台堀に面した南向きで、敷地は二百五十坪である。地べたが潤沢なだけに、建屋を上に伸ばすのは無用らしい。本瓦葺《ほんかわらぶ》きの屋根の大きな平屋だった。寮の周囲には大小取り混ぜて武家屋敷が建ち並んでおり、西国大名の下屋敷もすぐ近くに構えられていた。

その大名屋敷を警護するために、辻《つじ》には武士が常駐する番小屋も設けられていた。町の守りが行き届いており、盗賊の侵入を案ずることはない。ゆえに浅田屋の寮には高い板塀や築地《ついじ》塀はなく、冬でも緑豊かな生け垣で囲まれていた。平屋の母屋《おもや》と納戸《なんど》の建屋には、二百五十坪は広すぎる敷地だ。造園こそされてはいなかったが、広い庭が構えられていた。

仙台堀に面している部屋は、濡《ぬ》れ縁《えん》を構えた十六畳の居間である。真南に向いた居間には、季節を問わず五ツ（午前八時）から七ツ過ぎまで、たっぷりと陽が差し込んでいた。

「今日からあんたがこの寮のあるじだ」

広々とした十六畳間の隅には、掘炬《ほりご》燵《たつ》が設《しつら》えられている。雪之丞と鴇蔵は、炬燵に足を入れて向き合っていた。

「このひとが、今日からメシの支度もしてくれるまかないのかすみさんだ」

鴇蔵が顔つなぎをしたのは、まかない婆《ばあ》さんである。急ぎ炬燵から出ようとした雪之丞を、そのままでいいと鴇蔵は止めた。

「入り用なものは、なんでもかすみさんに言いつけてくれ」

かすみは深くうなずいた。

手の甲にはシミがあり、ひたいには深いしわが刻まれている。髪の毛にも、白いものが目立つ。六十をとうに超えていそうなかすみだが、笑みには艶《つや》がある。笑いかけられた雪之丞は、落ち着かない心持ちになった。

「この雪の中を猪牙舟では、さぞかし身体の芯《しん》まで凍えたことでしょう」

内湯の支度をしますと言い残して、かすみは居間から出て行った。

「内湯があるんですか?」

雪之丞は驚きを隠せなかった。大店《おおだな》の当主でもない限り、内湯を使うなどは考えられないからだ。

「この寮にあんたを住まわせるということが、旦那様の本気ぶりをあらわしている」

分かったかと、鴇蔵は問うた。

得心のいかない雪之丞は、硬い表情を向けた。目の色から察した鴇蔵は、伊兵衛の本気度子細を話し始めた。

「ここは浅田屋商いの肝となるお方に限り、招き入れる寮だ」

春の大横川河岸の花見。

夏の大川川開き花火。

秋の富岡八幡宮紅葉狩り。

冬の小名木川《おなぎがわ》と万年橋を行く雪見船。

四季を通じて、この寮を足場とする物見遊山《ゆさん》が催されてきた。

「あんたがこれから描くのは、加賀百万石のご大身だ。裏店に居着いたままでは、雲上人の暮らしも息遣いも思い描けない」

物語を書いている間だけでも、執筆の肥やしとして寮の暮らしを味わってもらう。

「これが旦那様のお考えだ」

呑み込んでくれたなと、鴇蔵は念を押しした。

「はい」

雪之丞は返事に力を込めた。

「用があれば呼んでくれ。ここはあんたの部屋だ」

どこに詰めているとも言わず、鴇蔵は客間から出て行った。

障子戸を開けば濡れ縁である。炬燵を出て立ち上がった雪之丞は、美濃紙《みのがみ》を使った障子戸に手をかけた。わずかな力で、戸は音も立てずに滑った。

濡れ縁に出た雪之丞は、仙台堀の流れを目で追った。

粉雪が舞う平野町は暮れなずんでいた。

堀の向こう岸には、平屋の民家が建ち並んでいた。

どの家でも夕餉の支度を進めているのだろう。勝手口とおぼしきあたりでは、申し合わせたように薪《まき》を燃やす赤味の強い明かりが揺れていた。

ひっきりなしに堀に舞い落ちる粉雪。その粉雪を割って走る何杯もの川舟。

黒門町の裏店とはまるで違う墨絵のような眺めに、雪之丞は見入った。凍えが居座っているはずなのに寒さを感じていなかった。

上物の炭団《たどん》を使う炬燵は、身体の芯から温めてくれるらしい。

今朝方まで雪之丞は、真冬なのに火の気もない部屋にいた。

わずか半日しか過ぎていないいま、粉雪の舞う眺めに寒さも感じずに見入っている。

内湯。濡れ縁。そして十六畳も広さのある居間。三度のメシの支度をしてくれる、まかない婆さん。

それらのどれとも雪之丞は今日まで縁のない暮らしを送ってきた。

いまはすべてが、自分の手の届くところにあった。

すべては極上の物語を書き上げるための手立てとして、雪之丞に供されていた。

ふうっ。

ひときわ大きなため息をついたが、雪之丞の両目には強い力がこもっていた。

やればいい。書けばいいんだ。

こぶしに握った右手を、左の手のひらに強く打ちつけた。パシンッと強い音が立った、そのとき。

「お湯の支度が調いました」

暗がりのなかで、かすみの声がした。

吉原《よしわら》の大見世で、長らくやりて婆をこなしてきたかすみである。歳を大きく重ねたいまでも、必要とあれば男のあしらいに艶を重ねることも自在にできた。

「雪之丞を大事に扱うように」

伊兵衛からじかに指図を受けたかすみだ。湯加減の心地よさに抜かりはなかった。

戸惑い気味の顔で湯殿に向かう雪之丞を、かすみは廊下の暗がりから目で追っていた。

十一

雪之丞は寮に暮らし始めた初日の夜から、大いに意気込んだ。

とはいえ粗筋を組み立てるには、底本となる享保便覧全五巻を通しで読むことが、ことの始まりだ。

「今夜から丸三日をかけて、しっかりと読み通します」

寮で初めての夕餉の折りに、雪之丞は思案を鴇蔵に告げた。

しかし雪之丞があたまで考えた目論見《もくろみ》は、翌朝にはもろくも崩れていた。

「どうした、雪さん」

朝餉の席で、鴇蔵は軽い口調で問いかけた。雪さんという呼びかけは、鴇蔵が雪之丞を信頼していればこその崩し方だった。

「つくづくわたしは世の中の固く締まった地べただけを歩いていたと、おのれの甘さを思い知りました」

寝不足ぶりが、雪之丞の赤くなった両目にあらわれていた。ものごとには硬い道ではなく、ぬかるみも山ほどあるようですと、気落ちした声で続けた。

「ここにいるのは、あんたとおれだけだ。いまここで、旦那様に言いわけをするわけじゃない。もっと気を楽にして、普通の物言いをしたらどうだ？」

肩に力が入っている雪之丞の気を、くつろいだ口調でほぐそうとしているらしい。

「昨夜は巻ノ壱から読み始めました」

雪之丞は、あぐらの膝《ひざ》に載せた両手に力を込めた。

「巻ノ壱は、前田綱紀様が国許に帰られる享保二年から書き起こされています。鴇蔵さんは、お大名が参勤交代行列の稽古《けいこ》をしていたことをご存知でしたか？」

鴇蔵は首を振った。

「わたしも知りませんでしたが、前田家は本郷の上屋敷のなかに、参勤交代行列の稽古広場を構えているんです」

膝元の湯呑《ゆの》みに手を伸ばした雪之丞は、かすみがいれた焙《ほう》じ茶をすすった。

「前田家の上屋敷は、十万坪を超える敷地を持っています」

「山もあれば谷もあるし、樹木の生い茂る森まである」

森にはタヌキもキツネも、鹿までも棲《す》んでいるはずだと鴇蔵は付け足した。

「前田様の屋敷の森には、国許と同じ樹木が多く植えられている。殿様の気が乗ったときは、屋敷内で国許と同じ狩りもなさると旦那様からうかがったことがある。十万坪とはそういう広さだが、前田様の上屋敷がどうかしたのか？」

「桁違《けたちが》いの広さだと知って、わたしはすっかり度肝を抜かれました」

鴇蔵はあごを動かした。話を先に進めろと、しゃくったあごが告げていた。

「前田様の上屋敷に、わたしを連れて行ってください」

雪之丞は鴇蔵のほうに上体を乗り出した。

「屋敷のなかに山だの谷だのがあることを、わたしはこの目で見たいんです」

参勤交代行列の稽古をする広場も、ぜひとも見たいと強い口調で迫った。

「いまから旦那様にうかがってくる」

鴇蔵は軽い動きで立ち上がった。

「七ツには戻ってくるが、ほかに用はないか？」

「黒門町のうさぎやの菓子を食えば、知恵がよく回ります」

甘い物が欲しいと、雪之丞は言い足した。

「深川にも銘菓はある」

ぶっきらぼうに言い返した鴇蔵は、ひょいっと土間におりた。身体に羽でも生えているのかと思えるほどの身軽さである。

まったく底の知れないとっつぁんだ。

雪之丞は胸の内でつぶやいた。

「聞こえたぞ、雪の字」

鴇蔵は言い残して土間を出た。


「明日の四ツ（午前十時）から一刻《いっとき》（二時間）の間、旦那様が前田家上屋敷にご一緒してくださることになった」

鴇蔵からこれを告げられたとき、雪之丞は心底驚いた。

「明日でいいんですか？」

思わず鴇蔵に問い返した。

今日頼んだことが明日にはかなうなどとは、考えてもみなかったからだ。

「旦那様は、前田家上屋敷には木戸御免も同然に出入りができる」

鴇蔵は気負いもせず、さらりと告げた。

加賀百万石前田家の上屋敷に、鴇蔵の言い分を借りれば「木戸御免」だという。

雪之丞はあらためて、浅田屋と前田家の信頼度の深さを思い知った。

十二月二十日。四ツの鐘が本郷に流れているさなかに、浅田屋伊兵衛と雪之丞は前田家通用口をおとずれた。

通用口とはいえ、そこは前田家上屋敷のことである。商家のような潜《くぐ》り戸《ど》ではなく、鉄の鋲《びょう》打ち細工が施された分厚い門が構えられていた。

門のわきに立っているのは、上背が五尺八寸（約百七十六センチ）もある大男だ。

前田家の門番は、正門も通用門も五尺八寸以上の男で揃《そろ》えられていた。全員、加賀が在所の素性の確かな者ばかりだ。

「おはようございます」

伊兵衛のあいさつを受けた門番は、黙したまま通用口の門扉《もんぴ》を押し開いた。

伊兵衛が先に入り、雪之丞が続いた。

「うわあっ」

雪之丞は、まるでこどものような声を発した。目の前に開けている眺めが、あまりに見事だったからだ。

屋敷の内側は、雪におおわれていた。大した積もり方ではないが、手つかずの雪野原が広がっていた。

前田家上屋敷は、本郷の台地をそのまま使っていた。坂下から坂上までは、二百三十尺（約七十メートル）の高低差があった。そんな地形を地ならしもせず、そのまま使った十万坪である。

屋敷のなかは坂だらけだった。しかも深い谷まであった。

谷の岩肌からは水が湧きだしていたし、真冬でも濃緑の葉をつけた松と杉が谷の周りに植えられていた。

「これが屋敷内とは、とても思えません」

言われた伊兵衛は目を細くした。雪で弾《はじ》き返された陽が眩《まぶ》しいのだろう。

「たとえて言うなら、森のなかでしょうか」

「ここは昔、本郷の森と呼ばれていた」

江戸の好きな場所に上屋敷普請を許諾された前田家先祖は、迷わずこの森を所望したと、伊兵衛は由来を聞かせた。

屋敷の内に森があるわけではない。

森のなかに上屋敷を普請したのだ。

「十万坪もの森を欲しいと申し出たところに、前田家の威信がうかがえる」

伊兵衛のつぶやきに雪之丞が得心していたら、彼方《かなた》から掛け声が聞こえてきた。

ホッ、ホッ、ホッ、ホッ……。

駆け足を補うような、調子のいい掛け声である。

伊兵衛ですら、この声を聞いたのは今日が初めてだった。

「これはまた……」

雪之丞は、またもや息を呑んだ。

藩主の乗物らしきものを担《かつ》いだ昇《か》き手が、驚くほどの速さで駆けていた。

雪之丞と伊兵衛が並んで見ている前を、乗物は一気に走り去った。

漆黒の乗物が、谷を駆け下りて行く。

飛脚宿の当主が雪之丞に初めて見せた、驚きの表情だった。


雪之丞が上屋敷のなかで一番に見たかった場所は、参勤交代行列の稽古場である。

「なにとぞ参勤交代行列の稽古場を、てまえどもに拝見させてくださりますように」

伊兵衛は脇《わき》に雪之丞を従えて、案内役の庶務主事・小田《おだ》徳助《とくすけ》に願いを伝えた。

「案内するのは一向に構わぬが、なにもない草地であるぞ」

それでもよいのかと小田は念押しをした。

「なにとぞよろしくお願い申し上げます」

伊兵衛と雪之丞が深い辞儀をすると、小田は鷹揚《おうよう》にうなずき、先に立って歩きながら案内を始めた。

「我が上屋敷は深山を切り開いて建屋を構えたも同然での。十万坪の敷地内には、いま向かっておる五千坪の草地を除いては、大小取り混ぜて六千三百三十七本の木が植えられておる」

さすがは庶務主事を務める小田である。樹木の数を一の位まで正しく挙げた。

「これらの木々が、しっかりと地中深くにまで根を張っておるでの。地震があろうと何があろうと大地が丈夫なことは、あの御城以上だ」

足を止めた小田は、森の彼方に見える江戸城を指さした。

木立を抜けたら、いきなり空が大きくなった。前方に広大な空き地が開けていた。

「これはまた……」

雪之丞は言葉を失っていた。

なにもない草地だと小田は言ったが、草はなかった。その代わりに、五千坪の銀世界が開けていた。高い土塁《どるい》で四方を囲まれた、なにもない雪の原だ。

「あれが稽古場であるが」

小田は目の光を強くして伊兵衛と雪之丞を交互に見た。

「なにも参勤交代行列の稽古のためだけに、この空き地を拵えているわけではない」

小田は足を急がせて、幅十間（約十八メートル）の切れ間から土塁の内に入った。雪にくっきりと小田の足跡が残った。

伊兵衛と雪之丞も足跡を残しながら小田を追いかけた。

「この空き地を拵えた目的は、大きく分けて三つあっての。いずれも大事な用途である」

感じ入って聞く雪之丞を見て、小田の物言いに熱がこもった。

その一は、もしも屋敷内から出火したときの火除《ひよ》け地としての使い道である。五千坪もある広大な草地には一本の樹木もない。

その代わりに地形を生かした空き地の周囲には、加賀から呼び寄せた作事職人の手で、土塁が築かれていた。

大身大名、前田家の為《な》すことである。土塁とはいえ、並の作りではない。高さは二間（約三・六メートル）もあり、石垣が組まれていた。

万一、屋敷内から出火したときは、土塁の内側に家財道具などを運び入れる段取りである。

少々風が吹こうとも、石垣組の土塁で囲まれた内であれば火を案ずるには及ばなかった。

使い道の二は園遊会の場所として、である。

樹木こそないが、池は幾つも設けられていた。万一の火事の折には、火消し用水の溜《た》め池として使う池だ。池には石橋が架かっていた。

起伏豊かな五千坪の草地は、盛大な園遊会を催すには格好の地所となった。

「途方もない広さの園遊会には、石垣の土塁もまた興を添えておりますようで……」

会に招かれた上屋敷出入りの商人《あきんど》たちは、高い土塁までも褒め称《たた》えた。しかしそれは、あながち世辞《せじ》ではない。

方々に苔《こけ》の生えた石垣は、くすんだ石の色と苔の濃緑とが色味を補い合っていた。

晴れた日には、土塁にも陽が降り注いだ。が、四辺すべてが陽を浴びるわけではない。土塁には日向《ひなた》と日陰ができた。日の当たり加減が、無粋なはずの土塁の石垣を景観にまで高めていた。

草地の使い道その三が、参勤交代行列の稽古場とすることだった。

前田家の参勤交代行列は、他藩では及びもつかない人数となった。

威厳を保ちながら、かつ粛々《しゅくしゅく》と行列を進ませるには、日頃の稽古が欠かせない。

五千坪の空き地があれば、周囲を気にせずに稽古ができた。

金沢と江戸との間には、峠もあれば山道もある。そして雨に風、ときには吹雪と、行列に襲いかかる悪天気は容赦がなかった。

丘あり谷ありの五千坪の地形は、さまざまな状況を思い描いての稽古を進めるにはうってつけだった。


「以上、この草地の三つの用途を呑み込んでくれたかの？」

「まことに前田様上屋敷の桁違いの大きさには、これだけ長くお付き合いを賜っておりましても、てまえは毎度驚かされてしまいます」

伊兵衛が正味の感嘆を伝えていたところに、またしても乗物を担ぐ舁き手の声が聞こえてきた。

ホッ、ホッ、ホッ、ホッ。

先ほどと同じ軽やかな掛け声である。伊兵衛と雪之丞は土塁の外に出て乗物を見た。

黒塗りの乗物はすでに見ていた。しかしいま目の前を走り去ったのは、これまで目にしてきたものとは違っていた。

黒塗りは同じだが、乗物を担ぐ長柄《ながえ》の前から後ろにかけて、一本の赤筋が走っていた。

「このお屋敷には、何挺《ちょう》の乗物があるのでしょうか」

雪之丞は問いを口にした。

「屋敷に備えのある乗物は五挺であるが、いま走り過ぎた乗物は殿がお使いになる一挺だ」

長柄に赤筋の入っているのが藩主の乗物。その他は前田家重臣が使う乗物だった。

禄高《ろくだか》百万石という、比類のない大身大名の前田家である。重臣専用の乗物まで、江戸上屋敷に用意がなされていた。

話が黒塗りに及んだこともあり、伊兵衛はかねてから耳にしていたうわさの真偽を、小田に問う気になった。五千坪の草地の使い道三種を、ていねいに教えてくれた小田である。うわさを確かめても無礼には当たるまいと考えてのことだった。

「小田様に、ひとつおたずね申し上げたいことがございます」

「なんなりと申しなさい」

小田は穏やかな口調で促した。

「お屋敷の内を駆けております乗物の担ぎ手は、いずれも凄まじい早駆けをしておいでです。もしも参勤交代の道中で、前田様の乗物が狼藉者《ろうぜきもの》の襲撃を受けましたときは、担ぎ手は命がけで全力疾走するとうかがったことがございます」

屋敷内では、その万一に備えての稽古を続けているのでしょうかと、伊兵衛は問うた。

「その通りだ」

小田はあっさりと認めた。

「あの者たちが乗物を担いで駆ける道は、山谷もあれば深い森もあっての。ひと回りすれば、およそ一里（約四キロ）となるように道を拵えてある」

屋敷のなかに、山谷ありの一里の道！

聞かされた伊兵衛と雪之丞は、いまさらながら上屋敷の大きさを思い知った。

「担ぎ手は二十人おるが、全員が素性の確かな国許《くにもと》の者だ」

背丈は五尺五寸（約百六十七センチ）以上で、剣術にも、やわらなどの武術にも長《た》けている。

参勤交代本番の折りは、控えの担ぎ手六人が藩主乗物の前後に三人ずつ配されている。

もしもの事態が出来《しゅったい》したときは、前棒・後棒それぞれにひとりが加わる。

四人担ぎで乗物は全力疾走し、控えの担ぎ手四人は武家警護役と一緒になって乗物を守る。

「前田家の乗物を担ぐ者は、脇差しを佩《は》いておる。かつて綱紀様が八代将軍吉宗様をお相手に、直談判《じかだんぱん》に及ばれてのことだ」

談判のあと、吉宗の指図もあり、幕閣は渋々ながら特例として駕籠《かご》舁《か》きの脇差し佩刀《はいとう》を認めたと、小田は顚末《てんまつ》を話した。数ある綱紀逸話の一である。

雪之丞はいま聞かされた子細を、あたまに書き留めた。

「ただいま小田様からうかがいましたことを、てまえどもの物語に書き記してもよろしゅうございましょうか？」

伊兵衛が問うと、小田はあごに手をあてた。

しばし黙考したあと、伊兵衛に目を戻した。

「わしの一存では返答できぬでの。留守居役様におうかがいを立てるゆえ、数日待ちなさい」

「うけたまわりました」

伊兵衛とともに、雪之丞も軽い辞儀をした。

十二

寛政三（一七九一）年の元日は、初日の出を拝めなかった。大晦日《おおみそか》の八ツ（午後二時）から降り始めた雪が、元日も降り続いたからだ。

「雪模様の元日というのも、これはこれでめでたいものです」

「旧年の汚《けが》れをすべて雪の下に収めて、真っ白な気持ちで初春を迎えられます」

商家の番頭は、元日の様子はなにごとも吉につなげるのを旨《むね》としている。江戸のあちこちで、雪の元日を喜ぶ年賀のあいさつが取り交わされていた。

二日も朝から雪となった。

正月の三が日といえども、時の鐘は明け六ツ（午前六時）から夜の四ツ（午後十時）まで、一刻ごとに律儀《りちぎ》に撞《つ》かれる。深川で時の鐘を告げるのは永代寺である。元日に続いて、二日の明け六ツも雪模様のなか鐘の音が響き渡った。

ゴーーン……。

新年二日の明け六ツの鐘を寝床の中で聞きながら、雪之丞は大晦日から元日の次第を思い返した。

正月三が日は鴇蔵も、賄《まかな》いのかすみも休みである。広い寮に寝起きするのは雪之丞ただひとりとなった。

「格別に年賀に出向く先もありません。三が日は享保便覧を読み返して、物語の骨組

み を組み立てます」

世間が静かになる正月三が日は、ものを考えるにはなによりの三日間ですと、雪之丞は声を弾ませた。

「その顔色と声なら、本当に大丈夫そうねえ」

雪之丞の受け答えに接して、かすみは安心したようだ。

「ネズミに引かれないように、気をつけて過ごしなさいね」

メシ代わりに食べるようにと、かすみは切り餅《もち》を三十個も作り置きして、大晦日の暮れ六ツに寮を出て行った。

元日のおせち料理は、大晦日の夜遅くに鴇蔵が届けてくれた。

「おめえの祝い膳《ぜん》にてえんで、旦那様が料理番に言いつけて支度をしてくださったんだ」

降りしきる雪のなか、鴇蔵は漆塗りの重箱に詰まったおせち料理と酒を届けてくれた。

「おれはこれから、わけありと炬燵に足を突っ込んで除夜の鐘を聞くんでえ」

鴇蔵にしてはめずらしく軽い口調で、艶っぽいことを聞かせた。

「おめえも来年の大晦日は、いい一年だったと振り返ってるはずだ」

いい物語を仕上げてくれと言い残して、鴇蔵は寮の格子戸《こうしど》を閉じた。

雪之丞のほかには、寮にだれもいなくなった。

雪が降り続いているゆえか、まだ四ツ前だというのに町から物音がすっかり消えていた。

大晦日の夜に限っては、四ツに閉じられる町木戸も夜通し開いている。除夜の鐘とともに初詣《はつもうで》をする参詣客《さんけい》は、声高に話をしながら神社を目指すのが大晦日の四ツどきの常だった。

雪の今年は大いに様子が違っていた。

除夜の鐘が鳴り出すまでは、雪の積もる音も聞こえそうなほどに静かだった。

新年を迎える今夜だけは明かりにぜいたくをしようと、雪之丞は決めていた。鴇蔵が帰ったあとは、行灯《あんどん》に加えてろうそくを灯《とも》した。

炬燵の卓には、雪之丞が書き留めた心覚えが載っていた。二十日に伊兵衛と連れだって上屋敷を訪れた折に書き留めたものだ。

炬燵に足をいれている雪之丞は、足の裏で炭団のぬくもりを味わいつつ帳面を開いた。

『なんと三千九百三十七名とは』

自分で書いた文字だが、大きく躍っていた。小田徳助から聞かされたことに、雪之丞は心底驚いた。その驚きが文字に出ていた。

享保二年に綱紀が江戸から国許に帰ったときには、三千九百三十七人が大名行列を作っていた。

人数の記載を見た雪之丞は、あの折りの小田の説明をまざまざと思い出した。

「行列には医者、坊主《ぼうず》、八卦見《はっけみ》、茶の湯の宗匠、軽業師、万歳師に髪結いまでが加わっておったそうだ」

行列の面々だけで、ひとつの町ができるほどに多彩だったと小田は説明した。

「綱紀様のあとは、さすがにこれほどの行列はできてはおらぬでの。つくづく、綱紀様というお方の大きさを思い知るばかりだ」

庶務主事の執務部屋で話をした小田は、綱紀の大きさを話すたびに天井を見上げた。

小田の振舞いにも物言いにも、綱紀を敬愛する思いがあふれ出ていた。

『いかに魅力ある人物として綱紀様を描くか。その描き方次第で、この物語の出来映えが決まると心得よ』

この記述も、文字が大きく躍っていた。

綱紀をどう描けばいいのかと、思案を重ねているさなかに除夜の鐘が鳴り始めた。

炬燵を出た雪之丞は、台所から七輪を持ち込んできた。鉄鍋《てつなべ》に水を張り、燗酒《かんざけ》の湯を沸かし始めた。

鴇蔵はおせち料理と併せて、加賀白山《はくさん》の「萬歳楽《まんざいらく》」を持参してくれていた。加賀藩が将軍家に献上するという銘酒である。

昨年の大晦日、雪之丞は黒門町の裏店でせんべい布団にくるまり除夜の鐘を聞いた。年が明けても戯作《げさく》の注文は期待できそうにないと、寒さと空腹に震えながら吐息を漏らした。

今年は炬燵に足を入れて、ろうそくをおごり、燗づけをしながら新年を迎えた。浅田屋さんの期待に、我が身・我が知恵のすべてを投じて応《こた》える。

雪之丞は固くおのれに言い聞かせてから、新年の門出を熱燗で祝った。

辛口の萬歳楽と、極上砂糖で甘味を利かした黒豆がすこぶる相性がよかった。

明け六ツの鐘が鳴り終わる前に、雪之丞は布団から飛び出した。

いま見た夢が怖くて、真冬だというのにびっしょりと寝汗をかいていた。

抜刀した前田家家臣は、熟睡していた雪之丞の掛け布団を剝《は》ぎ取った。

「貴様、御上を貶《おと》しめる気か」

吠《ほ》えるなり、太刀を雪之丞の顔面に突きつけた。先端の尖《とが》りが禍々《まがまが》しく光っていた。眩しさがつらくて目を閉じようとしたら。

「この期《ご》に及んでも惰眠をむさぼる気か」

一喝した家臣は太刀を顔に突きつけたまま、膳を蹴飛ばした。満歳楽と黒豆が宙に舞った。

徳利が雪之丞の頭上に落ちたところで、飛び起きた。

部屋は凍えていたが、前夜の膳はそのまま残っていた。黒豆を目にするなり、怖さがのしかかってきた。

パシッ。

両手で頬を叩《たた》き、正気を取り戻した。

いまさらながら、命がけの仕事を請け負っているのだと思い知った。

頬を張った音と、張り詰めた気配に驚いたらしい。天井裏をネズミが走り抜けた。

正月四日の明け六ツ。

まだ永代寺が本鐘の五打目を撞いているさなかに、かすみは寮の前に立っていた。

火の気のない炊事場で火熾《ひおこ》しをするのが、かすみの今年の仕事始めだ。

いつもは翌朝の火熾しのために、かすみはへっついの灰に種火を埋めて帰っていた。

しかし正月三が日は、かすみも仕事休みだった。ゆえに種火代わりに使う懐炉灰《かいろばい》を、かすみは持参していた。火をつけたあとは半刻《はんとき》も火保《ひも》ちのする、大型の懐炉灰だ。

雪之丞が起き出してくるのは、四升の大釜《おおがま》にたっぷりの湯が沸き上がる六ツ半（午前七時）過ぎと決まっていた。

手早く火熾しを進めないと、初春早々、仕事に遅れを生ずることになる。

お湯沸かしが遅れてごめんなさいなどと、雪之丞に詫《わ》びるのはまっぴらだった。

いつもは勝手口からなかに入るかすみだが、今朝は今年の初日だ。縁起を担ぎ、寮の玄関から内に入ることにした。

用心に抜かりのない伊兵衛は、寮の造作にも万全の盗人《ぬすっと》よけの手立てを講じていた。玄関と勝手口それぞれの戸には、馬喰町《ばくろちょう》の錠前屋に誂《あつら》えさせた鍵《かぎ》が取り付けられていた。

かすみは合い鍵を使って玄関の戸を開こうとした。ところが差し込んだ鍵を回すまでもなく、すでに鍵は解かれていた。

まったくだらしないんだから……。

かすみは胸の内でこぼした。

「三が日は鴇蔵さんも休みで、寮はあんたひとりになります」

火の始末と施錠《せじよう》とは、くれぐれも抜かりのないようにと雪之丞に念押しをしていた。にもかかわらず、玄関の鍵は開いたままである。

こんなことで、火の始末は大丈夫かしら？

かすみはいささか慌《あわ》てた。火事でも出したら、お店に迷惑が及ぶことになるのだ。

炊事場へ急ごうとしたかすみは、履き物の左右を乱したまま框《かまち》に上がった。

廊下を急ぎ足で進み、炊事場につながる板の間に出た。

「えっ……」

かすみから息の詰まったような声が漏れた。

へっついにはすでに火が入っていた。湯を沸かす大釜の焚《た》き口では、赤松の薪が威勢よく炎をあげていた。

土間に人影はなかった。が、外にはひとの気配があり、物音も立っていた。

炊事場の外には井戸がある。深川の井戸は塩水しか出ず、飲み水には使えなかったが、洗い物などの雑水用に、寮には大型の井戸が掘られていた。

ザザッ。

井戸端から水を流す音が聞こえた。

急ぎ土間におりたかすみは、つっかけを履いて土間から出た。

「まあっ！」

かすみの口から、それしか出なかった。

「おはようございます」

下帯《したおび》一本の雪之丞が、なんと井戸水を身体《からだ》に浴びていた。

明け六ツの鐘は鳴り終わっており、井戸端にも朝の明かりが届いていた。とはいえ正月四日の明け六ツである。井戸水を浴びた雪之丞の身体は、湯気を立ち上らせている。周囲の気配は、まだ凍えているからだ。

井戸の縁に置いてあった手拭《てぬぐ》いを手にした雪之丞は、かすみの前で身体を拭《ふ》いた。水滴を拭い取ったあとも、その手拭いで身体をこすり続けた。

「ここに暮らし始めたとき、鴇蔵さんからこうしろと教わっていたんですが、朝の身体が寒くて、とっても井戸端に立つ気にはなれませんでした」

雪之丞は手を休めず、鴇蔵に教わった乾き手拭いで身体をこする効能を受け売りした。そしてこれからはこれを続けますと、威勢のいい物言いで告げた。

「失礼します」

目を見開き、呆《ほう》けたような顔つきになったかすみのわきをすり抜けて、雪之丞は土間に入った。

へっついの燃え加減に一瞥《いちべつ》をくれた雪之丞は、新たな薪二つを手に取り焚き口にくべた。

燃え落ちた薪が、へっついの奥でゴトンッと音を立てた。

その音でかすみは我に返った。

相手の表情がいつも通りに戻ったと察したらしく、雪之丞は背筋を伸ばした。

「明けましておめでとうございます」

かすみも雪之丞も、新年のことほぎをまだ交わしてはいなかった。

「おめでとうございます」

雪之丞に先を越されたかすみは、埋め合わせをするかのように深い辞儀をした。

顔を上げたら、目の前に下帯一本の雪之丞が立っていた。

いつものかすみなら半裸の雪之丞には目もくれず、急ぎ顔を背けたに違いない。若い男の身体を見詰めるなど、不作法のきわみだと思っているかすみだった。

そんなかすみが、瞳《ひとみ》を定めて雪之丞を正面から見詰めていた。目を逸《そ》らせようとする気遣いも忘れるほどに、心底驚いていた。

「どうした。雪さん」

板の間に顔を出した鴇蔵が、尖り気味の声を雪之丞にぶつけた。

「明けましておめでとうございます」

鴇蔵のほうに向き直ってから、雪之丞は新年のあいさつを発した。

「新年がめでてえのはいいが、なんでえ、おめえのそのなりは」

かすみが口を開こうとしたら、雪之丞が先に答えた。

「今年は大勝負の年です」

自分の性根を叩き直すために、正月二日から性根を入れ替えた。

手始めは早起きと、朝の乾き手拭いこすりを為し続けること。そのために、明け六ツの四《し》半刻《はんとき》(三十分)前から起床を続けている。始めてから今朝でまだ三日目だが、すこぶる身体が心地よい。身体がシャキッと目覚めれば、知恵もよく回る。物語をどう書き進めるか。あらすじの組み立ても、毎日、大きく捗《はかど》っている。

これらのことを、雪之丞はひと息で話した。

「鴇蔵さん」

気合いのこもった声で呼びかけられた鴇蔵は、つい背筋を伸ばしていた。

「おれはかならず、仕舞いの一行まで仕上げます。なにとぞ、力を貸してください」

鴇蔵に深くあたまを下げたあと、雪之丞はもう一度、かすみと向き合った。

「よろしくお願いします」

かすみにも深くあたまを下げてから、雪之丞は板の間に上がった。手拭いで身体をこすりながら、自室に向けて廊下を歩いた。

雪之丞が部屋に入ったのを見届けてから、鴇蔵は板の間であぐらを組んだ。

「なにがあったかは知らねえが」

親指の腹でキセルに煙草《たばこ》を詰めた鴇蔵は、火をつけたあと強く吸い込んだ。火皿を真っ赤にして吸い終えると、孟宗竹《もうそうちく》の灰吹きにキセルをぶつけた。

「正月三が日、あいつをひとりにしたのはうまく運んだらしいぜ」

「そうだといいんだけど……」

かすみはまだ得心がいかないという口調で、鴇蔵に答えた。

五日も六日もかすみが寮に着くと、ふんどし姿の雪之丞が井戸端から朝のあいさつをくれた。

七日は七草である。七草がゆを拵《こしら》えるため、かすみはいつもより早出をした。

へっついでメシを炊《た》くよりも、土鍋で拵えるかゆは手間がかかる。それを見越して、四半刻の早出をしたのだ。

が、なんと、今朝もすでに鍵は解かれていた。

今日の雪之丞は、へっついの前にしゃがんでいた。いままさに、火熾しを始めようとしていたのだ。

「わたしがやります」

並んでしゃがんだかすみは、雪之丞から火吹き竹を受け取った。年季の入ったかすみは、吹き方が絶妙である。三度、軽い調子で息を送っただけで、焚きつけから炎が上がった。

「さすが、かすみさんの火熾しは本物だ。おれとはわけが違います」

雪之丞は正味でかすみの火熾しを褒めた。

「あんたの早起きも本物だと、いまは分かったから」

飛び切り味のいい七草がゆを拵えるからと、かすみは雪之丞に笑いかけた。

グウウッ。

言葉ではなしに、雪之丞の腹が返事をした。

十三

八日、雪之丞が朝餉《あさげ》を平らげ終えたところで、鴇蔵は伊兵衛からの言伝《ことづて》を口にした。

「あんたが望んでいた宿場の見回りは、板橋宿《いたばし》がいいと旦那様《だんな》がおっしゃっておいでだ」

ひと口に板橋宿というが、宿場は三宿に分かれていると鴇蔵は続けた。

「あんた、板橋宿が三つに分かれていたことを知ってるか？」

雪之丞は小さくうなずいてから、知っていることを口にした。

「江戸に近いほうから、平尾宿・中宿・上宿と呼ばれているはずです」

雪之丞は数年前に、板橋宿に逃げ込んだ女を主人公にした戯作を仕上げた。しかし話の筋立てが気に入らなかった座頭は、戯作の本代は支払ったものの、舞台には上げず仕舞いとした。

鴇蔵に問われた雪之丞は、当時の悔しさを思い出してわずかに口元を歪《ゆが》めた。

「中山道六十九宿の一番目で縁起がいいですし、遠くはありませんから出向くのも楽でしょう」

一番目は縁起がいいという言い分に、鴇蔵は深くうなずいた。

「あんたがいいと言うなら、手配りをなすった旦那様も喜ばれるだろうよ」

「えっ？」

鴇蔵が軽く言ったことに、雪之丞は引っかかりを覚えた。

「浅田屋さんにはなにか、すでに手配りをいただいたのですか？」

鴇蔵は小さくうなずいた。

「平尾宿の宿場名主と旦那様とは、昵懇《じっこん》の間柄でさ。本郷まで、ひとを差し向けてくれるそうだ」

これも鴇蔵はさらりと言った。が、雪之丞はあらためて伊兵衛の大きさを思い知った。

見回りは板橋宿がいいと言いながらも、伊兵衛はそれを押しつけなかった。もしも雪之丞が他の宿場に行きたいといえば、意向を受け入れただろう。

あくまでも物語を書く作者の望みを優先しようと、伊兵衛は肚《はら》を決めていた。

それゆえ宿場名主に手配りを済ませていたことは、雪之丞の返答を聞くまで伏せていたのだ。

「十日の四ツに、本郷で板橋宿の子細を聞くという段取りでいいかい？」

「よろしくお願いします」

雪之丞は即答した。

一月十日、雪之丞は五ツの鐘を聞きながら、寮を出ようとしていた。

永代橋東詰の佐賀町桟橋からは、神田川伝いに和泉橋まで向かう乗合船が出ていた。この船を使えば、本郷までわけなく行ける。

しかし今朝の雪之丞は、浅田屋まで徒歩で出向くと決めていた。

「これからは板橋宿に限らず、方々に出かけることになります」

鴇蔵に話す物言いに、ぶれはなかった。

自分の脚力がどれほどのものか。

四半刻あたり、どれほどの道のりを歩けるのか。

この二つを確かめるためにも、浅田屋まで徒歩で出向こうと決めていた。

「浅田屋までは一里と二十五町（約六・七キロ）だ。おれの足なら、一刻には四半刻のおつりがくる。おれはいつもの調子で先を歩くからよう。しっかりあとを追ってきねえ」

「そうさせてもらいます」

鴇蔵と雪之丞は五ツの鐘が鳴り始めたところで寮を出た。

初春というが、まだまだ冬の凍えが居座っていた。しかし足早に本郷を目指す雪之丞は、凍えた空気を心地よく感じた。

鴇蔵は上り坂に差し掛かっても、いささかも歩みの調子が衰えない。雪之丞は息遣いを早くしながら、年長者のあとを追った。

「いい歩きっぷりだったぜ」

浅田屋の勝手口前で、鴇蔵は雪之丞に笑いかけた。

雪之丞は肩で息をしていたが、鴇蔵の息遣いは調子が変わっていなかった。

四ツにはまだ四半刻以上も残っていた。

「お疲れさまでした」

雪之丞に供された焙《ほう》じ茶には、分厚く切ったようかんが添えられていた。茶と甘味で息が整ったのを見極めてから、鴇蔵は雪之丞とともに奥に向かった。

平尾宿の名主屋敷手代《てだい》とは、伊兵衛の居室で向かい合うことになった。

「こちらが平尾宿名主屋敷の手代さんで、善次郎《ぜんじろう》さんだ」

伊兵衛がみずから顔つなぎをした。

「平尾宿名主、豊田《とよだ》市右衛門《いちえもん》家で手代を務めております善次郎と申します」

「物書きの雪之丞です」

雪之丞の生業《なりわい》を、善次郎はすでに聞かされていたのだろう。物書きだと名乗っても、善次郎はいささかも表情を変えなかった。

「善次郎さんはこのあと、平尾宿までお帰りになるそうだ」

手早く話を進めようと、伊兵衛は仕切り役まで買って出た。

雪之丞の膝元《ひざもと》には、矢立《やたて》と大判の帳面が用意されていた。善次郎の話を書き留めるための筆記用具である。

「近々、雪之丞さんは板橋三宿に出向くそうです。まことにお手間をかけますが善次郎さんの口で、板橋三宿のあらましをお聞かせくだされ」

「うけたまわりました」

伊兵衛に応えてから、善次郎は雪之丞に目を移した。

「お願いします」

帳面と筆を手にして、雪之丞が応じた。

「板橋宿はてまえどものあるじが名主を務めます平尾宿と、飯田宇兵衛《いいだうへえ》家が名主を務めております中宿、そして板橋市左衛門《いたばしいちざえもん》家が名主を受け持つ上宿の三宿がございます」

善次郎はこれまでにも、数限りなく板橋宿のあらましをひとに聞かせてきたのだろう。説明は、歌うような調子で始まった。

平尾宿の宿場内で、往還は中山道と川越街道とに分かれた。三宿をつなぐ宿往還の長さは、二十町九間（約二・三キロ）もあった。

宿場の興《おこ》りは中宿である。往還を行き来する旅人が増えるにつれて、宿場は平尾宿と上宿との両側に広がりを見せた。

中山道は東海道とは異なり、足止めを食らう大きな川は数少ない。また箱根のような峻険《しゅんけん》な山も少なかった。それゆえ女人や年寄りには人気があった。

「西への旅に出るなら回り道にはなるが、中山道を行くほうが楽だぜ」

時が過ぎるにつれて、女人や年寄り以外にも、中山道の人気は高まった。

「板橋の飯盛《めしも》り女は、情けが深いらしい」

「吉原《よしわら》よりも品川よりも、遊びに行くなら板橋だろうさ」

宿場の飯盛り女の評判が、江戸市中からひとを呼び集めた。

当時、音羽町にあった色里が公儀の手で潰《つぶ》された。遊郭は吉原のみというのが、公儀の方針だったからだ。

潰された茶屋の女たちは、大挙して板橋宿に移った。そして平尾宿で飯盛旅籠《はたご》を始めた。

板橋・品川・千住《せんじゅ》・内藤新宿を江戸四宿という。

公儀は江戸十里四方の宿場にあっては、旅籠一軒につき飯盛り女は二人限りと定めていた。しかし四宿に限ってはその限りにあらずとした。

なかでも板橋宿は飯盛旅籠十八軒に対し、飯盛り女百五十人を認めた。

飯盛旅籠は平尾宿に集まっていた。

ひとが群れれば、物見客目当ての料理屋や茶屋が新たに店開きをする。

中宿が興りだったが、いまではすっかり平尾宿が板橋宿の顔となっていた。

「板橋宿には本陣も脇《わき》本陣もございますし、宿場の周りには名刹《めいさつ》も名所も数多くございます」

ぜひとも自分の目で板橋宿の味わい深さを確かめてほしいと頼み、善次郎は長い説明を閉じた。

「宿場に出向きましたのちは、隅々まで歩き回ります」

善次郎に答えながら、雪之丞は別のことを考えていた。

江戸を発《た》ってすぐの板橋宿で、前田綱紀はなにを考えて乗物を出たのか。

善次郎ならば、享保便覧に記されていない秘事も聞かせてくれるかもしれない。

雪之丞のあたまは、先へ先へと物語の組み立てを驀進《ばくしん》させていた。

十四

一月十一日五ツの鐘を聞きながら、雪之丞は寮を出た。

「しっかり見てきなせえ」

鴇蔵の声に送られた雪之丞は、富岡八幡宮《とみおかはちまんぐう》を目指して歩き始めた。

正月十一日は江戸の各町で鏡開きの行事が催された。

鏡餅を崩し、汁粉に加えて振る舞うのが鏡開きだ。甘い物が大好きな雪之丞は、菓子舗が軒を連ねる黒門町の鏡開きを、毎年楽しみにしていた。今年は、初めて富岡八幡宮の鏡開きを目《ま》の当たりにするのだ。

昨日、善次郎から板橋宿のあらましを聞かされた帰り道で、鴇蔵は富岡八幡宮の鏡開きの豪気なことに言い及んだ。

「黒門町もいいだろうが、深川には木場《きば》がある。夏の祭もそうだが、季節ごとの行事にも費えを惜しまないのが木場の旦那衆の流儀だ」

鴇蔵は雪之丞に向かって木場の旦那衆の肝の太さを称《たた》えた。

「木場の流儀だと言っても、所詮《しょせん》は汁粉を振舞うだけのことじゃないですか」

暮らし慣れた黒門町を軽く言われた気がした雪之丞は、鴇蔵に尖った声をぶつけた。

鴇蔵は、じっと雪之丞を見た。

「おめえさんの言う通り、たかが鏡開きに違いねえさ」

鴇蔵の目に力がこもった。

「だがよう、木場の旦那てえひとたちは、そのたかがのためにいい大金を投じて見栄《みえ》を張り、威勢を見せるんだ」

見栄を張るためにカネを惜しまないのは、前田家に通ずる大事だ。その心意気をしっかり呑《の》み込まないことには、いい物語は書けないぞと鴇蔵は雪之丞をたしなめた。

八幡宮境内が近くなるにつれて、半纏《はんてん》姿の若い衆《し》が往来で群れを拵えていた。

このひとたちも鏡開きの手伝いなのか。

人数の多さにいまさらながら驚いた雪之丞は、歩きながら吐息を漏らしていた。

雪之丞が八幡宮境内に入ったとき、特大のへっつい据え付けが始まったところだった。

大鍋の重さだけで十貫（三十七・五キロ）もあるが、汁粉作りの真水が四十斗（約七百二十二リットル）も注がれる。水の重さだけで百九十二貫（約七百二十キロ）にもなった。

餡《あん》と砂糖と塩が加わった大鍋の重さは、優に二百貫（七百五十キロ）を超えた。

それだけの重さに耐えられるへっついは、焼き物では無理だ。

「費えは途方もねえ高値となりやすが、御城（江戸城）の石垣にも使っている伊豆大《いずおお》仁《ひと》の石を彫るしか、確かな手立てはありやせん」

石屋の棟梁《とうりょう》から思案を持ちかけられた材木商たちは、それで進めてくれと即決した。

大仁で切り出された岩は、石垣に使う岩と同じ海路で江戸まで運ばれた。

深川の石置き場に着いたのちは、五人の石工が四十日をかけて彫り上げた。

寄進した材木商の名前が刻まれたへっついは、それ自体が深川名物の一つとなっていた。

丸みを帯びた岩の高さは、大鍋よりも高い四尺（約一・二メートル）あった。胴回りが大きく膨れており、茶釜に似た形である。岩の頂部はノミで平らに均《なら》されており、正面には薪《まき》を燃やす焚き口が穿《うが》たれていた。

据え付け場所が定まったところで、雪之丞はへっついに近寄った。鴇蔵から聞かされた通り、へっついの周囲には寄進者の名前が彫られていた。

「にいさん、よっぽどこのへっついが気に入ったらしいな」

寄進者の名を見詰め続けている雪之丞に、半纏姿の若い衆が声をかけてきた。物言いが好意的なのは、雪之丞が心底へっついに感心しているのが察せられたからだろう。

「こんなすごいモノを見るのは、今日が初めてですから」

「するてえとにいさんは、この町の生まれじゃあねえてえことか」

「生まれ育ったのは、両国広小路の芝居小屋です」

芝居本を書くために、豪気で知られている富岡八幡宮の鏡開きを見物にきたと素性を明かした。

「両国広小路の芝居小屋てえことは、にいさんは小芝居の戯作者だな」

若い衆の目が光を強めた。雪之丞がそうですと答えると、目の光が柔らかくなった。

「うちらの八幡様には、年中役者だの戯作者だのが出向いてくるが、三座（中村座・市村座・森田座）を背負った連中には、おれっちらはうんざりしてるんだ」

若い衆は材木商矢野《やの》征《まさ》の若い者で新三郎《しんざぶろう》だと名を明かした。

「わたしは雪之丞と申します」

「いかにも戯作者らしくて、いい名だぜ」

名を褒めた新三郎は、雪之丞と一緒に石段のわきに移った。

「もうじき大鍋が蔵から運ばれてくるからよう。へっついの周りに突っ立ってたら、邪魔でしゃあねえんだ」

首に巻いた手拭いをほどき、右手に持ってから新三郎は話を続けた。

「三座の役者てえのは、妙に頭《ず》が高くてよう。旦那から祝儀《しゅうぎ》をもらうのは当たり前てえ顔をしやがるんだ」

それに比べて小芝居の役者も戯作者も、身のほどをわきまえている。相手に尽くされたときには、真顔で礼を言ってくれる……新三郎は柔らかな目を雪之丞に向けた。

「にいさんがどんな本を書くのかしらねえが、江戸の景気がいまひとつ盛り上がらねえ、こんなときだ」

新三郎の両目に、また強い光が宿された。

「今日は朝から晩まで、深川の威勢をしっかり見てもらってよう、江戸中のみんなに元気が戻るような、景気のいい話を書いてくんねえな」

できる手伝いはなんでもするぜと告げた新三郎は、手拭いを首に巻き直した。

「しっかり見物させてもらいます」

雪之丞は新三郎にあたまを下げた。

「わっしょい、わっしょい」

御輿《みこし》担《かつ》ぎの掛け声を発しながら、大鍋が運ばれてきた。太い麻縄で梶棒《かじぼう》に吊《つる》されていた。

五人の若い衆が力を合わせて、大鍋はへっついに載せられた。焚き口の真上に座るように、五人は大鍋の座り方を正した。

へっついの真正面に立っていた赤筋半纏の頭がうなずいて、据え付けが仕上がった。

チョーン。

ひとつ、乾いた柝《き》が鳴ったところで水売りの隊列が境内に入ってきた。

水売りはだれもが天秤棒《てんびんぼう》の前後に半荷（約二十三リットル）入りの桶《おけ》を吊り下げていた。前後を合わせれば一荷（約四十六キロ）分の重さである。

腰を巧みに使いながら、水売りたちは桶の水を一滴もこぼさずに運んでいた。

大鍋の下で桶を受け取った若い衆は、ふたりがかりで半荷の水を大鍋に注ぎ入れた。

大鍋に水を注ぎ終わるまでに若い衆が三度交代し、四半刻《しはんとき》を要した。

チョーン、チョーン。

柝が二つ鳴ったところで、へっついの火熾しへと手順が進んだ。

まだ前髪の残っている小僧三人が、へっついの前にしゃがんだ。三人とも、背中に料亭の屋号を染め抜いた半纏を着ていた。

「しっかり燃え上がらせてくんねえ」

「今年の運気がどうなるかは、おめえたちの火熾しにかかってるぜ」

若い衆の声を背中に浴びながら、追い回したちは火熾しに取りかかった。

焚きつけはカラカラに乾かした、杉枝と松葉である。小僧たちは手分けして、焚きつけを三段のやぐらに積み重ねた。

形が整ったのを見極めてから、年長の追い回しが火のついた杉枝を手に持った。

組み上げたやぐらの前にしゃがんだ小僧は、大きく息を吸い込んだ。その息を吐き出さぬまま、火のついた杉枝をやぐらの下に差し入れた。

バチバチと音を立てながら、炎は大きくなった。

頃合いよしと見極めた小僧たちは、小割にした松の薪を焚きつけにかぶせた。大きく育った焚きつけの炎は、松ヤニを含んだ薪に食らいついた。

若い衆たちが見守るなかで、薪は自らも炎を上げて燃え始めた。

寛政三年の火熾しも首尾よく仕上がったところで、チョーン、チョーン、チョーンと柝が三度叩かれた。

たかが火熾しなのに、一部始終を見ていた雪之丞は背筋をぶるるっと震わせた。

しっかりと薪が燃え始めたところで、菓子屋の職人たちがへっついの後ろに勢揃《せいぞろ》いした。

向かい合わせの鳩《はと》が『八』を描く、富岡八幡宮の濃紺の半纏に、白いたすき掛けだ。おのおのが店から持参した餡を、踏み台に乗って大鍋に投じ始めた。

餡が鍋の底に沈んだあと、職人は船を漕《こ》ぐ櫂《かい》ほどもある大きなヘラでかき回した。餡がすっかり溶けたと得心がいくまで、かき回し続けた。

汁粉作りは門前仲町の五軒の菓子屋が受け持っている。餡を投ずる職人も五人だ。

五人の仕事が仕上がったのは、五ツ半（午前九時）を大きく過ぎた時分だった。

仕上げの味を調える当番職人は、五軒の菓子屋の輪番《りんばん》である。今年は仲町の辻《つじ》に近い、やぐら下の岡満津《おかまつ》が当番だった。

当番職人は軽く味見を繰り返しながら、砂糖と塩を加えた。

「仕上がりました」

当番の声を合図に、富岡八幡宮の巫女《みこ》が大鍋の下に集まった。手に持った丸盆には、孟宗竹を輪切りにした汁粉の椀《わん》が載っていた。

当番職人は、小さなひしゃくでひと掬《すく》いずつ、汁粉を注ぎ入れた。

巫女たちは真っ先に、羽織姿で立っている木場の旦那衆に味見の竹椀を配った。

続いて半纏姿の木場の若い衆と町内火消し人足衆、追い回しの小僧に配った。

「どうぞ、おひとつ」

新三郎に言われたのか、へっつい近くで始まりから見物していた雪之丞にも、巫女は味見の竹椀を配った。

「よろしき美味《うま》さだ」

旦那衆のなかの長が、汁粉の味を了とした。

雪之丞も口をつけた。竹の香りと餡の甘き香りが混ざり合い、いままで味わったことのない汁粉に仕上がっていた。

男衆が味見を終えたところで、深川の姐《ねえ》さんたちが姿を見せた。餅焼きの仲居衆と、仕上がった汁粉を供する辰巳《たつみ》芸者衆である。

境内に濃く漂っていた餡の甘い香りに、姐さん方の白粉《おしろい》の香りが加わった。

餅焼きには、うなぎの蒲焼《かばや》き用の横長火鉢十台が使われる段取りである。この横長火鉢ももちろん、一年に一度しか使わない鏡開き用の道具だ。

炭は火力の強い備長炭《びんちょうたん》である。うなぎ屋職人の手で、すでに火熾しは終わっていた。

四千人に料理を振る舞うときは、こういう段取りで運ぶのか……。

荷車で運び入れられる孟宗竹の椀を見た雪之丞は、肩で息をするほどに手際《てぎわ》の見事さに感じ入っていた。

十五

鏡開きのあと、夜の左義長《さぎちょう》まで見物し終えた雪之丞は、四千人の藩士の食事を用意するために、どれほどの手が必要かを思案しながら、平野町に帰り着いた。

頑丈な樫《かし》の格子戸《こうしど》を開けると、上がり框に立ったかすみに、明るい声で迎え入れられた。

「おかえんなさい」

とっくに帰ったはずのかすみを見た雪之丞は目を丸くした。

「どうしたのよ雪さん、鳩が豆鉄砲食らったような顔をしちゃってさ」

伝法《でんぽう》な物言いで、かすみは初めて雪之丞を雪さんと呼んだ。話し方には、今朝方寮を出たときには感じられなかった親しみがこもっていた。

「外を歩いてずいぶん体は冷えたでしょう」

「はい」

寺子屋の師匠に答える子のような口調で、雪之丞は返した。

雪之丞は、まだ土間に立ったままである。返事をするたびに、口の周りは寒さで白く濁って見えた。

「もうさっきから、湯の支度をしてあるの」

かすみは湯殿のほうを振り返った。

「そろそろ、湯加減がちょうどよくなってるんじゃないかしら」

冷えた身体を温めなさいよと、かすみは内湯を勧めた。

雪之丞はますます驚き顔になった。

「そんな顔をしなくたって、あたしが湯に割り込むわけじゃないんだから」

かすみが軽口を！

「ありがとうございます……」

礼を言うのが精一杯の雪之丞は履き物を脱ぎ、足を急がせて湯殿に向かった。

作務衣《さむえ》を脱いだ雪之丞は、手をつけて湯加減を確かめ、身体を沈めた。

ザザアッと音を立てて湯がこぼれた。

「湯上がりに羽織る丹前《たんぜん》を、用意しておきますからね」

湯のこぼれる音を待っていたかのように、かすみが脱衣場から声をかけてきた。

「ありがとうございます」

今夜の雪之丞は「はい」と「ありがとうございます」を繰り返すのみだ。

寮に暮らし始めてそろそろひと月になるが、内湯を使ったのは一度きりで、その後は鴇蔵にもかすみにも、内湯を勧めてもらえなかった。

久々に湯を勧められた。しかも湯上がりには丹前まで用意してくれたらしい。

いったい、なにが起きたんだ？

湯殿の外には、まだ真冬の凍えが居座っていた。が、湯上がりの雪之丞は渋うちわを使い、身体の火照《ほて》りを冷ました。

かすみが支度をしてくれた丹前は……。

「うっ」

またまた雪之丞は言葉を失った。軽くて暖かな、真綿《まわた》仕立ての丹前だった。

小芝居では大店《おおだな》の隠居が羽織る衣装のひとつとして、真綿仕立ての丹前が用意されていた。

一着しかない高価な衣装で、タンスに大事に仕舞われていた。芝居に使うのは一年に数回で、冬場の芝居に限られていた。

季節を幾つもくぐり抜けた真綿の丹前には、虫除《むしよ》けの樟脳《しょうのう》のにおいが染《し》みこんでいた。

かすみが用意した丹前からは、無粋なにおいは漂っていなかった。

湯上がり用に用意された丹前だが、雪之丞は袖《そで》を通すことができなかった。

身体の火照りを冷ましたあとはいつもの作務衣を着用し、丹前を手に持って八畳間に向かった。

部屋には酒の支度が調っていた。

鴇蔵と雪之丞の二人の膳《ぜん》が、向かい合わせに用意されていた。が、鴇蔵の姿はない。

座るに座れず、突っ立ったままでいたら、鴇蔵が部屋に戻ってきた。

丹前を羽織っていない雪之丞を見て、鴇蔵の目に強い光が宿された。

「立ってたんじゃあ、話もできねえ」

座れと手で指し示した顔も声も険しい。

わけが分からない雪之丞は丹前を手に持ったまま、膳の前に座った。

鴇蔵も向かい側であぐらを組んだ。

燗酒《かんざけ》を運んできたかすみも、丹前を羽織っていない雪之丞を見て表情を変えた。

しらけたような表情である。

湯上がりの心地よさが、雪之丞からいきなり失《う》せた。

遠くの辻から犬の遠吠《とおぼ》えが聞こえてきた。

鴇蔵の顔つきが和らいだのは、一本目の徳利がカラになったときだった。

「あんたのことで、矢野征の二番番頭さんがわざわざうちに訊《たず》ねにきたんだ」

新たに燗づけされた徳利を、鴇蔵は雪之丞に差し出した。

「あんた、八幡様の境内で木場の若い衆と言葉を交わしただろう？」

「矢野征の新三郎さんです」

話した相手の顔も名前も、雪之丞ははっきりと覚えていた。

「縁の巡り合わせの妙味だろうが、新三郎てえひととは、いささかわけありでね」

鴇蔵が手酌の盃を飲み干したところに、かすみが台所から戻ってきた。手には湯気の立ち上る湯呑みを持っていた。

「新三郎はあたしの甥《おい》っ子なのよ」

「えっ」

「断っておくけど、新三郎には、あたしはなにも話したわけじゃないのよ」

かすみは湯呑みの茶をすすった。

「こども時分から人見知りをしない子だったんだけど、まさか雪さんと新三郎が言葉を交わしたとはねえ」

手に持った湯呑みを慈《いつく》しむかのような手つきで、かすみは撫《な》でた。茶のぬくもりが、手のひらに心地よいらしい。

「昔っから察しのいい子だったから、雪さんと交わした話から、ここに暮らしていると見当をつけたみたいね」

鴇蔵とかすみが交互に口を開き、ここまでの顚末《てんまつ》を話し始めた。


新三郎は矢野征で川並《かわなみ》（いかだ乗り）の頭《かしら》を務めていた。

品川沖まで廻漕《かいそう》されてきた材木を海上でいかだに組み、大川伝いに木場へ運ぶのが川並の仕事である。

材木商の多くは、川並宿に材木運びを外注した。自前で川並職人を抱えるよりも、外の川並宿に頼むほうが安くて済むからだ。

矢野征の初代当主は、そうは考えなかった。

「材木は商いの源だ。それをきちんと運ぶ手立てを自前で持ってこそ、初めて材木商だと大きな顔ができる」

当主の考えで、矢野征では川並職人を自前で育ててきた。

新三郎は今年で三十一である。十五で矢野征に、川並の見習い小僧で雇い入れられた。

去年の正月、十五年の修業を経て新三郎は川並頭に取り立てられた。

潮の流れ。風向き。空模様。

これらを重ね合わせて、瞬時にいかだの進路を決める川並頭である。ひとの目利《めき》きにも長《た》けていた。

雪之丞とわずかな立ち話をしただけで、新三郎は雪之丞の勘のよさを察した。

鏡開きの間、新三郎は雪之丞から目を離さなかった。

へっついを凝視し、特大の大鍋《おおなべ》を見詰め、汁粉の振舞いを受け持つ辰巳芸者の動きを追う目の光り方。

川並頭であるだけに、新三郎は雪之丞のなかに戯作者《げさくしゃ》の光る資質を見つけた。

言葉をかける気になったのは、雪之丞が熱心にへっついを見詰める姿に気を惹《ひ》かれたからだ。

「にいさん、よっぽどこのへっついが気に入ったらしいな」

雪之丞には自分から話しかけた。

雪之丞は物言いも振舞いも、折り目正しかった。特製のへっついや大鍋には、深い敬いを抱いているのが伝わってきた。

「できる手伝いはなんでもするぜ」

自分から雪之丞に告げたのは、口だけのことではなかった。

鏡開きの行事をつつがなく終えたあと、新三郎は矢野征に戻った。遅い昼飯を食っている間も、雪之丞から聞かされたことがあたまのなかで響いていた。

芝居本を書くために、鏡開きを見物にきた……芝居とは、いったいどんな芝居なんだと思案をしているとき、不意に正月のやり取りを思い出した。

伯母のかすみは六十一のいまも、佃町《つくだちょう》の平屋で独り暮らしをしている。

若い時分には町内の若い漁師が、こぞって岡惚《おかぼ》れをしたほどのいい女だった。が、かすみは見向きもしなかった。三座の役者に入れあげていたのだ。親から散々に小言を言われたが、かすみは耳を貸さなかった。

長女のことは諦《あきら》めた両親は、妹の縁談を進めた。かすみの妹は木場の職人のもとに嫁ぎ、新三郎を含む三人の子を授かった。

かすみはいっとき、辰巳の検番で帳場の手伝いをしていた。読み書き算盤《そろばん》ができて、様子もいい。検番の女将《おかみ》に懇願されて手伝いを始めた。

芸者衆と大山参りに出ていたとき、佃町に大火事が起き、両親を失った。

かすみは有り金を叩《はた》いて平屋を普請《ふしん》。焼け出された親類と妹を、新築平屋に住まわせた。

当人は深川に別れを告げて吉原に移った。

両親と暮らした町に居続けるのは、哀《かな》しみが深すぎた。

検番の添え状が功を奏し、大見世に雇われた。五年を経た年にはやりて婆《ばば》に取り立てられた。吉原中の大見世が驚いたほどの若さだった。

五十路《いそじ》の半ばに差し掛かり、名の通りのやりて婆となった年の春。かすみは伊兵衛と出会った。日本堤の花見の宴席において、である。

伊兵衛とのやり取りのなかで、浅田屋の深川寮が話題になった。

「わたしの在所は深川です」

かすみが漏らしたひとことが端緒となり、伊兵衛は切り盛りを預けることにした。

今年の正月も、かすみは妹の家で元日を過ごした。

去年の師走《しわす》から物書きがひとり、寮で暮らし始めた。手間のかからない若者だが、朝がだらしないと話した。

伯母の言う物書きは雪之丞のことだと、新三郎は察しをつけた。

二番番頭と昼飯後の茶を楽しみながら、新三郎は雪之丞の話を聞かせた。

「いいじゃないか、それは」

二番番頭は膝を叩《たた》いて破顔した。

「木場の景気が、いまひとつ盛り上がらないときだ。雪之丞さんには、ぜひとも景気のいい話を書いてもらおう」

二番番頭は若い時分、年上だったかすみに岡惚れしていたひとりである。

「これから寮に出張って、かすみさんに頼み込んでみよう」

かすみに会う口実ができたとばかり、二番番頭は寮に向かった。かすみの気を惹きたい二番番頭は、雪之丞を褒め称えた。

「富岡八幡宮のことを書くなら、なんでもあたしにそう言ってくれればいい。あたしは宮司《ぐうじ》とも、サシで渡り合える身だ」

かすみに自分を売り込んで、二番番頭は帰って行った。

「あんたがどれほど熱心に鏡開きを見ていたかは、矢野征さんのふたりの話でよく分かった」

物語を仕上げるために、雪之丞は寒いなかで汗を流している。

「そんなあんたをねぎらおうということで、かすみさんも手伝ってくれたんだ」

今年に入ってからは、朝もきちんと迎えだした。それをかすみは買っていると、鴇蔵は言葉を添えた。

「あんたに真綿の丹前を羽織らせようと言い出したのも、かすみさんだ」

鴇蔵はわきを見て、話のあとをかすみに任せた。

「あなたが書こうとしているのは、百万石の殿様でしょう？」

「はい」

素直に即答したほど、かすみの問いかけは口調が引き締まっていた。

「そんな大身の大名を書こうというひとが、真綿の丹前ぐらい平気で羽織れなくてどうするのよ」

お大尽なら何がでてきても、平気な顔で受けとめるものよと、かすみは強い口調で叱《しか》った。

雪之丞はかすみから目を逸《そ》らさなかった。

十六

鏡開きの翌朝の一月十二日五ツ過ぎ。雪之丞は矢野征に出向いた。

「忙しいところをすまないが……」

店先でおが屑《くず》の掃除をしていた小僧が、手を止めて雪之丞を見た。

「新三郎さんに取り次いでもらえないか」

平野町の雪之丞だと名乗ったあと、小僧に四文銭一枚を握らせた。来客からもらう駄賃が、小僧には大事な実入りである。

「かしらの様子を見てきますから、その辺で待っててください」

小僧は愛想よく答えてから、材木置き場に向かって駆け出した。

かしらといえば普通、町内鳶《とび》の親方のことだ。

が、矢野征では川並頭も大鋸《おが》挽き頭も、人足《にんそく》頭もかしらと呼ばれていた。

間のいいことに新三郎は手すきだったようだ。小僧と一緒に店先に出てきた。

来客が雪之丞だと小僧から聞かされていただろうが、それでも客の顔を見るなり新三郎は目の光を強くした。朝の五ツ過ぎに訪ねてこられるほどには、親しいわけではなかったからだろう。

「なにかあったのかい、まだ五ツじゃねえか」

物言いには、親しさの響きがなかった。

昨日の朝の鏡開きで、ふたりは初めて会ったばかりである。八幡宮の境内で話を交わしはしたが、その場限りの付き合いに等しかった。

微妙に硬い新三郎の物言いを受け止めたあと、雪之丞は一歩を詰めた。

「偶数の日は四ツの鐘までは材木置き場にいるはずだと、かすみさんから聞かされたものですから」

雪之丞はかすみの名を出した。かならずそうしろと、かすみに言われていたからだ。

「おばさんの入れ知恵かよ」

苦笑いを浮かべたあと、新三郎の両目に親しみの色が浮かんだ。

「昨日あんたと口をきいただけのおれっちに、なにか用かい？」

「富岡八幡宮のことで、幾つか話を聞かせてもらいたいんです」

「八幡様のことなら……ああ」

雪之丞に乞《こ》われた新三郎は、何かに思い当たったようだった。

「あんたが浅田屋という屋号を口にしたんで、仲町の肝煎《きもいり》衆から聞かされた古い話を思い出したんだが」

尻《しり》を持ち上げて床几《しょうぎ》に座り直してから、新三郎はひとつの話を始めようとした。

まさにそのとき、仲町の辻に立つ火の見やぐらが半鐘《はんしょう》を叩き始めた。

ジャンジャン……ジャンジャン……。

火の見やぐらは二連打を繰り返した。

仲町の辻から火元まで、二里以上の隔たりがあるという打ち方だ。

火元はどれほど遠くても、矢野征は材木商である。半鐘のジャンが聞こえるなり、当番の川並は小屋から飛び出した。

材木置き場の西端には、高さ一丈半（約四・五メートル）の自前の火の見やぐらが普請されている。やぐらを降りた当番は、全力で新三郎のもとに駆けてきた。

「湯島から本郷の見当でさ」

煙には赤い炎が混じっており、火事は小さくないと新三郎に告げた。

「方角が気になるぜ」

表情を曇らせた新三郎は、当番を仲町の辻まで走らせることにした。高さ六丈（約十八メートル）の火の見やぐらは、江戸で一番の高さである。

「行ってきやす」

矢野征の川並は、駆け足自慢の韋駄天《いだてん》が揃っていた。当番は十も数えないうちに材木置き場を走り抜けた。

「あんたと話しているさなかに、火事の見当が本郷てえのも奇妙な巡り合わせだ」

「まことにそうです」

雪之丞の顔つきがこわばっていた。

「仲町の火の見やぐらから詳しい見当を聞き出してくるまで、さっきの話を続けようぜ」

床几から立ち上がって番小屋に戻った新三郎は、煙草《たばこ》盆を手に提げて戻ってきた。

「あれは享保四（一七一九）年だったと聞かされたんで……」

キセルを握ったまま、新三郎は暗算を始めた。あたまのなかに暦が入っているらしい。

「いまからざっと七十年以上も昔のことだが、その年は富岡八幡宮の本祭に当たってた」

手早くキセルに煙草を詰めた新三郎は、一服を火皿が赤くなるほど強く吸い込んだ。

ふううっと満足げな音をさせて煙を吐き出したあと、灰吹きにプッと吸い殻を吹き飛ばした。まだ三十一の新三郎だが、煙草の吸い方は様子がよかった。

「その年一月の左義長が終わった翌々日に、仲町の肝煎んところに本郷から客人が見えた」

その客人が先々代の浅田屋の主人だったと新三郎は明かした。

雪之丞は息を呑んだものの、問いかけはしなかった。

「なんでも前田家の殿様が、八月には本祭を見たいとご家来に言ったらしいんだ」

「えっ……」

驚きを抑えきれず、雪之丞は短い声を漏らした。新三郎はキセルに新たな一服を詰めながら先を話した。

「そのひとは、八十に手が届きそうな前田綱紀てえ殿様だったそうだが、なにしろ当時の将軍様でも一目をおいたてえほどの偉い殿様だったそうだ」

新三郎は二服目も同じ調子で吸い、灰吹きに吸い殻を落とした。

「雪さんは、その前田綱紀てえ殿様を知ってるかい？」

「存じています」

答えたあと、唾《つば》を呑み込んだ。喉仏《のどぼとけ》が動き、ゴクンと音がした。

「わたしが書こうとしているのも、その前田綱紀様のことです」

雪之丞の返事を聞いて、今度は新三郎が驚いた。雪之丞は驚き顔の新三郎に向かって問いを続けた。

「浅田屋さんはなんのために、本郷から仲町の肝煎を訪ねて見えたんでしょう？」

「前田の殿様は、わずかな供だけのお忍び姿で、御輿の近くで祭りを見たいと無茶なことを言ったてえんだ」

そのための掛け合い役で出張ってきたのが浅田屋さんだった……ここまで新三郎が話したところに、当番が駆け戻ってきた。

当番のあまりの韋駄天ぶりに、雪之丞は啞然《あぜん》とした。

「火元は湯島じゃあねえそうでさ」

本郷坂上で、加賀様上屋敷の近くだと当番は聞き込んできた。

「そいつあ、うまくねえな」

新三郎は雪之丞を強く光る目で見た。

「これ以上の話は後回しにして、すぐにも本郷に駆けつけたほうがいい」

客先が火元の近くにあるときは、仕掛かり途中の仕事を放り投げてでも、見舞いに駆けつけるのが作法だと雪之丞に教えた。

「寮に戻って、鴇蔵さんと一緒に向かいます」

雪之丞は言い終わる前に立ち上がっていた。

「近くまで猪牙舟《ちょきぶね》で行ったほうがいいぜ」

「そうします」

続きはまた後日に……あたまを下げた雪之丞は、顔を上げるなり駆け出した。

半鐘は相変わらず二連打を続けていた。

火事は大きくなってはいないようだが、まだ湿ってもいなかった。

浅田屋さんと前田様に、大事はありませんように。

胸の内で念じながら、雪之丞は寮を目指して駆けていた。

十七

幸いなことに、鴇蔵と雪之丞が浅田屋に駆けつけたときには、火事は湿っていた。

伊兵衛に招き入れられた雪之丞は、新三郎から途中まで聞かされた話を口にした。

「享保便覧には書かれていなかったことゆえ、わたしもあえて話さなかったが」

伊兵衛は富岡八幡宮のいきさつを話し始めた。

享保四年一月四日、綱紀は用人を居室に呼び寄せた。私的な話を交わすための、二十畳の居間である。

「そのほうは富岡八幡宮を知っておるか？」

前置きもなしに綱紀は問いかけた。

「深川にございまする八幡宮のことかと存じます」

用人の返答を聞いた綱紀は、富岡八幡宮の子細を話し始めた。

「江戸で一番大きい八幡宮での。敷地は二千坪を大きく超えておるし、永代寺なる別当寺も抱え持っておる」

「まことに殿には博識にあらせられまする」

用人は本気で綱紀の博識を称《たた》えた。

追従《ついしょう》は無用という顔を用人に向けた綱紀は、寄りかかっていた脇息《きょうそく》から身体《からだ》を起こした。

用人は膝《ひざ》に載せた手に力を込めて身構えた。綱紀が脇息から身体を起こして出る言葉には、無茶が多いことが分かっていたからだ。

「富岡八幡宮は三年に一度、盛大に本祭を催すそうだ」

今年がその本祭の年だと告げて、綱紀はあとの口を閉じた。

用人はなにを言い出すのかと、あれこれ先読みを試みた。が、答えに行き着く前に、綱紀が先に口を開いた。

「今年八月十五日の本祭には、かの紀伊国屋文左衛門《きのくにやぶんざえもん》が奉納したという総金張りの宮御輿三基に加えて、町人が誂《あつら》えた町内御輿五基が出るそうだ」

綱紀は林鳳岡から富岡八幡宮本祭のあらましを聞き及んでいた。将軍家も見物に出かける本祭である。将軍にも進講する林は、本祭に繰り出す御輿の数のみならず、担《かつ》ぎ手の装束や物売り屋台の種類にまで通じていた。

「わしはわずかな供のみを従えて、町人姿に扮装《ふんそう》して本祭見物をいたすぞ」

無茶な言葉が出ると覚悟はしていた用人だが、このときは絶句した。

そんな用人を見据えて、綱紀はさらに追い打ちをかけた。

「本祭の御輿には、見物人たちが総出で水をまき散らすそうだ。それゆえこの本祭は、水掛け祭りの別名もある」

用人はますます顔をこわばらせた。綱紀はそんな用人のありさまを楽しみながら話を続けた。

「御輿に浴びせる水を肌に浴びれば、その年の息災を約されたも同然だそうだ」

どうせ町人姿に扮装するなら、水を浴びられる場所で見物をしたい。それがかなうように、いまから手配りいたせと用人に命じた。

「御意《ぎょい》のままに……」

用人は途方もない命令を拒むこともできず、綱紀の居室から下がった。

自室に戻った用人は林鳳岡の余計な講義に腹を立てて、口をへの字に結んだ。

本祭の子細を綱紀に講義したのは、林がおのれの失点挽回《ばんかい》のためだと用人は断じていた。

前年（享保三年）十二月三日に、本郷弓町から火の手が上がった。

江戸在府だった綱紀は、上屋敷の火消し「加賀鳶《かがとび》」に出動を命じた。綱紀自慢の火消し部隊で、六十人全員が国許《くにもと》から呼び寄せられた加賀者である。

大名や旗本が自前で抱える大名火消しや定火消しは、町場の消火には出向かないのを常とした。

が、前田家は違った。

「上屋敷だけを火の手から守ろうとしたところで、延焼を食い止めねば火消しを持っても無駄であろうが」

風向きと火元からの隔たりを勘案し、延焼ありと判じたときは加賀鳶を出動させよ。

これを綱紀は火事奉行に命じていた。

弓町の火事は、まさに上屋敷に延焼ありと断ずる風向きだった。

加賀鳶が出動する威勢よき姿を見るのは、綱紀の大きな楽しみだった。

出張るからには一番纏《まとい》を取れ。

これもまた綱紀の号令である。上屋敷を出た加賀鳶たちは、他の火消しを蹴散《けち》らせて火事場に向かった。火事場で加賀鳶とぶつかったときは、町場の火消しが先を譲った。

「百万石相手には、とっても喧嘩《けんか》なんぞはできねえや」

気性の荒い火消し人足たちも、加賀鳶とは事を構えることはしなかった。

しかし弓町の火事場には、もうひとつ火消しが出張っていた。旗本・仙石兵庫《せんごくひょうご》が抱えた防火隊定火消しである。

兵庫の抱える防火隊は、加賀鳶よりも先に火事場に到着していた。

「屋根を渡せ」

「寝ぼけたことを言うんじゃねえ」

火事場では両方の人足による乱闘が生じた。そしてこの騒動のなかで、防火隊のひとりが命を落とした。

「火事場で火も消さず、火消し人足の命の火を消すとは言語道断の所業である」

激怒した兵庫は、下手人を差し出すように命じよと幕閣にねじ込んだ。

前田家は百万石、仙石家は一万石にも満たない旗本である。しかし禄高《ろくだか》では比べものにならなくても、旗本は徳川家の直参家臣だ。

「すみやかに下手人を差し出されたい」

老中は綱紀を大広間に召し出して、強く迫った。

「火事場の事故は互いに痛み分けでござる。下手人などとは笑止千万、無礼のきわみにござろう」

綱紀は一歩も譲らずに撥《は》ねつけた。

業を煮やした幕閣は、林鳳岡に書簡をしたためさせた。

「仙石家を黙らせるためにも、該当者を差し出されますように。処罰は形だけのものです」

林の書簡に対して、綱紀は即日、返書をしたためた。

「咎《とが》なき者を罰せよとの儀は請けかねる。たとえ領国を召放《めしはな》たれようとも、いささかの悔いもござらぬ」

改易も恐れぬと返書された老中は、兵庫に因果を含めて沙汰止《さたや》みとした。

このとき綱紀は七十六歳で、将軍吉宗は三十五歳である。老いの一徹には将軍も折れざるを得なかった。

公儀の意に沿うように動いた林鳳岡は、綱紀に対して大きな負い目を抱えた。

その失点を挽回せんとして、富岡八幡宮本祭の子細を話した。祭りと花火は、綱紀の大いに好むところだったのだ。

思案に詰まった用人は、浅田屋伊兵衛に相談を持ちかけた。

「途方もない話ですが、とりあえずは八幡宮の氏子総代に掛け合ってみましょう」

用人の頼みを引き受けた伊兵衛は、ひとりで氏子総代との掛け合いに出向いた……。

「談判に出向いたのは先々代だった」

鴇蔵と雪之丞を前にして、伊兵衛は知っている限りを話した。

「綱紀様も町人に扮装なさることは、さすがに思いとどまられたようだが、本祭見物には出向かれた」

どんな見物になったかは、浅田屋にも知らされていなかった。百万石の大身大名がお忍びで祭り見物をしたことは、浅田屋に対しても伏せておきたかったのだろう。

伊兵衛の話が終わったのを見計らい、茶菓が供された。茶は薄緑色が美しい上煎茶《じょうせんちゃ》で、菓子は金沢から取り寄せている諸江屋《もろえや》の落雁《らくがん》である。

カリッと小気味よい音をさせて、雪之丞は落雁を嚙《か》んだ。

火事は本郷坂上ではなく、坂を下った先の簞笥町《たんすまち》だった。

簞笥の塗料などに火が回り、大きな炎が立った。しかし風がなかったことが大きく幸いし、他の町に燃え広がる前に湿った。

上屋敷に延焼する気遣いは皆無だったが、鴇蔵と雪之丞が駆けつけたとき、刺子半《さしこばん》纏《てん》を羽織った加賀鳶が浅田屋を取り囲んでいた。

前田家は浅田屋を守るために火消しを差し向けたのだ。

一徹を貫ぬき、公儀と渡り合った前田綱紀。

前田家のために一命を賭《と》す浅田屋。

どちらも物語の主人公として不足はない。

描こうとする人物の大きさを思うにつけ、雪之丞のなかに気持ちの昂《たか》ぶりが込み上げてきた。

手に取った落雁を前歯で噛んだ。

カリッ。

雪之丞の決意の強さが音にあらわれていた。

十八

日本橋内山《うちやま》は、江戸で一番と評判の高い道中用具の老舗《しにせ》である。店の間口は十六間(約二十八・八メートル)、奥行きは十間もあった。

広い売り場の隅々にまで天道《てんとう》の光が届くように、明かり取りの工夫がなされていた。

「うわさは聞いていましたが……」

初めて店内に足を踏み入れた雪之丞は、広さよりも品揃《しなぞろ》えの多さよりも、明かり取りの工夫に目を見張った。

内山に着いたのは、七ツの鐘が鳴り終わったあとである。室町の大通りに店を構えた商家の多くは、小僧たちが大きな百目《ひゃくめ》ろうそくに火を点《とも》して回る刻限だった。

大通りには、まだ西日が届いていた。しかし斜めの空から差すあかね色の光だけでは、店内の品物を照らすには足りなかった。ゆえに七ツを過ぎると、小僧たちが店内のろうそくに火を点して回った。

内山はまるで違っていた。

鏡と明かり取りを巧みに組合わせることで、西日を店の内に取り込んでいた。

雪之丞は品物を買い調えることも忘れて、明かり取りの工夫に見入っていた。

「たいがいに買い物を始めねえと、店が閉まっちまうぜ」

鴇蔵に促されて、雪之丞はようやく買い物を始めた。

費えはすべて鴇蔵が、つまりは浅田屋が払う段取りだった。

「ゼニは心配しなくていい。あんたが入り用だと思う品は、遠慮なしに買ってくれ」

鴇蔵に何度もこれを言われた。言われるたびに、雪之丞は品物に伸ばそうとしていた手を引っ込めた。

鴇蔵は知らぬ顔で、雪之丞が触ろうとしながら取りやめた品を買い物籠《かご》に入れた。

画板。絵筆。矢立。心覚え帳。渋紙で拵《こしら》えた道中合羽《がっぱ》。わらじと道中足袋《たび》。

そして品物を納めて運ぶ、大型の胴乱《どうらん》。

鴇蔵が勘定を払っている間、雪之丞はもう一度店内を歩いた。七ツ半（午後五時）が近いというのに、店内には一本の百目ろうそくも点されてはいなかった。

買った品物は、内山の紋が描かれた麻袋に収まっていた。

「わたしが持ちます」

大きな膨らみの割には、麻袋は持ち重りがしなかった。内山の品々は、丈夫で軽いのが自慢である。

「さすが内山は、旅とはなにかを心得ているんですね」

雪之丞は軽さを褒めた。麻袋の中身すべてを、十五日からの板橋宿行きに持ち出すのだ。

室町の大通りを鴇蔵と雪之丞は、南に向かって歩いた。行く手の二町ほど先には、真ん中が大きく盛り上がった日本橋が見えていた。

存分に西日を浴びた日本橋は、橋板が赤味を帯びて光っていた。

その光景を見た雪之丞は、歩く足を止めた。そして歩いてきた室町の通りを振り返った。

「どうかしたのか？」

「通りを行き交うひとの数が少なすぎます」

西日どきとはいえ、まだ七ツ半前である。雪之丞が言い切った通り、室町の大通りを行き交うひとの数は少なかった。

品物の動きも少ないのだろう。荷車も荷馬車も、通りには一台も見えなかった。

雪之丞は日本橋のほうに向き直った。

「見てください、あの橋を」

夕陽を浴びた日本橋は、盛り上がった橋板が丸見えだった。

「まだ七ツ半前だというのに、日本橋の橋板が見えています」

「なるほど……さすが、あんたは物書きだ。モノの見方、感じ方がおれとは違う」

鴇蔵は大きくうなずいた。

「江戸が不景気だてえのが、橋を見てよく分かった」

鴇蔵が室町の大通りで吐息を漏らした。

「思いっきり、景気のいい話に仕立てます」

雪之丞は強い口調で言い切った。

「おれたちが御政道《ごせいどう》をとやかく言っても始まらねえが……」

鴇蔵は雪之丞に肩を並べて、日本橋に目を向けた。

「吉宗将軍の孫てえひとに、おれたちが気持ちを寄せ過ぎたなれの果てが、あの不景気な日本橋の眺めということさ」

西日に肌をさらした日本橋を見詰めたまま、鶴蔵にしてはめずらしく立て続けの吐息を漏らした。

賄賂《わいろ》で見苦しく太った老中を取り除く。

それを断行した松平定信の御政道を、江戸っ子は大いに称えた。

「さすがは吉宗様のお孫さんだ、御政道の色つやも毛並みも違うぜ」

前任者の賄賂まみれ政治にうんざりしていた江戸っ子は、定信の気高さを褒め称えた。

庶民の拍手喝采《かっさい》に強く後押しされた定信は、田沼政治を駆逐したあとの標的を札差《ふださし》とした。一夜で百両ものカネを使う札差を叩きのめすことで、さらに庶民の後押しを得ようと考えたのだ。

田沼意次《おきつぐ》と松平定信の大きな違いは、庶民の声を気にするか否《いな》かだった。

定信は庶民が本音を吐き出す「落首《らくしゅ》」を大いに重んじた。

祖父吉宗は、江戸の随所に目安箱を設置した。そして将軍みずから箱を開き、庶民の声を聞こうと努めた。

定信は祖父の手法の焼き直しを図った。落首を重んずるのも、その一環だった。しかし定信は、頼りとする江戸庶民の声を気にしすぎた。

大向こう受けを狙《ねら》って断行した札差成敗は、ひどい不景気を江戸にもたらすことになった。

「札差をへこませるなんざ、さすがはこころ清き定信様だぜ」

庶民は大いに褒め称えた。が、その弾んだ声は二カ月も続かなかった。

札差がカネを使わなくなって、すでに一年近くたっている。去年までの一月中旬の室町大通りは、初春大売り出し目当ての買い物客で溢《あふ》れ返っていた。

ところが今年は鏡開きの翌日だというのに、日本橋を渡るひともまばらだった。

「こんな時代だからこそ、前田綱紀公のような一徹者が入り用なのかもしれません」

庶民の受けなど気にもとめず、よきと信ずることをやり通す辣腕《らつわん》。

雪之丞は綱紀を思いながら、渡る者がまばらな日本橋を見詰めた。

頼むぜ雪さんと、わきに立った鴇蔵が正味の声を漏らした。

十九

一月十五日は、重たい空で夜明けを迎えた。

「真っ青な空もいいけどさあ。こんなふうに重たい空の下を旅立つのもまた、味わいってもんだからさ」

深川を出立する雪之丞と鴇蔵を、かすみは寮の玄関先まで出て送り出した。

雪之丞と鴇蔵は途中で一度茶店で休んだだけで、一刻半《ときはん》（三時間）で板橋宿に行き着いた。

板橋三宿の江戸寄り、平尾宿の大木戸をくぐったとき、四ツ（午前十時）の鐘が撞《つ》かれ始めた。

この日の訪れは善次郎との取り決めである。木戸を抜けた先の番所で、善次郎はふたりを待っていた。

「着くなり急がせて申しわけありませんが、旦那《だんな》様がおふたりの訪れを、じきじきにお待ちでございます」

このまま真《ま》っ直《す》ぐに行きましょう、子細は道々でと善次郎は立ち上がった。

旦那様とは平尾宿の宿場名主・豊田市右衛門のことだ。

一面識もない雪之丞と鴇蔵を名主が待っているのは、ふたりが浅田屋伊兵衛にかかわりがあるからだ。

それを善次郎はふたりに聞かせた。

雪之丞は豊田家に向かいながら、しみじみ浅田屋の力の大きさを感じていた。

市右衛門は庭に面した客間で待っていた。

ひと通りのあいさつを交わしたあと、市右衛門のほうから話を始めた。

「雪之丞さんは本陣をご覧になりたいとのことですので、先様に話を通しておきました」

市右衛門は一枚の書き付けを雪之丞に差し出した。雪之丞は両手で押し戴《いただ》いた。

「本陣内覧の儀、うけたまわりました」

本陣当主が差し入れた請書だった。

雪之丞は一読したあと、もう一度辞儀をして胴乱に請書を仕舞った。

宿場名主相手に粗相《そそう》をしでかしたら、浅田屋伊兵衛の名に傷をつけてしまう。たとえ大げさであったとしても、ていねいに接する分には安心だった。

「板橋宿の本陣は、隣の中宿にあります。昼前までならなかを見せてもいいと、中宿の飯田さんが請け合ってくださった」

市右衛門が告げた飯田さんとは、中宿の名主・飯田宇兵衛のことである。宿場名主が手配りしてくれたことで、雪之丞は本陣のなかに入れる段取りとなっていた。

平尾宿に着いたのが四ツだった。あれからすでに四半刻近くが過ぎていた。中宿の飯田家に出向き、本陣を訪れるには、さらに四半刻はかかりそうだ。昼前までの本陣内覧なら、急いで向かったとしても半刻足らずしかない。しかも雪之丞は板橋宿は不案内だった。

「善次郎を今日一日、供につけましょう」

雪之丞の胸中を察した市右衛門は、手代の同行を申し出てくれた。

「ありがとうございます」

雪之丞と鴇蔵は畳に手をついて礼を言った。今日は鴇蔵の振舞いも神妙だった。

中宿に着いたあと、善次郎は真っ直ぐ本陣に向かった。

「飯田家には、本陣内覧のあとであいさつに向かいましょう」

善次郎も「昼前まで」を大事に思っていたのだろう。

本陣に着いたあと、善次郎は雪之丞と鴇蔵をその場に残し、ひとりで門をくぐった。

本陣とは参勤交代の大名や、勅使・宮門跡《みやもんぜき》・公卿《くぎょう》・幕府官吏などの貴人が投宿する、街道宿駅の旅館である。

宿場の大きさにより、本陣の規模もまちまちだ。が、だれが見ても本陣だと分かるように、厳《いか》めしい門が構えられていた。

無用の者は門前に立ち止まることすらはばかられた。

善次郎は宿場名主に仕える手代である。変わらぬ足取りで門をくぐった。

「小芝居の大道具で、本陣の門を据え付けたことがありますが……」

雪之丞は門構えの厳めしさに圧倒されて、続く言葉を失っていた。

「なかにへえる前からそれじゃあ、へえったあとは廊下も歩けやしねえだろう」

丹田《たんでん》に力をいれて門を睨《にら》みつけろと、鴇蔵は気構えを教えた。

鴇蔵の教えには素直に従う雪之丞である。下腹に力をこめて門に目を向けようとしたとき、善次郎が出てきた。

「今朝の掃除はすべて終わったそうです」

九ツ（正午）までなら、どこでも内覧できると雪之丞に告げた。

「手数をかけました」

雪之丞の礼をうなずきで受けてから、善次郎は再び屋根付きの門をくぐった。

雪之丞もあとに続いた。

玄関の上がり框《がまち》には女中が控えていた。

雪之丞は平尾宿に着くまでは、道中用の編み上げわらじを履いてきた。

豊田家を出るとき、善次郎は雪駄に履き替えるように勧めた。

「これから向かう本陣には、わらじは不向きです」と。

雪之丞も鶍蔵も、胴乱から取り出した雪駄に履き替えて中宿に向かった。

生まれて初めて本陣の玄関に立ったいま、履き物を履き替えておいてよかったと思い知った。

玄関の土間には、樫板《かしいた》で拵えたすのこが敷かれていた。

しかし足のすすぎが見当たらない。それを問いたかったが、善次郎はすでに上がり框に立っていた。

雪之丞は雪駄を脱ぐと、すのこを踏んでから上がり框に立った。

善次郎の動き方を真似《まね》て、雪之丞は玄関に上がった。正面には途方もなく大きな衝《つい》立《たて》が立てられていた。

金箔《きんぱく》の地に、竹藪《たけやぶ》から顔を出した虎《とら》が描かれている。由緒《ゆいしょ》を問うまでもなかった。

狩野《かのう》派の絵師ならではの筆遣いである。見とれるのも礼儀だと思い、雪之丞はしばし衝立を見詰めた。

絵の見事さにも驚いたが、それ以上に玄関の広いことに息を呑《の》んだ。玄関だけで二十畳はありそうだった。

「広いですねえ……」

これしか言葉にできず、雪之丞はなかにつながる廊下に足を踏み入れようとした。

「お待ちください」

控えていた女中が雪之丞を止めた。即座に雪之丞が足を止めたほどに強い物言いだった。

「足袋を履き替えてください」

女中は雪之丞と鴇蔵の紺足袋を用意していた。驚いたことに、足袋の文数はふたり分ともにぴたりと合っていた。

思えば本陣は大名や貴人相手の宿泊所である。上《うえ》つ方《かた》の人々が、足のすすぎなど使うはずもなかった。

おのれの浅はかさを噛みしめながら、雪之丞は足袋を履き替えた。脱いだ足袋を作《さ》務衣《むえ》のたもとに納めようとしたら、女中が小さな竹籠を差し出した。

「お帰りまで、お預かりいたします」

足のにおいが残っていないことを願いつつ、雪之丞は足袋を籠に入れた。

籠を棚に仕舞ってから、女中は衝立のわきに戻ってきた。

「それではご案内いたします」

先に立った女中は、書院造りの上段の間を最初に見せた。が、説明は一切しなかった。代わりに、説明なしのわけを話し始めた。

「本陣はたとえお武家様でも、一万石以上のお大名でなければ招き上げはいたしません」

口には出さなかったが、ましてや町人を招き入れるなどはあり得ない……女中の目がそれを告げていた。

「飯田様からの強いお申し入れがございましたので、わたくしがご案内に立たせていただきました」

見るのは勝手次第だが、かわや・湯殿・寝所の三カ所は控えてくださいと、雪之丞の目を見詰めて申し渡した。

「いま申し上げました三カ所は、いずれも殿様が気を抜かれる場所です」

たとえ飯田宇兵衛の頼みであっても、見せることはできないと告げた。

「ごもっともです」

深く得心した雪之丞は、その代わりにひとつ教えてほしいと女中に問うた。

「ことと次第によりますが、おたずねはなんでしょう？」

女中の目が光を帯びた。曇天の頼りない明かりのなかでも、目の光は分かった。

「前田綱紀様も、この本陣にお泊まりになったことはありますか？」

「ございます」

女中は即答した。

「享保二年のご帰国の折り、綱紀様はてまえどもに投宿なさいました」

詳しい次第を知りたければ、飯田宇兵衛を通じて書面で問い合わせてほしい……女中の口調は、あたかも番頭のごとしだった。

「うけたまわりました」

女中に辞儀をしたものの、雪之丞は大きな驚きを覚えていた。

諸大名を受け入れる本陣ともなれば、末端の女中からしてしつけが違うものだ、と。

胸の内で感心しながら、本陣を見て回った。

立ち止まると、女中が雪之丞の背後に立った。黙ったままだが、素振りが早く移れと急《せ》かしていた。

そうされながらも雪之丞は、本陣の庭まで見て回った。

「まことにお手数をかけました」

見終わった雪之丞が女中に辞儀をしたとき、正午を報《しら》せる鐘が鳴り始めた。

本陣の門を出るなり、雪之丞は帳面と矢立を取り出した。

道端の岩に腰をおろすと、雪之丞は筆を走らせ始めた。

一　街道と接しているのは表門だけ。
一　玄関と供の荷物置き場とは、一直線に並んでいる。
一　築山《つきやま》は三百坪の広さがある。泉水も見事で、欄干《らんかん》付きの橋が架かっている。
一　建屋の大半は塀で隠されている。
一　炊事場は百坪。大名が宴席を催すこともあり、百畳の広間が構えられている。
一　畳は月に二度も表替えをする。

思いつく限りを書き留めてから、雪之丞は立ち上がった。

「綱紀様が投宿された顚末《てんまつ》を、お知りになりたいのですね？」

「ぜひとも、お願いします」

雪之丞はあたまを下げた。今日はひとにあたまを下げるのが苦ではなかった。

うなずいたあと、善次郎は縁切り榎《えのき》を見に行こうと誘った。

「綱紀様はその榎にも逸話をお持ちです」

行きますと雪之丞が答える前に、善次郎はすでに飯田屋敷に向かって歩き出していた。

宿場名主にあいさつがまだだった。

空は重たいままだが、幸いにもまだ雨は落ちてこなかった。

二十

「本陣建屋の見事なことにも深い感銘を覚えましたが、それだけではありません」

飯田宇兵衛と向き合った雪之丞は、本陣を案内した女中の立居振舞いを褒めた。

わきに座っている鴇蔵は、目で雪之丞を抑えようとした。が、目の意味が分からず、雪之丞は話を続けた。

「前田綱紀様がこの宿場の本陣にお泊まりになったとうかがいました」

子細を知りたければ、名主を通じて書面で問い合わせるようにと女中に告げられた。その文書はどんな書式で書けばいいのかと、宇兵衛に問いかけた。

柔和だった宇兵衛の目が、ひとを束ねる者特有の光を帯びた。

「鴇蔵さんは気づいておいでのようだが、雪之丞さんが女中だと思っておいでの者は、本陣当主の次女です」

「えっ……」

驚きの声を漏らしはしたが、かたわら雪之丞は得心もしていた。

案内を受けたときの受け答えの見事さも、当主次女ならば至極当然だと思えたのだ。

宇兵衛は雪之丞を見ながら先を続けた。

「女中だといえば、本陣の下見にくる大名家臣の大半は相手を見下して、ぞんざいな振舞いに及びます」

もしも接客でしくじりをおかしても、女中の身分なら言い逃れることもできる。

「次女を女中に据えておけば、なにかと好都合だというのがあちらのご当主の考えです」

種明かしをした宇兵衛は、問い合わせの文書は無用だと断じた。

「前田綱紀様がこの宿場の本陣に泊まられたのは、享保二年の四月です」

善次郎が話そうとしている縁切り榎にちなむ逸話も、享保二年の宿泊時に生じたことだと宇兵衛は明かした。

善次郎はうなずきを繰り返しながら、名主を見ていた。

「雪之丞さんも奇妙に感じておいでだろうが、帰国の大名が中山道の第一宿に泊まるのは尋常なことではありません」

宇兵衛は背筋を張った姿勢で話を始めた。

四十半ばだろうが髪は黒く、顔の色つやもいい。雪之丞に対して物言いがていねいなのは、浅田屋伊兵衛に仕える者に対する礼儀としてだろう。

「心覚えを書き留めながら、話をうかがってもよろしいでしょうか?」

「ご随意に」

宇兵衛の許しを得た雪之丞は帳面を開き、矢立を膝元においてから宇兵衛に目を戻した。

「このことは最初にうかがうべきだったかもしれませんが、ひとつ鴇蔵さんにおたずねしたい」

宇兵衛は雪之丞ではなく鴇蔵に問いかけた。ひとの目利《めき》きに鋭い名主である。身なりは奉公人の長着でも鴇蔵の身分が上だと察していた。

「あっしに答えられることでやしたら」

膝に両手を載せた鴇蔵は、背筋を張って宇兵衛を見た。

「本陣をご覧になりたいという申し出は、浅田屋さんから出ているとうかがいましたが、間違いはありませんな?」

「その通りでやす」

鴇蔵はいつもの口調で返答を続けた。

「浅田屋さんは、前田様の御用を受け持っておいでの飛脚宿です」

板橋宿にも浅田屋の出店があると、宇兵衛は続けた。鴇蔵は強くうなずいた。

「雪之丞さんがあれこれ板橋宿のことを聞き込んでおいでなのも、前田様のお役に立つためだと呑み込んでよろしいか？」

「結構です」

鴇蔵は即座に答えた。短い返事のあとは、背筋を張ったまま、宇兵衛の目を見詰めた。

「雪之丞は前田綱紀様を主人公にした物語を、今年中には書き下ろしやす。そのために、こうしてお邪魔をしている次第でやす」

鴇蔵は初めて物語のことに言い及んだ。宇兵衛になら、それを明かしても大丈夫だと判じたのだろう。

綱紀を主人公とする物語……いま耳にしたことを、宇兵衛はあたまのなかで嚙み砕いていた。宿場名主の血筋を受け継ぐ宇兵衛だけあり、呑み込みは早かった。

「綱紀様を主人公となさるのであれば、当時の御老中との確執をどう描くかが、仕上がりの肝となりますでしょうな」

宇兵衛の目が雪之丞に移っていた。

雪之丞の顔には、驚きが張り付いていた。

「水野様との確執を、宇兵衛さんはご存じなんですか？」

「存じております」

宇兵衛はきっぱりとした口調で答えた。

綱紀と忠之との確執は、享保便覧に子細が記されていた。しかしそれは門外不出の前田家の秘事である。

「わたしは当時この宿場でおきたことを詳しく祖父と父から聞かされています」

物語を書く手助けになるなら、そのこともお話しさせていただきますと、宇兵衛のほうから申し出があった。

「願ってもないことです」

座り直した雪之丞は、宇兵衛を見詰めた。

「いささか繰り返しになりますが、綱紀様が板橋宿に投宿なさることになった次第から順に話をさせていただきます」

長い話になると断りを告げた宇兵衛は、女中に茶の支度を言いつけた。

焙《ほう》じ茶とまんじゅう、煙草《たばこ》盆が運ばれてきてから宇兵衛は話を始めた。

享保二年四月の加賀藩帰国時、前田綱紀は七十五歳である。八代将軍吉宗は三十四歳で、歳《とし》は綱紀の半分にも満たなかった。

水野忠之は四十九で、林鳳岡は七十四。綱紀の七十五歳という年齢は、将軍の学問指南役で図抜けた長寿といわれた林鳳岡をも超えていた。加えて前田家は外様《とざま》とはいえ、禄高百万石の並ぶ者なき大身大名である。

将軍の近くに詰める学者の知識をも、綱紀の博識は上回っていた。しかも古来希《まれ》なりとされる「古希《こき》」を大きく過ぎても、達者ぶりに衰えは見せないのだ。

長幼の序を尊ぶ将軍吉宗は、年長者の綱紀を敬慕していた。

いや、ただ長幼の序を重んじただけではない。綱紀と話すことで察せられる博識に、吉宗は心底の敬意を抱いていた。

加えて、もうひとつ。

「高い身分にありながらも世事に通じ、書画骨董《こっとう》にも目が利く者を粋人《すいじん》と申します」

林鳳岡は前田綱紀こそ真の粋人であると、吉宗に進講していた。

吉宗は粋人なる語に、強くこころを惹《ひ》かれた。そして真の粋人と鳳岡が称《たた》えた綱紀の生き方に憧憬《しょうけい》の念を抱いていた。

吉宗は徳川家本流ではなく、御三家の一から将軍に就いた身である。

「前例を踏襲するも大事であるが、新たにことを起こすもまた大事である」

幕府内に堅固に横たわる仕来《しきた》りを、吉宗は片っ端から破った。そして前例のないやり方で、まつりごとを推し進めた。

その姿勢を高く評価したのが綱紀である。

「吉宗様こそ粋人であらせられる」

綱紀から粋人と呼ばれたことを、吉宗は大いに喜んだ。その喜びの思いが、吉宗と綱紀の間柄を密なるものとした。

老中水野忠之は、この事態を不快としていた。綱紀は忠之を飛び越えて、将軍や指南役学者と直接にことを進めていたからだ。

綱紀と忠之とは、互いに相手を嫌悪《けんお》しながらも表向きの間柄は平静を保っていた。

老中はまつりごとに関する大きな権限を有していた。が、吉宗は綱紀を深く敬っているのだ。

まつりごとの原理原則を強く主張して綱紀をへこましたりすれば、吉宗の不興を買いかねない。

聡明《そうめい》な将軍であっても、踏んではならない長い尻尾《しっぽ》を吉宗も垂らしていた。

綱紀はもちろん、老中の権限の大きさを熟知していた。

幕閣を本気で怒らせたりすれば、前田家といえども無傷では済まない。

とはいえ、将軍様には我が心をご理解賜っているとの自負があった。

もしも忠之との間に抜き差しならぬ事態を引き起こしたときは、吉宗は綱紀有利の裁定を下すと確信していた。

その思いを下敷きにしつつ、水野忠之の面子《めんつ》を傷つけることのないように、張り合うときでも綱紀なりに加減をしていた。

綱紀と忠之の間柄は、常に張り詰めていた。破裂しないで済んでいたのは、綱紀も忠之も、緊張が限界に達することのないように、気遣っていたからだ。

見方を変えれば、綱紀と忠之の間に平時などはないと言えた。

江戸から国許《くにもと》に帰る参勤交代は、五街道を監督する道中奉行の管轄《かんかつ》である。重要な職だが、道中奉行は寺社奉行と大目付が一名ずつ兼任するのが慣わしだった。

道中奉行は老中支配である。

前田家の帰国行程を老中が直接指揮・督励するわけではない。しかし道中奉行の背後に座す忠之の姿を、綱紀は強く意識していた。

綱紀の御城出仕当番は偶数日である。

享保二年一月四日の御城では、まことに間の悪いことに忠之と綱紀がふたりだけで広間に座すことになった。

つかの間に近い、わずかな間でしかなかった。しかし日頃から腹に存念を抱え持つふたりには、長い長い間であったのだろう。

交わした話はふたつ、三つに過ぎなかった。そのわずかなやりとりのなかで、忠之は綱紀の帰国道中に言い及んだ。

「このたびもまた、何千人という桁違《けたちが》いの大所帯で街道を進まれるご様子ですな」

加賀藩の参勤交代行列は、少ないときでも三千人である。これだけの大人数が宿泊できる宿場は、五街道すべてを見渡してもきわめて限られていた。

前田家の道中奉行は、帰国に先立つ一年前から、公儀道中奉行配下の事務方と談判を重ねていた。

忠之は皮肉な物言いをしたわけではなかった。それでも綱紀は、その日下城するなり配下の道中奉行を呼び寄せた。

「たとえ老中といえども、わしの帰国道中に触れるのは役目違いもはなはだしい」

綱紀は帰国の日程を一日早くして、第一泊を板橋宿に取るようにと命じた。

道中奉行山川中之助《やまかわなかのすけ》には、藩主の命令を拒める道理がなかった。

「案ずることはない。板橋宿の一日を手前に加えるだけで、あとは当初の段取りをそのまま生かせばよい」

指図を与えながら、綱紀は鼻のあたまを掻《か》いた。胸に思うところを抱え持っているときの、綱紀のくせである。この仕草が出たときは、なにを言っても聞き入れてもらえないことを山川はわきまえていた。

「御意のままに」

引き下がった山川は、江戸城の公儀道中奉行執務部屋をおとずれた。

宿場の本陣は道中奉行が管理していた。

参勤交代は一時期に集中するのが常だった。どの大名も、道中の陽気がおだやかな時期の旅立ちを希望するからだ。

出立が重なれば、同じ街道を往来する藩同士が、宿場で鉢合わせすることになる。

本陣を構えている宿場でも、おおむね一軒しかない。どの大名が本陣を使うかは、藩の面子がかかった大問題である。

ゆえに本陣の割り当ては、公儀道中奉行が一手に行っていた。

「当家は四月三日の出立を一日早めて、四月二日といたしたく存じまする」

山川は新たな道中日程表を差し出した。

「板橋宿を行程に加えるだけで、後の宿場にはなんら障《さわ》りはございませぬ」

日程変更を受け入れてほしいと、山川は強く頼み込んだ。

「この期《ご》に及んで、発日変更を受け入れてほしいですと？」

山川からの申し出を受けた奉行は、部屋中に響き渡る甲高い声を発した。配下の面々が、筆を使う手を止めていた。

「道中試案の提示は、遅くとも一年前までとされておる。出立が三カ月後に迫ったいまになって、変更を願い出るなど、沙汰の限りであろうが」

「ご指摘はもっともでござりまするが、我が殿のご意向は絶対でありますゆえ、奉行におかれましても、ぜひにもご承知方、賜りますように」

山川は願いの言辞を重ねた。

幸いなことに、四月二日の板橋宿本陣は空いていることを、山川はすでに調べていた。

綱紀の一徹ぶりは、道中奉行も知悉《ちしつ》していた。

「きわめて異例ではあるが、願い出の儀はうけたまわった」

道中奉行は帳面に書き加えをしたあと、山川の顔をまじまじと見詰めた。

「綱紀様のお守りは、さぞかし気苦労が多かろうの」

道中奉行の目には、山川の苦労をねぎらうような色が浮かんでいた。

「いきなり旅立ちを一日早められたのは、その日に殿中でご老中と綱紀様が互いに言い分を譲らなかったからだと、祖父から聞かされた覚えがあります」

宇兵衛は遠くを見るような目で、焙じ茶をすすった。

「四千人という途方もない人数が、板橋宿にお泊まりになると分かったのは、二月九日のことでした」

宇兵衛は享保二年の中宿日誌を二月から四月のぶんまで、蔵から手元に運び出していた。

「参勤交代の行列にご投宿いただければ、宿場は潤《うるお》います。本来ならば諸手《もろて》を挙げて喜ぶところでしたが、なにしろ前田様のご一行ですから」

前田家上屋敷から一里少々の板橋に投宿するなど、前例のない出来事だった。

「百万石のお大名の身に、もしものことがあっては、宿場の役職者全員の首が飛ぶだけでは収まりません」

日誌の記述を読む宇兵衛は、七十四年前の宿場役職者たちの狼狽《ろうばい》ぶりを肌身に感じているかのようだった。

板橋宿は中山道の第一宿である。

江戸に出府する大名諸家の多くは、板橋宿に投宿した。そして翌日の江戸城までの道中を威勢よく進むために、板橋宿で英気を養った。

帰国時に中山道を進む大名の最初の宿場は、蕨《わらび》・浦和・大宮のいずれかだった。

中山道第二宿の蕨は、日本橋から四里二十八町（約十八・八キロ）。本陣は二軒あった。

第三宿の浦和は、蕨から一里十四町（約五・五キロ）先である。浦和にも本陣は一軒あった。

さらに一里十町（約五キロ）進めば第四宿の大宮である。大宮には一軒の本陣に加えて、九軒の脇《わき》本陣があった。

たとえ同じ日に中山道を帰る大名が重なったとしても、蕨・浦和・大宮に振り分けることで、やりくりはできた。

日本橋から二里十八町（約九・八キロ）しか離れていない板橋宿に、帰国時に投宿する大名は皆無といえた。

板橋宿は、大名の投宿には慣れていた。が、それはすべて出府を控えた大名である。

ところがこのたびは、帰国時の大名行列の受け入れである。しかも加賀百万石の前田家だ。

「宿場のお役人から指図されるまでもなく、三宿の名主、肝煎《きもいり》、五人組、火消しの頭など、思いつく限りの役職者が寄合を重ねました」

寄合には浅田屋板橋出店の番頭も加わった。火急の用が生じたときには、江戸上屋敷と国許の、どちらにでも直ちに駆け出す備えを組むためである。

享保二年二月の宿場日誌は、他の二冊に比べて分厚かった。多数の宿場役職者が、数え切れないほどの寄合を重ねたに違いない。そのありさまが、日誌の分厚さから察せられた。

宇兵衛は二月の日誌を、十日分ほどまとめてめくった。

享保二年二月十日の日付が、向かい側に座した雪之丞にも見てとれた。

「前田様の投宿を告げられた翌日、当時の上宿の名主がてまえの祖父を訪ねてこられました」

宇兵衛の祖父は、享保二年当時の中宿名主を務めていた。

「日誌には表情までは書かれていませんが、訪ねてこられた上宿の名主は、ほとほと思案に詰まったという顔をしておられたそうです」

宇兵衛は祖父から何度もこの話を聞かされていたのだろう。日誌を閉じたあとは、当時のことを諳《そら》んじて雪之丞に聞かせ始めた。

「板橋宿には多くの飯盛り女がいます」

一夜の遊びのために、江戸から多くの男が板橋宿に押しかけてきた。

四千人もの行列が板橋宿に投宿すれば、他の旅人を泊めることはできなくなる。前田家の行列一行で三宿が貸し切りとなるのだ。それは指図を受けた当初から織り込み済みだった。

上宿の名主が思案に詰まったのは、色里の旦那衆から強い申し入れがあったからだ。

「板橋三宿がひとで溢《あふ》れ返るなら、色里にはまたとない商いの折です。ぜひにも飯盛り女たちに稼がせてやりたい……」

宇兵衛は話の途中で湯呑みに口をつけた。

「あいまい宿の旦那衆は、三名主の中でも長老格の上宿の名主屋敷に談判のために押しかけてきたそうです」

「大名行列相手に、商いをさせろと詰め寄ったのですか？」

雪之丞の声が甲高《かんだか》かった。

前田家を相手に、しかもこれから長い道中を控えた行列相手に、飯盛り女が……。

「なんと無茶なことを」

雪之丞は、高い調子の声でつぶやいた。ところが宇兵衛の答えは意外なものだった。

「あいまい宿が、ほどをわきまえてもてなす限りは勝手次第であると、綱紀様のお許しがいただけました」

ことはあいまい宿の望む形でケリがついた。

「綱紀様が示された粋人ならではの計らいに触れたことで、宿場の者全員が行列の到着を待ちわびることにつながりました。四月二日のご投宿の日以来、七十年以上過ぎたいまでも板橋宿では綱紀様を深く深くお慕い申し上げております」

綱紀様亡《な》きあとも、前田家には格別の思いを抱き続けておりますと、宇兵衛は付け加えた。

宇兵衛の話を聞きながら、雪之丞は書き下ろす物語の第一章をあたまのなかで組み立てた。

三宿もある板橋宿が、前田家の行列家臣で貸し切りになっている……。

話を聞きながら、あたまでは宿場の繁盛・混雑ぶりを思い描いていた。

そんなところに、格別の話が宇兵衛の口から出てきた。

あいまい宿の旦那衆と、宿場名主の談判という一件である。

これから旅が始まろうという行列に、飯盛り女に媚《こ》びを売らせろと、旦那衆は詰め寄った。

そんな途方もない話を、上宿の名主は前田家にどんな形で伝えたのか。

こわごわ願い出たことに、綱紀は粋《いき》な計らいをしたという。

その子細は？

縁切り榎でも、綱紀は粋人ならではのことを為《な》したという。

いったいそれはなにか？

戯作者《げさくしゃ》の血を騒がせながら、雪之丞は話に聞き入っていた。

宇兵衛から聞かされた子細と、享保便覧に記された史実。これらを重ね合わせながら、物語の第一章を書き進めることになる。

すべての章が仕上がった物語を、もしも老中松平定信様が目にされたとしても……。

不興を買わぬように、公儀に気配りしつつ描くことだと雪之丞は自分に課した。

浅田屋を主人公に配することで、綱紀を称えても定信の不興を買わない工夫はできる！

雪之丞はかわやに向かう廊下で、これを思い定めた。

かわやの手前の濡《ぬ》れ縁を、脚を強めた雨が濡らしていた。吹き降りの雨が、雪之丞にまとわりついた。

気の昂《たか》ぶっている雪之丞には、心地よく感ずるお湿りだった。

二十一

毎月二十八日は富岡八幡宮の縁日である。

寛政三年二月二十八日、五ツ前。

雪之丞は富岡八幡宮本殿につながる石段に腰をおろしていた。

雪之丞の真正面は南の方角で、大鳥居が見えた。

洲崎《すさき》沖の海から昇った陽は、雪之丞の左側にいた。春の陽は、石段に座した雪之丞の左頬を照らす高さにまで昇っていた。

「柱の据え付けは終わったからよう。おめえは台を組み立ててねえ」

「がってんだ」

濃紺の半纏《はんてん》を羽織った男ふたりが、物売り屋台を組み立てていた。

半纏の背には「菱沼《ひしぬま》」の屋号が染め抜かれている。半纏を照らす光からは、陽春の柔らかさが感じられた。

板橋宿の聞き込みを終えたあと、雪之丞は浅田屋伊兵衛と向き合った。

「浅田屋と三度飛脚を、物語の主人公として話を書き進めます」

雪之丞はわけを話す前に結論を告げた。

伊兵衛は口を挟まず、目で先を促した。

「享保二年四月の帰国行列には、三度飛脚が後追いで加わっていたことにします」

大名行列に三度飛脚が付き従うことはない。そのことは雪之丞も分かっていた。が、これから書こうとしている物語では、行列を後追いしている三度飛脚が背骨である。

伊兵衛は変わらず黙したままだった。

雪之丞は続きに入った。

「浅田屋と三度飛脚が主人公で物語が進めば、御老中と綱紀様の確執は本筋ではなくなります」

三度飛脚の働きぶりを物語の骨に据え置くことで、定信もカミシモを脱いで寛《くつろ》ぎながら読めるに違いない。道中の楽しさが伝われば、忠之と綱紀の意地の張り合いも、気持ちを尖《とが》らせずに読み進んでくれる。筋立てのなかで、綱紀様も浅田屋も、御公儀には二心を抱いていないことを描く。

「定信様がもしも読まれたとしても、二心なしは読み取ってくださるでしょう」

言い終えた雪之丞は、膝《ひざ》に載せた両手に力を込めた。

伊兵衛は湯呑みを手にしたあと、軽く口をつけて膝元に戻した。

「いい思案だ」

褒めたあとも、目の光の強さはゆるまなかった。

「定信様が寝る間も忘れて読み進めてくださるような物語に仕上げていただきたい」

「仕上げます」

雪之丞は丹田に力を込めて請け合った。

翌日から雪之丞は本郷の浅田屋に移り、三度飛脚と一緒に寝起きを始めた。

浅田屋と三度飛脚を主人公に据えるなら、飛脚の実態を肌身に覚えさせる必要がある。その体得のために飛脚棟の住み込みを願い出た。

雪之丞は十日の間、飛脚棟で暮らした。飛脚と同じものを食い、同じ酒を呑んだ。同じ湯にもつかった。

「あんた、いい道具をぶら下げてるぜ」

湯で雪之丞の逸物《いちもつ》を見たあとは、飛脚の物言いが変わった。仲間として受け入れた口調になっていた。

「吉原《なか》に行こうと頭が言ってる」

走り方の極意を教わった日の夜、雪之丞は遊びに連れて行かれた。

慣れぬ稽古《けいこ》を一緒に続けたことで、雪之丞はくたびれ果てていた。節々も痛い。しかし気持ちだけは大いに高揚していた。

吉原への同行を許されたのは、仲間と認めてもらえたあかしだと思えたからだ。

六人の男衆は、だれもが馴染《なじ》みの敵娼《あいかた》を持っていた。

「おれっちの仲間だ。まだ若えからよう、朝まで寝かすんじゃねえぜ」

女郎は舌なめずりをして目元をゆるめた。

翌朝は日の出とともに、女郎が宇治をいれて雪之丞に振る舞った。

ふたりとも目が赤かった。

十日目の明け六ツ、飛脚たちは板橋宿に向けて本郷の浅田屋を出立した。三度飛脚の御用を務める出立である。

中山道を目指す飛脚たちが辻《つじ》を曲がるまで、雪之丞は後ろ姿を見送った。

朝日を正面から浴びながら、雪之丞はこの朝、深川に戻った。

三冊の帳面と、菊判の土佐紙を使い、物語の筋を組み立てた。

書いては消し、書いては消しを繰り返した。

「今日は屑《くず》の出具合はいかがでしょう？」

筋の組み立てを始めた日から、雪之丞は屑屋の得意先になっていた。

二月二十八日の六ツ半ごろに、これでいけると手応《てごた》えを感じた。組み立てが仕上がった。

「できました」

やりとげたという顔で小声をもらした。

かすみは熱々の焙じ茶と大粒の梅干し、そして岡満津のもなかを運んできた。

菱沼の屋台が二店組み立て上がったとき、永代寺から五ツの鐘が流れてきた。

「やるぞ」

雪之丞は自分に気合いを入れた。

「しっかりやんねえ」

若い衆が威勢のいい声を返した。

てきやに軽く会釈《えしやく》をしてから、雪之丞は雪駄をはずませて石段を登り始めた。

朝日を浴びた社殿の屋根が、眩《まばゆ》く輝いている。そのキラキラを浴びて鳩《はと》が飛び立った。

二十二

陽の差し込む浅田屋の居室で文机《ふづくえ》を挟み、雪之丞は再び伊兵衛と向き合って座していた。『綱紀道中記』のあらすじと、創作についての考え方を伊兵衛に聞かせるために、である。

二月二十八日の正午前で、柔らかな陽が居室の畳を明るく照らし出していた。

聞き終えた伊兵衛は目を閉じて、いま雪之丞が口にした事柄を吟味した。

黒檀《こくたん》の文机にも部屋の明るさが届いている。磨き上げられた黒檀は、深みのある黒《くろ》艶《つや》を見せていた。

音も立てずに深い息を吐き出した伊兵衛は、両目を開いて雪之丞を見た。

雪之丞の背筋が伸びた。

「雪之丞さんがなにを書くのか、なにを書きたいと思っているのかは、いまの話でおよそは呑み込めた」

伊兵衛は膝元の盆から湯呑みを手に取った。文机には盆も湯呑みも載せてはいなかった。

「書き出しの板橋宿の描き方や、水野忠之様をご老中として登場させたいという思いつきは、いずれも秀逸だと感心した」

雪之丞を見詰めたまま、伊兵衛は褒めた。

板橋宿で聞き込みを為したとき、多くの者が水野は当時の老中だったと、記憶違いをしていたことが判明した。

綱紀公の逗留《とうりゅう》から、すでに七十四年が過ぎているのだ。

当時を知る板橋宿の存命者は皆無で、先代、先々代から語り継がれてきた話を、当主たちが雪之丞に聞かせたのだろう。

雪之丞も名前の通っている水野忠之を老中とし、頑固一徹だった綱紀を確執の好敵手として描こうと決めていた。

湯呑みを膝元に戻したあと、伊兵衛は二冊の綴《と》じ本を文机に載せた。

「手に取ってもらって結構だ」

伊兵衛に言われて、雪之丞は文机に手を伸ばした。

『野狐物語《やこものがたり》』

『越路加賀見《こしじかがみ》』

いずれも加賀騒動の実録本として知られている摺《す》り本である。

雪之丞ももちろん書名は知っていた。しかし現物を見るのはいまが初めてだった。

「この二冊とも、ご公儀が版元に発行禁止を命じたと聞いておりますが？」

「その通りだ」

伊兵衛は引き締めた表情で説明を始めた。

「前田家お家騒動については、御公儀は一切の手出しを控えてこられた」

伊兵衛の物言いからは前田家・将軍家両方に対する敬いが強く感じられた。

禄高《ろくだか》百万石の比類なき大身大名前田家だが、外様の格でしかなかった。

改易の口実を常に探していた公儀である。

享保八年の藩主交代（綱紀から吉徳《よしのり》）に起因して生じた前田家お家騒動は、取り潰《つぶ》しの格好の材料だった。

しかし将軍吉宗は静観を命じた。五代藩主綱紀を深く敬愛していたがためであろう。

加賀にあってはしかし、立て続けに藩主が毒殺される騒動となった。

公儀が一切の手出しを控えたため、公《おおやけ》には語られず仕舞いとなった。騒動の子細は実録本の形で出版され、世に知らしめられた。

公儀は三冊発行された実録本を、版元に命じてすべて発行禁止処分とした。

前田家お家騒動に御公儀が静観で臨んでくれたことで、いまも前田家は存続できていた。

三度飛脚を拝命している浅田屋とて同じである。前田家安泰なればこその三度飛脚だ。

伊兵衛はこの道理を雪之丞に説いた。

「綱紀様と将軍様とが互いに相手を尊敬し、かつ慕い合う温《ぬく》もりに充《み》ちた間柄を、物語の軸に据えてあれば」

伊兵衛は口調を引き締めて先を続けた。

「御公儀あっての前田家であることが、お読み下さるやもしれぬあの御方にも伝わる」

水野忠之と綱紀の確執を描くに際しても、両者の立場には充分の配慮を忘れぬようにと、伊兵衛は念押しをした。

「いま頂戴《ちょうだい》しましたお指図、てまえのこころにしかと留めておきます」

雪之丞は深くこうべを垂れた。

黒檀の文机が、ひときわ艶を放っていた。

綱紀道中記

一

享保《きようほう》二(一七一七)年は、初午《はつうま》に当たる二月九日の翌日が春分となる暦の巡りであった。

初午はこどもが楽しみにしている行事である。板橋宿は平尾宿・中宿・上宿の三宿が一緒になって、初午を祝うのが習わしだった。

平尾宿には竹馬作りに適した青竹の竹藪《たけやぶ》が幾つもあった。中宿には竹細工の職人が多く集まっていたし、上宿には車屋が五軒あった。

こどもたちが竹馬乗りと凧《たこ》揚《あ》げで遊ぶのは、平尾宿に構えられた三千坪の火除《ひよ》け地である。

板橋宿三宿内に暮らすこどもに限らず、近在のこどもたちも平尾宿に押し寄せてきた。三宿の職人たちが総出で、毎年二千騎の竹馬を拵《こしら》えてこどもたちを待っていたからだ。

享保二年の初午の朝も、火除け地の出入り口わきには名主席が設けられていた。

平尾宿の名主、豊田市右衛門。

中宿名主の飯田宇兵衛。

上宿名主の板橋市左衛門。

名札が立てられた卓では、それぞれの宿場名主が腰掛けに座していた。

五ツ半（午前九時）になれば、火除け地出入り口の柵《さく》が開かれるのだ。

柵の内側に止められた二十台の荷車には、それぞれ百騎ずつの竹馬が積まれていた。

空から降り注ぐ陽差しは、春分を迎える温《ぬく》もりに充《み》ちていたが……。

「早く柵を開いてよ」

「おいら、五ツ（午前八時）からここで待ってるんだもん。身体《からだ》が冷えちゃった」

こどもたちは地べたを踏んで、早く早くと鳶《とび》をせっついた。そのさまは遠目には、寒さに震えているかに見えた。

「五ツ半には、まだいささか間がありそうだが、もうよろしいか？」

「あれだけのこどもが待っております。どうぞ、柵を開いてください」

ふたりから同意を得た板橋市左衛門は、柵を守っている鳶に目配せをした。

「がってんでさ」

威勢よく応《こた》えた鳶は、柵を閉じていたかんぬきを抜いた。

ギイイッと軋《きし》み音を立てて、柵が内側に開かれた。

こどもたちが一斉に火除け地になだれ込み、竹馬を持っている鳶たちの前に押し寄せた。

「竹馬はたっぷりあるから心配いらねえ。きちんと並びねえな」

一列に並べと、鳶が繰り返し大声を発しているところに、宿場役所に雇われている事務方の手代が駆けてきた。

「たったいま、宿場役所の野崎《のざき》様のお使いが見えられまして」

全力で駆けてきた手代は、息を整えるのに難儀をしていた。

「野崎様のお使いが、どうされたのだ」

平尾宿の豊田市右衛門が、焦《じ》れたような物言いであとを促した。

「宿場名主三名揃《そろ》って、直ちに役所に参上いたせとのお達しでございます」

言い終えた手代は、身体をふたつに折って市右衛門の卓に手をついた。

「直ちに参上しろだけでは、ご用向きを判じようがない」

「いかにも」

市右衛門の言い分にうなずいたのは、中宿の飯田宇兵衛である。

「使いの方は、火急《かきゅう》の用の子細をなにか言われなかったのか？」

宇兵衛の問いに手代は大きく首を振った。

「なにを差しおいても即刻参上するようにと、使いの方は三度、同じことを繰り返して言われました」

そのほかにはなにも言わなかったと手代は結んだ。

「なにか尋常ならざることが生じている様子ですな」

「野崎様がそこまでわしらを急《せ》かされるのも、滅多にないことだ」

市左衛門は、あごに手をあてて思案顔を拵えた。五十八の市左衛門が最年長である。恰幅《かっぷく》も一番いい市左衛門を、他のふたりは常に頼りにしていた。

「とにかく、役所に急ぎましょう」

先に立って市左衛門が歩き出した。

二番手に飯田宇兵衛を行かせた豊田市右衛門は、歩き出す前に鳶の頭《かしら》を呼び寄せた。

「役所の野崎様から、急なお呼び出しがあった。あとは頼んだぞ」

「任せてくだせえ」

頭が胸を叩《たた》いた。半纏《はんてん》に描かれた赤筋は、頭を示す柄である。

春分の陽を浴びて、赤い一本の筋が眩《まばゆ》く輝いていた。

二

板橋宿の宿場役所は平尾宿の宿場内に構えられていた。

板橋三宿は江戸を出たあとの中山道《なかせんどう》第一宿である。平尾宿に入った中山道は、宿場のなかで川越街道を分岐した。

宿場役所は、中山道と川越街道が分岐する根元にあった。敷地は二千坪で、周囲は高さ一間半の漆喰壁で囲まれていた。

市左衛門、宇兵衛、市右衛門の三人は、足を急がせて宿場役所の正門を訪れた。

門番は明け六ツ（午前六時）から四ツ（午後十時）までの八刻《とき》（十六時間）を、二人一組、四組が交代で受け持っていた。

八人いる門番の全員と、宿場名主は三人とも顔馴染《なじ》みである。

しかしどの組の門番も顔見知りのはずの名主を常に誰何《すいか》した。

「平尾宿名主、豊田市右衛門にございます」

問われた名主たちも、あたかも初顔合わせであるかのように名乗った。

これが門番と名主の間の儀式だった。

ところが二月九日は様子が違った。

三人が名乗る前に、門番が正門の内に招き入れた。のみならず……。

「野崎様から、お三方を案内申し上げるように言付《ことづ》かっております」

驚いたことに門番は、先に立って三人の案内役を受け持った。

名主たちは無言のまま、互いに顔を見交わした。

月に四、五回、三人とも役所を訪れていた。だれもが名主を襲名してから今日まで、すでに長い歳月を経ていた。

これまで何十回、いや何百回この役所を訪れたことか。その間、ただの一度も誰何なしに敷地内へ招じられたことはなかった。まして門番が案内に立つなど、あろうはずもなかった。

いったいなにごとが生じているのか？

正門から役所玄関に至る道を三人の名主それぞれが、胸の内で思案をめぐらせながら歩いた。しかしだれも定かな答えに行き着かぬまま、玄関に着いた。

「ありがとう存じました」

門番に礼を告げてから、玄関に入った。

三人はさらに目を剝《む》いて驚いた。

役所には参勤交代途中の藩主が顔を出すこともめずらしくはない。高貴な来客の接待役として、役所には腰元が五人詰めていた。

なかのひとりが、衝立《ついたて》の前で三人を待ち受けていたのだ。

「お待ち申し上げておりました」

腰元に小声で言われたときは、豪毅《ごうき》で通っている板橋市左衛門が身体を震わせた。

「参りましょう」

市左衛門は腹をくくったという声だ。

「かしこまりました」

宇兵衛も市右衛門も、神妙な顔で応じた。

三人の驚きはこのあとも続いた。

腰元が案内したのはいつもの小部屋ではなく、庭が見える十六畳の客間だったのだ。

障子戸は開け放たれており、柔らかな陽差しが畳に差し込んでいた。

濡《ぬ》れ縁に近い場所に、座布団《ざぶとん》が用意されている。腰元はそこに名主たちを案内した。

「暫時、お待ちくださりませ」

腰元が客間から下がるのと入れ替わりに、野崎太助《たすけ》が入ってきた。

板橋宿場役所の棟取《とうどり》を務める野崎は、役所で一番の偉丈夫《いじょうふ》である。

三人は野崎を迎えるために、座布団からおりようとした。

「構わぬ。そのままに」

野崎は立ったまま、野太い声で命じた。

上背は五尺七寸（約百七十三センチ）あるが、目方は十六貫（約六十キロ）と、身体は引き締まっている。

常に野外での素振りを怠らず、日焼けした顔は上背と相まって逞《たくま》しく見えた。

三人と向かい合わせに野崎が座したところに、腰元が茶菓を運んできた。

ふたのかぶさった湯呑《ゆの》みは、赤色も鮮やかな九谷焼きである。茶に添えられているのは干菓子だった。

「急な召し出しで、さぞや迷惑をかけたに相違ない。まずは茶で口を湿していただこう」

野崎は三人に茶を勧めた。

誰何もせず、案内にまで立った門番。

玄関の衝立前で待ち受けていた腰元。

さらには十六畳の客間に案内し、茶を勧める野崎。

今朝は異例ずくめで、市左衛門たち三人はことごとく驚かされてきた。

しかしここまでの驚きは、まだ序の口も同然だった。

三人が湯呑みに口をつけて、ひと口をすすったところで野崎が口を開いた。

「急な話であるが、加賀の前田様が四月のご帰国に際し、板橋宿を第一宿となされる旨《むね》、道中奉行事務方より一報が届いた」

野崎はこの長い前置きを、息継ぎもせず一気に告げた。

ものに動じないことで知られている市左衛門が、固唾《かたず》を呑み込んだ。

「届けられた送達文書には道中奉行様の署名もあるし、役所朱印もあった。断じて誤りではない」

野崎が言葉を区切っても、三人は息吐く音さえも漏らさずに黙していた。

名主の顔を順に見たあとで、野崎は持参した心覚え帳を開いた。

「本陣手配りは、すでに道中奉行が済ましておいでだ。追ってそのほうにも御城より報《しら》せが届くだろう」

野崎は飯田宇兵衛に告げた。

「うけたまわりましてございます」

答えた宇兵衛の声はかすれていた。

「前田家から道中奉行にあてた願い出によれば、このたびの帰国道中は、総勢三千九百三十七人、馬七十六頭、荷運び荷車十七台とのことだ」

板橋三宿で、この大所帯を受け入れなければならない。

「そのほうらには格別の造作をかけるが、よしなにお願いしたい」

野崎は頼みの言葉で話を閉じた。

しかし名主三人は、あまりの驚きゆえか、黙したままだった。

野崎はこの沈黙を、名主たちの拒絶だと取り違えたようだ。

「無理無体は承知で頼んでおるのだ。拒むなどの挙に出ることなく、よしなに取り計らってもらいたい」

野崎の物言いがわずかながら尖《とが》りを帯びていた。

棟取の物言いで、市左衛門が我に返った。

「拒むなどとは、滅相もございません」

市左衛門は畳に両手をついた。

両脇《りょうわき》のふたりも、同じ形をとった。

「謹んで受けさせていただきます」

言い終えた市左衛門は、深い辞儀をした。調子を合わせて市右衛門と宇兵衛も深くあたまを下げた。

「引き受けてもらえれば重畳至極《ちようじよう》である」

野崎がめずらしく笑みを浮かべた。

棟取なりに、気持ちが張り詰めていたのだろう。いかに道中奉行からの送達とはいえ、宿場名主に受け入れを拒まれてはなにごとも運ばない。

三人の承諾を目《ま》の当たりにできたことで野崎も思わず表情をゆるめたようだ。

「これへ」

野崎の小声で、腰元が姿をあらわした。客間の外で耳を澄まして待っていたらしい。

「名主殿三方に茶の代わりを持ちなさい」

「かしこまりました」

腰元の声がかくも涼やかだったのかと、市左衛門は初めて気づいた。

「今日のところは、そのほうらに引き受けてもらえたことで充分だ」

細部の詰めは明日から始めると野崎は申し渡した。

「四月二日の逗留《とうりゆう》当日……いや、前田様が宿場を出立される四月三日まで、明日からは一日たりとて気が抜けぬことになる」

野崎の日焼けした顔が、元通りに引き締まっていた。

「せめて今日一日は、わらべとともに初午を楽しんでいただこう」

野崎の濃い眉《まゆ》が上下に動いた。

「ありがとう存じます」

市左衛門は膝《ひざ》に両手を載せて応えた。

庭の隅に設《しつら》えられた鹿威《ししおど》しが、スコーンと鳴った。

三

野崎太助には、せめて今日一日は初午を楽しめと言われた。

深くこうべを垂れて礼を言ったものの、宿場名主三人は、休む気になどなれるものではなかった。

あの前田家が、帰国の第一宿を板橋三宿に決めたというのだ。

加賀百万石といえば、竹馬乗りに夢中のわらべでも知っている大身大名だ。前田家の殿様が江戸市中を行くときには、その華麗な行列を見るために、見物人が幾重にも人垣を作ると言われていた。

幸いにも本陣の手配りは、道中奉行がすでに済ませているという。本陣取りの争いに巻き込まれて、宿場名主が往生する心配はこれで失《う》せていた。

しかし総勢三千九百三十七人に馬が七十六頭、荷車十七台の途方もない大所帯が、わずかふた月後にやって来るのだ。こんな難題を抱えては、今すぐ動かざるをえない。

「取り急ぎ、明日から先の段取りをただいまから三人で決めましょう」

板橋市左衛門が口にしたことに、残るふたりは深くうなずいた。

「うまい案配にあの易断師《えきだんし》が三日前からわしの宿に逗留しておりますんでな。まことにご足労をかけますが、てまえの宿までご一緒ください」

ふたりに対する市左衛門の物言いが、いつになくていねいである。

百万石大名の逗留世話を粗相なく成し遂げるには、上宿・中宿・平尾宿の三宿が力を一にすることが欠かせない。その大切さを、市左衛門は肌身で感じているに違いない。物言いのていねいさに、市左衛門の思いがあらわれていた。

三人は連れだって屋敷に向かい始めた。

中宿と上宿の境目には、石神井川《しゃくじいがわ》が流れている。川に架かるのは長さ九間（約十六メートル）のゆるい傾斜の太鼓橋だ。

市左衛門が先に渡り始めた。

太鼓橋の真ん中には、板橋宿に投宿していた旅人たちが群れをなしていた。群れの真ん中には、赤い小旗を手にした案内人がいた。

流れの清らかな石神井川には、土地の金持ちが放流した錦鯉《にしきごい》が泳いでいた。満ちた春の陽が、川面《かわも》を照らし、橋の下を泳ぐ錦鯉も、ぬるんだ川水が心地よさそうである。

案内人は川を泳ぐ錦鯉と、太鼓橋の説明を始めた。

「この橋が上宿と中宿の間に架かっているがゆえに、ここが板橋宿と呼ばれております。橋の下を流れるのは石神井川と申しまして、飲み水にも使えるほどの清い流れです」

流れの清らかさを羨《うらや》ましがる吐息が、見物人から漏れた。

案内人は聞かせどころの手前で、深呼吸をした。

「清い川を泳いでいるのは、板橋宿名物の錦鯉です」

見物人のほうに振り返った案内人は、目を大きく見開いた。

「橋の上から見るのはご自由ですが、鯉を獲《と》って洗いにしてはいけません」

決まり文句を張り上げた。

旅人たちが、どっと沸いた。

笑い声がまだ残っているわきを、宇兵衛と市右衛門はすり抜けた。

市左衛門は橋のたもとで待っていた。

「これからは一日ごとに暖かくなります。板橋宿を訪れる旅のひとも、益々《ますます》多くなるに違いありません」

逗留客が増えるのは、宿場名主には喜ばしいことである。しかしいまは三人とも、とても喜べる気分ではなさそうだった。

案内人が太鼓橋のてっぺんで、新たな説明を始めた。その声を背中で聞きながら、三人は上宿名主屋敷の門に向かった。

「板橋宿三宿の宿往還は長さが二十町九間（約二・二キロ）で、そのうち家並みのあるのは十五町四十九間（約一・七キロ）です」

三人が屋敷に入ったあとも、案内人の説明はまだ続いていた。

板橋宿三宿の名主は、三人とも易断師と空見師の出入りを許していた。

板橋市左衛門が抱えている易断師は、高島源也斎《たかしまげんやさい》を名乗っていた。

去年の晩夏に源也斎を市左衛門に引き合わせたのは、蔵前の札差・井筒屋《いづつや》八兵衛《はちべえ》である。

「ここ一番の易断を頼むなら、こちらの高島先生です」

井筒屋は強い口調で源也斎を推挙した。

腕のいい易断師と空見師を抱えるのは、宿場名主には欠かせない大事である。が、井筒屋に引き合わされた源也斎の尊大な態度に、市左衛門は強い嫌悪感《けんおかん》を覚えた。

蔵前から遠路源也斎を引き連れてきた井筒屋は、市左衛門のつれない態度に戸惑った。市左衛門は源也斎をまともに見ようともしない。源也斎などこの場にはいないと、市左衛門の態度が示していた。

ひとをひととも思わぬ尊大さでは、札差は人後に落ちない。腹立ちを覚えたときは、無言のまま座を立つのを井筒屋は平気で為《な》した。

しかし上宿の宿場名主には、井筒屋でも下手に出るしかなかった。板橋三宿が使う米の仕入れすべてが、市左衛門の差配で決まるからだ。

「市左衛門さんも、なにかひとつ易断をお願いされてはいかがですか。そうすれば高島先生の凄《すご》さが分かります」

仲人口《なこうど》もかくやの口調で、井筒屋は源也斎を売り込んだ。

その井筒屋の口を源也斎が抑えた。

「今夜ひと晩、わしは上宿に泊まろう」

長く伸びた白髪のあごひげを撫《な》でつつ、源也斎が口を開いた。

「明日になれば市左衛門殿のほうから、わしに易断を頼みたくなるじゃろう」

名主の顔に相が出ていると言い切り、源也斎は井筒屋にも市左衛門にも構わずに座を立った。

引き合わせた井筒屋は、なんとか市左衛門に取りなそうとした。しかし源也斎は足を止めずに客間から出て行った。

たかが易断師の身で、なんたる無礼をと市左衛門は腹を立てた。

名主からこれ以上の不興を買う前にとばかり、井筒屋はあいさつもそこそこに退散した。

一夜明けた五ツどき。

飯田宇兵衛が前触れもなしに、上宿の屋敷に駆け込んできた。

「江戸の御城から早馬が参りまして、本日七ツ（午後四時）までに入れ札をするようにとのお達しです」

板橋宿への御公儀からの報せは、中宿の飯田家が受けるのが決まりである。中宿には本陣があるからだ。

早馬は道中奉行が板橋宿と次の蕨《わらび》宿に差し向けていた。

「さるお大名が、御公儀の許しを得て十月三日に急な帰国の途につかれるそうです」

十月三日の第一宿を板橋にするか蕨にするかを、大名は決めかねていた。旅籠《はたご》の数は板橋三宿で五十四あるが、蕨は二十三しかない。しかし蕨宿には本陣は二軒あった。

その藩は本陣さえあれば、旅籠は二十三でも足りるといい、このたびの入れ札を落札した宿場を、その藩は今後も第一宿として使い続けると聞かされていた。

「どちらの藩かは存じませんが、いままで板橋宿とも蕨宿とも馴染みのなかった藩です。落札できれば、板橋は新たなお大名の投宿が得られます」

宇兵衛が勢いを込めて話している途中で、平尾宿の市右衛門も駆けつけてきた。

「ぜひともてまえどもで落札しましょう」

熱い口調で迫る宇兵衛を見たとき、市左衛門は源也斎を思い浮かべた。

「明日になれば市左衛門殿のほうから、わしに易断を頼みたくなるじゃろう」

市左衛門は、源也斎が言ったことを一言違《たが》えずに覚えていた。

「上宿のいずれかの旅籠に、高島源也斎先生が投宿しておいでのはずだ」

屋敷の下男を走らせて、源也斎を探させた。なんと源也斎は、名主屋敷正面の旅籠に泊まっていた。

「市左衛門殿が火急の用向きで、わしを探しておられるとうかがったが」

名主三人が詰めた客間に入ってきた源也斎は、白髭《しらひげ》を撫でながら座した。

「折り入って、先生に易断をお願いしたいことが出来《しゅったい》いたしました」

市左衛門は昨日のことには一切触れず、源也斎を先生と呼んで易断を求めた。

ふううっ。

大きな息を吐いた源也斎は、市左衛門に目を合わせた。そして易断に際して茶とようかんの支度をするよう求めた。

「日当たりのよい小部屋に、文机《ふづくえ》を用意していただこう」

なにの易断かも問わず、源也斎は支度を言いつけた。

「承知しました」

支度が調ったところで、市左衛門が先に立って案内をした。

宇兵衛と市右衛門は、源也斎の言いつけで客間に残された。

「江戸城から中宿の名主屋敷に、急使が差し向けられたのではござらぬか？」

問いかけてはいたが、源也斎はそれを確信している様子である。

のっけから、市左衛門は度肝を抜かれた。

あとは極めつきにていねいな物言いで、入れ札を求められた一件の子細を話した。

「中宿と平尾宿の名主殿を、ここに呼び入れてくだされ」

「うけたまわりました」

宿場役人に対するような返事をした市左衛門は、みずから宇兵衛と市右衛門を呼びに向かった。

三人が連れ立って戻ってきたときには、源也斎はすでに易断を始めていた。

道中用の小型算盤《そろばん》と黒塗りの竹筒、それに筮竹《ぜいちく》と算木《さんぎ》を源也斎は携行していた。

「この入れ札は落とさぬほうがよろしい」

源也斎は迷いのない口調で断じた。

名主三人の目には、強い疑義の色が浮かんでいた。とりわけ源也斎が何者であるかも知らない宇兵衛と市右衛門は、疑いの色が濃かった。

「御公儀道中奉行は大名の名を明かしてはおられないと思うが、如何《いかが》かの?」

源也斎は早馬の使者を迎え入れた宇兵衛に問いかけた。

「それは、その通りですが……」

応えた宇兵衛は、強い光を帯びた目を市左衛門に向けた。得体の知れない者に、どうしてそんな大事を話したのかと、その目が詰問《きつもん》していた。

「大名は高崎藩で、藩主は間部詮房《まなべあきふさ》様ですな」

大名の名を告げたときも、源也斎はきっぱりとした口調だった。

市左衛門の顔色が変わった。

間部詮房といえば、老中格で側《そば》用人を務めた家格だ。源也斎に大名の名を告げられて、宇兵衛と市右衛門はいきなり得心顔を拵えた。得体の知れない者だといぶかしんでいたことなど、ふたりからきれいに失せていた。

間部家が高崎藩藩主に就いたのは、宝永七（一七一〇）年のことだ。すでに六年が過ぎていたが、帰国時も出府時も一度も板橋宿に泊まったことはなかった。

高崎藩は隣の蕨宿も素通りで、第一宿は浦和宿と決まっていた。

「このたびの宿場替えは、浦和の本陣が粗相をしでかしたわけではない。藩主の思いつきだろうが、わしの卦《け》には間部様はすこぶるつきに気むずかしいお方だと出ておる」

投宿世話を請け負っても気骨が折れるだけで、宿場が潤《うるお》うことにはならない。もっともらしい理由をつけて、入れ札を辞退したほうがいい……源也斎はもう一度、強くてぶれのない口調で断じた。

言い終えたあとは口を閉じて、三人の判断に任せるという体を取った。

将軍の側用人を務めた間部家である。禄高《ろくだか》は五万石に過ぎないが、格式は途方もなく高い大名だ。

徳川家の大名に対する施策は、初代家康公以来、変わっていない。

禄ある者は任《にん》うすく。

任ある者は禄うすく。

これが不変の施策だった。

要衝高崎の守護には、常に譜代格の大名を配してきた。

禄高は五万石でも、間部詮房は老中格である。源也斎が易断した通り、投宿世話は気骨が折れるだけで、宿場の潤いにはつながらないかもしれない……。

名主三人は、各自が黙したまま同じことを考えていたようだ。

「断る理由には、なにを挙げればよろしいのでしょうか」

宇兵衛の問いかけが、ていねいな物言いに変わっていた。

「本陣修繕がよろしい」

一軒しかない本陣の修繕をしているさなかだが、急な話には間に合わない……これなら断ることの筋が通ると、源也斎は静かな口調で説いた。

ふたたび三人は黙り込んだ。しかし今度は、さほどに間は要さなかった。

三人がうなずき合ったあと、市左衛門が口を開いた。

「先生の易断通りに、入れ札を辞退させてもらいます」

「それが板橋宿のためでござろう」

源也斎は白髭を撫でつつ、名主三人の決断を称《たた》えた。

板橋宿の辞退をやむなしと受け止めた道中奉行は、蕨宿に高崎藩世話を申し渡した。

十月初旬の大名投宿を世話するのは、蕨宿は初めてだった。こんな半端《はんぱ》な時季に、参勤交代行列は中山道を往来しないからだ。

幾つもの不手際《ふてぎわ》が重なり、蕨宿は藩主の強い不興を買う羽目になった。

顚末《てんまつ》を聞かされた市左衛門たちは、安堵《あんど》の顔を見交わした。

「先生の易断のおかげです」

名主三人の連名した熨斗《のし》袋が、源也斎に手渡された。

金一封、大判一枚の謝礼だった。

多忙ゆえ午の日しか上宿に出張ってこない源也斎が、めずらしくも三日前から名主屋敷に逗留していた。

源也斎はいつものの、日当たりのいい八畳間に泊まっていた。

四

横並びになって八畳間に入ってきた三人を、源也斎は白髭を撫でながら迎えた。

「初午の日に、先生に居ていただけたのは僥倖至極《ぎょうこうしごく》です」

市左衛門が口を開くと、源也斎は右腕を突き出して、あとの口を抑えた。

「きわめて大事な易断を、わしに求めるのじゃろうが」

源也斎は、ふうっと息を漏らした。大事を話す前には、常に源也斎はこうして息を吐き出した。

「あんたの顔には、よろしき相が浮かんでおるでの。これから見る卦も、よきものが出るじゃろうよ」

ようかんと焙《ほう》じ茶がほしいと、源也斎は茶菓を求めた。

大きな易断をする前には、厚切りのようかんと焙じ茶を先に味わう。これもまた、源也斎の流儀である。

運ばれてきたのは、浅草三筋町の榮久堂《えいきゅうどう》で買い求めさせた大納言《だいなごん》ようかんである。

一切れが一寸（約三センチ）も厚みのあるようかんが、菓子皿に三切れ並んでいる。

差し込む初午の陽光を浴びて、ようかんは艶々《つやつや》と黒光りを見せていた。半分の大きさになったようかんをひと口で頬張り、源也斎は一切れを半分に切り分けた。

黒文字《くろもじ》を包丁代わりに使い、源也斎は一切れを半分に切り分けた。

舌と上あごで存分に賞味してから、惜しむようにして呑み込んだ。

口に残った甘味を焙じ茶で洗い流してから、源也斎は市左衛門と向き合った。

「うかがいましょう」

源也斎に促された市左衛門は、宿場棟取から聞かされたあらましを話した。

「細かなことは、明日からの寄合でひとつずつ煮詰めていきます」

市左衛門は目の光を強くした。

「これは到底断れる話ではありませんが、果たして板橋宿には吉でありましょうか？」

市左衛門が問いかけたとき、宇兵衛と市右衛門は同時に固唾を呑み込んだ。

「いまも申した通り、あんたの顔に浮かんでおるのは吉相だ」

源也斎は市左衛門を見詰めた。

「吉であるのは間違いなかろうが、念入りに卦を立てさせていただこう」

一切れの残りを頬張り、茶と一緒に呑み込んでから源也斎は文机に向かった。

暦のほかに、源也斎は一冊の帳面を携行していた。八畳間に降り注ぐ陽が、見開きになった帳面を照らしている。

極細の筆で書かれた文字は、源也斎の後ろに控えた名主三人には読むことができなかった。

源也斎は顔半分が隠れるほどに大きい天眼鏡《てんがんきょう》を、布袋から取り出した。帳面をめくりながら、その天眼鏡で文字を追っていた。

宇兵衛と市右衛門は、顔を見交わした。

ふたりの表情は、源也斎の振舞いをいぶかしんでいるかのようだ。

帳面への書き込みは、源也斎が自分で為したはずである。ところがいまは、その小文字に天眼鏡をあてているのだ。

ふたりの名主は、そんな源也斎の振舞いを奇妙に感じているようだった。

帳面の小文字を天眼鏡で追いながら、

「うおっほん」

源也斎は空咳《からぜき》をくれた。宇兵衛と市右衛門が思わず背筋を伸ばしたほどに大音声《だいおんじょう》だった。

帳面のわきに天眼鏡を置いてから、源也斎は名主たちのほうに振り返った。

「わずか一年少々の間に、我が目の衰えがひどくなりましてのう」

自分で書いた文字を読むのに、いちいち天眼鏡を使う始末だ……源也斎は宇兵衛と市右衛門を交互に見ながらこれを言った。

胸の内で思っていたことに図星をさされたふたりは、うなずくしかなかった。

「来《きた》る四月二日は、丙戌《ひのえいぬ》の日での。板橋宿には、まことに縁起のよろしき日の巡り合わせとなった」

源也斎は易断の説明を始めた。

「丙は甲乙《きのえきのと》に次いで、十干《じっかん》の三番目に当たる。板橋宿が他の宿場と大きく異なるのは、宿場内が上・中・平尾の三宿に分かれていることだ」

三と三の巡り合わせは、このうえなき吉兆だと源也斎は名主たちに教えた。

「いまこの場で、わしの易断を聞いておるのも、そなたら三人だ。ここまで三が重なり合うのは、それほどあることではない」

源也斎が迷いなく断ずると、名主たちの表情が大きくほころんだ。

「前田家ご当主の綱紀様は、まことに強い星をお持ちでの。八代将軍吉宗様と綱紀様とは、他人の入り込む余地がないほどに星回りの重なり具合がよろしい」

このふたりは互いに相手を深く敬い合っている。ふたりが達者でいる限りは、御政道も滑らかに運ぶに違いない。

このたびの急な板橋宿投宿も、吉宗様と綱紀様の結びつきをより強くする作用がある。板橋宿に前田家が投宿することで、将軍家・前田家・板橋宿の三者それぞれの運気を高めることにつながる。

「このたびの綱紀様投宿には、いまひとつ、とっておきの吉兆が見えておる」

さらに吉兆があると言われて、名主たちは上体を前に乗り出した。

「前田家の御用を担《にな》っておる浅田屋は、ご当主の伊兵衛殿と綱紀様との相性がすこぶるよろしい」

源也斎は帳面を手に取り、名主たちに示した。が、文字が小さすぎて、三人にはなにが記されているか判読できなかった。

「わしの帳面には、浅田屋伊兵衛殿の生まれ日も書いてある」

極小文字で書かれている内容の一端を、源也斎は明かした。しかし名主たちの手に持たせることはせず、文机に戻した。

「明日からは、そなたらは多忙をきわめることになろう」

四月三日に前田家が宿場を出立するまでは、一刻たりとも気の抜けない日々が続く。判断に迷ったときは、明日からはすべて宿場棟取に指図を仰ぐこと。棟取の人柄は、信ずるに足るものだ。そして名主三人とは星回りがいいと、源也斎は易断していた。

「ふたつだけ、あらかじめ強く申し上げておくことがござる」

源也斎は湯呑みに残っている焙じ茶を飲み干した。

「ひとつは明日から宿場の動きを、細大漏らさず本郷の浅田屋伊兵衛殿に伝えることだ。伊兵衛殿が知らぬまま、物事を運んではならない」

源也斎は市左衛門に念押しした。

「宿場には浅田屋さんの出店があります」

詰めている飛脚に、一日の動きを記した帳面を運ばせますと市左衛門は請け合った。

「もうひとつは、飯盛《めしも》り女を抱えた平尾宿のあいまい宿を大事にすることだ」

肝に銘じておくようにと言い置き、源也斎は名主三人の顔を見た。

言われたことが、三人とも定かには呑み込めなかった。が、あえて源也斎に問うことはせず、三人はうなずいた。

あいまい宿は宿場の大事な稼ぎのひとつだ。それを大事にするのは当然だと思われたからだ。

「このふたつを厳守すれば、ことは上首尾に運びますぞ」

源也斎は二切れ目のようかんを黒文字で二つに切り始めた。

五

朝日の降り注ぐ朝は、ひとの気持ちを弾ませるものだ。

初午の翌日、享保二年二月十日も夜明けから晴れた。しかし朝日を浴びても、ひとが気持ちを弾ませることにはならなかった。

「いったいなにが起きたというんだ」

上宿のなかほどに店を構えている青物屋の親爺《おやじ》が、口を尖らせた。慌《あわ》てて押し入れから引っ張り出した綿入れを羽織った親爺は両手を強くこすり合わせ、息を吹きかけた。

驚いたことに、真っ白く濁った。

「春分だというのに、見てごらんよ、これを」

青物屋の隣は乾物屋である。板橋上宿で二十年も商いを続けている上総屋《かずさや》のあるじが、地べたを指差したあとで、強く踏んづけた。

ジャキッ、ジャキッ。

履き物で踏まれた地べたが鳴った。

「この土地でもう、二十年も商いを続けているがねえ。春分に霜柱を踏んだのは、今日が初めてだ」

「あたしだってそうさ」

いまいましげに強く踏みつけてから、青物屋は上総屋を見た。

「あんたンところにもお触れは回ってきただろう？」

「名主さんからの触れなら、今朝方、小僧さんが届けてきた」

上総屋が青物屋に応《こた》えると、口の周りが白く濁った。五ツが近くなっても、季節外れの冷え込みはゆるんでいなかった。

「平尾宿の練武場《れんぶじょう》に集まれとは、尋常なことじゃない」

今朝の霜柱がわるいことの前兆でなければいいがと、上総屋は語尾を濁した。

平尾宿の練武場は、板橋三宿のなかでもっとも大きな建物である。

毎年九月には板橋宿隆盛を願い、剣道の奉納試合が催された。

出場資格には年齢・性別・流派・身分など、一切の限りをつけていなかった。武家・町人の区別もないという、江戸で他に類例のない奉納試合だ。最後まで勝ち残った者には、金一封十両の賞金が板橋宿三宿の名主連名で授与された。

だれでも参加できて、しかも十両の賞金がもらえることが評判を呼び、御府内からも剣術自慢が多数押し寄せてきた。

三年前に練武場を建て直し、板の間を四百坪にまで広くした。広くしないことには、千人に届く見物客を受け入れられなくなったからだ。

奉納試合のほかにも踊りのおさらい会や、人形浄瑠璃《じょうるり》上演の小屋として練武場が使われることはあった。

しかし、寄合の場として招集がかけられたのは、今回が初めてだった。

「あんな大きな建屋のなかで、いったいどんな寄合を持つというのかね」

上総屋はひたいに深いしわを刻み、思案顔を拵《こしら》えた。

「四ツになれば分かることだ」

青物屋が上総屋の肩に手を置いて言った。

「いまから心配ごとを先取りしたところで、あんたにもわしにも無駄なことだ」

白い息を吐きながら青物屋が言い終えたとき、五ツの鐘が鳴り始めた。

四ツの四半刻《しはんとき》（三十分）前ころから、練武場には群れをなしてひとが集まり始めた。

板橋三宿の商人《あきんど》、旅籠のあるじなどで、ほとんどが男だ。銘々はまるで申し合わせたかのように、今朝の凍えに言い及ぶのをあいさつ代わりにした。

「寒い中、ご苦労様です」

板橋市左衛門はあいさつを受けた全員に、ていねいな物言いで応じた。寄合に招集されたのは、三宿を合わせて千人を超える膨大な人数である。

最後の商人が練武場に入った直後に、宿場には四ツの鐘が流れ始めた。

あいさつを受けていた三人の名主が、広い板の間の前に並んで座した。

板橋宿宿場役所棟取、野崎太助は身の丈五尺七寸の偉丈夫である。

野崎が大股《おおまた》で入ってくるのを、千人の商人たちは板の間に手をつき、顔を伏せて迎えた。

四百坪の板の間に、四ツを告げる本鐘が流れ込んでいた。

二本を刀架けに預けた野崎は、千人を前にして立ち姿を示した。

「おもてをあげなさい」

野崎の許しを得て、広い板の間に詰めた全員が顔を上げた。

「時季外れの寒の戻りに見舞われたが、呼び出しの触れに欠けることなく顔が揃《そろ》ったのは重畳である」

響きのいい声で野崎が話し始めると、一同の目が上背のある野崎に集まった。

「この調子で話していても、わしの声は後ろの者にまで届いておるか？」

野崎の問いかけに、最後尾に座した米屋が、両手を高く突き上げた。

「承知した」

短く応えたあと、野崎は声の調子を変えずに、本題を話し始めた。

ほぼ半刻の間、立ったままで前田家逗留の次第を話し続けた。

加賀藩前田家の帰国隊列が板橋三宿に逗留する。行列に従う者、およそ四千人という大人数が、一泊とはいえ中山道第一の宿場に投宿するという次第である。

野崎の話が続いている間は、咳払いひとつ聞こえなかった。

野崎が茶で口を湿す段になって、初めて練武場の方々から吐息、痰《たん》を切る声、咳払いなどが起きた。野崎が話に戻ると、だれが指図をしたわけでもないのに、また見事に雑音が失せた。

「そういう顚末であるゆえ、三宿にて生計を営む各自においては、本日ただいまより身を清めて、つつがなく前田様を迎え容れ、翌朝には送り出せるように務めよ」

結びの言葉を口にしたときも、野崎の声の響き方にはいささかの変わりもなかった。

「あとは任せたぞ」

「うけたまわりましてございます」

三宿の名主たちが両手をついた。

刀架けから二本を取り、腰に佩《は》いた野崎は入ってきたときと同じ大股で練武場の板の間から出て行った。

野崎の姿が消えたと同時に、一気に雑談が場に満ちた。

「さすがは棟取様だ、喉《のど》の鍛え方が違う」

「木刀の素振りのあとで、三日おきに謡曲で喉を鍛えておいでだそうだ」

板の間に座した者たちは、ひとしきり野崎の達者な喉を褒め合った。

野崎の話題が尽きたあとは、銘々が胸に抱え持つ思惑に話が移った。

「宿場に泊まるのは一晩だけだと棟取様は言われたが、なにしろ四千人近くを数えるお武家様たちだ」

平尾宿で小料理屋を営んでいる親爺は、舌なめずりをしたあとで周りを見た。平尾宿・中宿・上宿の同業者たちが、親爺の周りに集まっていた。

「前田様がお泊まりになる夜は、飛び切りの小鉢料理でご家来衆のもてなしをさせていただこう」

親爺の言い分を聞いた同業者が、何人も身を乗り出した。

「いまから四月が待ち遠しい」

「その日の朝はわしら総出で船を仕立てて、日本橋の魚河岸《うおがし》まで出張ろう」

男どもがうなずくと、髷《まげ》が上下に動いた。

千人が集まった板の間の後方には、上宿の上総屋と青物屋が座していた。

「三宿合わせても、宿場の旅籠は五十五軒にも欠ける」

上総屋が旅籠の数に言い及んだ。板橋の三宿合わせた旅籠が五十四軒なのは、ここに暮らすだれもが知っていた。

「前田様のご家来でも、わしらと同じように相部屋で泊まってもらえるのかね」

「それはないだろう」

上総屋はいぶかしげな物言いを青物屋にぶつけた。

「ひと口にお武家様といっても、並のご家来と重役とでは身分が違う。宿場役所のことで考えても、野崎様と平のお役人が相部屋で泊まるなどありえないだろう」

青物屋と上総屋が互いにうなずきあっていたら、平尾宿の旅籠大野屋尚助《なおすけ》がふたりの間に割って入ってきた。

「参勤交代で泊まるお武家様は、ひとり二畳の相部屋が決まりです」

大野屋はきっぱりと言い切った。

周りに座っていた面々が、上総屋と青物屋の後ろに群れを拵えた。大野屋の話の先が聞きたいらしい。全員の目を浴びた大野屋尚助は、胸を張り気味にして続きを話し始めた。

「前田様のご家来衆をお泊めしたことは一度もありませんが、他のお大名なら何家もお世話をさせていただきました」

大野屋は大名家の名を四つ挙げた。

聞いている面々から感嘆の声が漏れた。どの大名も、名を知られた名家だった。

「宿の普請《ふしん》図（部屋の平面図）を先様に差し出しておけば、部屋割りはすべて大名家の道中差配様が為してくださる」

一軒の旅籠に泊まる人数は、畳数合計の半分が目処《めど》になると、大野屋尚助が明かした。

「なるほど」

「それなら、まことに分かりやすい」

青物屋と一緒にうなずいたあとで、上総屋は口調を変えて新たな問いを発した。

「大野屋さんは、いったい幾つの部屋をお持ちですかな？」

「客間八部屋に、湯殿がふたつあります」

大野屋は即座に答えた。八部屋の客間を持つ旅籠は、板橋宿でも中見世どころだ。

湯殿がふたつあるのも、大野屋の自慢だったようだ。

旅籠の規模に感心して何度もうなずいた上総屋は、畳の数は何畳かと問いを重ねた。

「八畳間が七部屋に次の間つきの十二畳がひと部屋です。都合、六十八畳あります」

大野屋は、羽織の前が開くほどに胸を張った。二階建ての大野屋には、三十四人の武家が投宿できる勘定である。

「あんた、算盤を持ってるだろう?」

上総屋に問われた青物屋は、返事の代わりに羽織のたもとから算盤を取り出した。十二桁《けた》まで弾《はじ》くことができる、携帯用の道中算盤である。

「三十四人を五十四倍すれば、ここの宿場に何人泊まれるか、およその見当がつく」

青物屋は慣れた手つきで勘定を始めた。算盤が得手らしく、たちまち答えを弾き出した。

「千八百三十六人だ」

青物屋が答えると、ひとの群れの後ろから「ご名算」と声が上がった。

「板橋三宿の旅籠を総揚げにしたところで、二千人にも及ばない。あと二千人近くの宿が足りない勘定だ」

遊び人の上総屋は、吉原《よしわら》で使う総揚げという言い方をした。苦笑する者もいたが、多くは上総屋が言わんとすることに耳を傾けていた。

その足りない数を、名主三人はどう手配りするつもりなのか？

上総屋は遥《はる》か前に座っている市左衛門・宇兵衛・市右衛門に目を向けた。

「ここであれこれ言っていても始まらない。この場で名主さんたちに、思案のほどをうかがおうじゃないか」

上総屋が立ち上がった。周りに座していた六人が、それに続いた。

「おたずねしたいことがあります」

上総屋の声が板の間に響いた。

六

「よもや名主殿お三方は、前田様のお武家様に、野宿をどうぞと言われるつもりでもないでしょうが」

上総屋は見得を切った歌舞伎《かぶき》役者が、客の喝采《かっさい》を待つときのように、話の途中で口を閉じた。

練武場を埋《うず》めた千人の間から、どっと笑い声が湧《わ》き上がった。

上総屋は両腕を伸ばして、沸いている面々を鎮《しず》める仕草をした。場が落ち着いたところで、再び口を開いた。

「いかなる手立てで、旅籠からあふれたお武家様を泊めるのか。その思案のほどをうかがいたい」

広い場の隅々にまで行き渡る声で、上総屋が問いを伝えた。

だれもが同じことを疑問に思っていたらしい。場のあちこちで、深いうなずきが生じていた。

市右衛門と宇兵衛は、同時に市左衛門に目を向けた。

「今日の説明役は、すべてをわたしに任せていただきたい」

練武場に入る手前で、市左衛門からこれを告げられていた。

年長者の言うことである。ふたりは異を唱えることもせず、申し出を受け入れていた。

市左衛門の目配せを受けて、名主屋敷の奉公人ふたりが踏み台を運び入れてきた。階段が五段ある大型の踏み台だ。一段が五寸（約十五センチ）の階段を上って台の上に立てば、市左衛門は二尺五寸（約七十六センチ）の高さから場を見渡すことができた。

いつの間に、こんなものを？

なにも聞かされていなかった宇兵衛と市右衛門は、驚き顔を見交わした。

高い踏み台に市左衛門がしっかり乗っているのを見極めてから、手代のひとりが厚紙で拵えた筒を手渡した。

紅色に塗られた筒は長さが一尺（約三十センチ）で、先端は朝顔のように大きく開いていた。

「名主さんが手にしているのは、いったいなんだろう？」

前の方に座した面々が私語を交わし始めた。座がざわついているのを承知で、市左衛門は開きが小さなほうを口に当てた。

「みなさん、お静かに願います」

大きく開かれた筒の先から、市左衛門の声が座に響いた。さほど大声を発しているわけでもないのに、声は後方の上総屋にも明瞭《めいりよう》に届いていた。

座が静まり返った。

「前田家のお武家様は、ひとり残らず板橋三宿で引き受けます」

市左衛門は口調を強めた。

「そのための方策を、手順を追ってお話しいたします。支度が調いますまで、暫時《しばし》お待ちください」

告げ終えた市左衛門は踏み台からおりて、元の座に戻った。

宇兵衛と市右衛門には、一切の事前相談をしていない成り行きである。

「説明役はお願いしたが、こんな仕掛けで、いかなる話を進める気なのか。存念のほどを委細漏らさずうかがいたい」

市右衛門は千人の前をも顧みず、声も表情も尖《とが》らせた。

「ここは人目がある。外に出ましょう」

言うなり市左衛門は座を立った。

ふたりの名主も仕方なくあとに続いた。

市左衛門に仕える奉公人たちが、手分けをして支度を進め始めた。

板橋三宿で一番大きな建物である練武場にひとを集めて、前田家逗留《とうりゅう》の次第を話すための寄合。

二月十日四ツから始めると決めたときから、市左衛門はひとつの大事を思い定めていた。

前田家の逗留世話は、委細滞りなく順当に運んで当然。しくじりが生じたときは、ひとりふたりが詰め腹を切るぐらいでは収まらない。

宿場役所棟取の野崎太助は、肝の太い能吏だ。余計な口出しは控えて、前田家迎え入れの段取りすべてを宿場名主三人に委《ゆだ》ねてくれている。

船頭多くして船山に上るという。覚悟を決めて任せてくれている野崎棟取のためにも、ここ一番は自分ひとりがすべての責めを負う気構えで臨む。

市左衛門はこう腹をくくっていた。

源也斎から大事な見立てを聞き取ったあとで、市左衛門は広間に奉公人を集めた。

二月九日、八ツ（午後二時）下がりのことである。

「明日の朝四ツから、練武場で千人を集めての寄合を催すことになった」

前田家が四月二日に逗留することになったと、奉公人に明かした。

「うう……」

あちこちから息を呑む声がもれた。

逗留世話を不始末も不祥事もなく乗り切るために、段取り子細を説明するための寄合だと付け加えた。

「集まる人数が桁違いに多い」

集まった千人に、こちらが伝えたいことをしっかりと呑《の》み込んでもらうための仕掛けを、どう調えればいいのか。

「どんな突飛なことでもいい。おまえたちの知恵をわしに聞かせてもらいたい」

七ツを告げる鐘が広間に流れてきたときには、ふたつの妙案が半紙に書かれていた。

「声ひろげ」

「色紙分け」

このふたつである。

火の見やぐらの見張り番がやぐら下に見当を伝えるとき、口に両手をあてて叫ぶ。

「手でも声がひろがるがよう。もっとでけえもんを口にあてりゃあ、きっと遠くまで行き渡るにちげえねえだ」

下男の作蔵《さくぞう》がそう提案したのを受けて、市左衛門は帳面の表紙に使う厚紙を持ってこさせた。

筒のように丸めて声を発すると広間の端まで聞こえた。作蔵の思案は採用された。

炊事番の女中おみさが出した案が色紙分けだった。

「旦那《だんな》様が話をされるのは、お医者さんだのお寺だのと、何種類もあります」

口で言われただけでは呑み込みにくい。大きな板に、色紙を貼《は》り付けて話をすれば、練武場の後ろのひとにも伝わる……おみさの言い分にも、市左衛門は深く納得した。

「明日の寄合が始まるまでにしっかりと支度を進めてくれ」

ふたつの思案に加えて、大型の踏み台を造るようにと命じた。踏み台に乗れば遠くまで声が響き渡るからだ。

出入りの指物師《さしものし》が急ぎ呼び込まれて、踏み台と声ひろげを造ることになった。

色紙を貼り付ける板と、板を据える台は、奉公人の手で拵えることになった。

女中たちは大判の七色紙を使って、色分け説明の元を作り始めた。

夜更《よふ》けの四ツ半（午後十一時）に、すべての支度が調った。


控え室を出た三人は、廊下で身繕いを調え直した。強い声でやり取りしているうちに、着衣に乱れが生じていた。

練武場の広間に戻る前に、市右衛門はもう一度きつい口調で市左衛門に告げた。

「板橋さんがひとりで進めた気持ちも、よく分かりました」

市右衛門は市左衛門との間合いを詰めた。

「しかし勝手にことを進めるのは、これっきりにしていただきたい」

我々も相応の責めを負う覚悟でいる。今日のところは呑んだが、二度は受け入れられないと、市右衛門は語気を強めた。

宇兵衛も市左衛門を見詰めた。

「うけたまわった」

胸を張ったまま、羽織のたもとを引っぱりながら市左衛門はふたりに応えた。

三人は大広間へと一歩を踏み出した。

「板橋三宿でお武家様を泊められる先は、なにも旅籠に限ったわけではありません」

声ひろげを口にあてた市左衛門は、左手で赤い色紙を高く掲げた。

「上宿・中宿・平尾宿を合わせれば、宿場内には五軒の湯屋があります」

市左衛門の説明に合わせて、手代ふたりが家の形に切り抜いた赤い紙を板に貼り付け始めた。

「湯屋は五軒とも二階建てです。脱衣場と、二階の休み処《どころ》に布団《ふとん》を敷けば、湯屋一軒につき六十人が泊まれます。五軒合わせて、都合三百人の寝場所が生まれる勘定です」

市左衛門の言い分を聞いた面々の間から、どよめきが生じた。

「そんな手があったか！」

感心したあまり、声の加減を忘れて発した言い草も聞こえてきた。

ざわめきをそのまま残して、市左衛門は次の説明に入った。

「寺は板橋三宿内と近所で四寺、社殿を構えた神社は七社あります」

手代は黄色の紙を手に持ち、十一の寺と神社を貼り付けた。

「湯屋に比べれば寺も神社もいささか狭くはなりますが、それでも寺社ひとつにつき、五十人の布団が敷けます」

これだけで、じつに五百五十人の寝場所ができた勘定である。湯屋と合わせれば八百五十人分の泊まり場所が生まれていた。

「いやはや、大した数ですなあ」

「寺や神社はともかく、湯屋の脱衣場にも布団を敷き詰めるとは妙案のきわみだ」

寝場所をどうするのかと案じていた宿場の面々が明るい顔になっていた。

「ほかにも、まだまだ寝場所はあります」

芝居小屋と寄席《よせ》、医者の診療所、按摩《あんま》の施術所《せじゅつ》……市左衛門は大人数が寝泊まりできる場所を次々に挙げた。

新たな場所に言い及ぶ都度、手代は色の違う紙を貼り付けた。四八《しはち》（四尺〔約百二十センチ〕×八尺〔約二百四十センチ〕）の大きな板が、色紙で埋まりそうになっていた。

宿泊できる人数が二千人に届いたときには、寄合に集っている面々が大喝采した。

上総屋も大きな手を叩《たた》いて、市左衛門の説明を我が身に受け入れていた。

市左衛門が宿泊可能な人数と場所の説明を終えたとき、中ほどに座っていた大柄な男が立ち上がった。

「上総屋さんとおなじで、あたしにも訊《き》きたいことがあるんだが、いいかね？」

立ち上がったのは平尾宿で青物屋を営んでいる八百八《やおはち》のあるじ、傳八郎《でんぱちろう》だった。

四代続く八百八は、町内の世話役を受け持っている。身体《からだ》も声も大きい傳八郎は、町内行事の仕切り役を買って出た。

「傳八郎さんに任せておけば、ことは滑らかに運ぶが、細かいのには正直うんざりだ」

傳八郎は町内に止《とど》まらず、三宿のどこでもうるさい親爺として知られていた。

「どうぞ、なんなりと訊いてくだされ」

市左衛門は鷹揚《おうよう》な物言いで応じた。

「あたしが訊きたいことはふたつあるんだが、ひとつは布団のことだ」

傳八郎は声を大きくした。毎日の売り声で鍛えた喉である。傳八郎の声は大広間中に響いた。

「いま名主さんが口にした二千人を超える人数の布団を、どんな段取りで工面するつもりなんで？」

傳八郎の問いの言葉が切れるや、座がざわざわと騒がしくなった。

「そうだ、傳八郎さんの言う通りだ」

「人数にばかり気を取られていたが、確かに布団をどうするかは大事な話だ」

方々で声が生じていた。大事なことを問い質《ただ》す傳八郎に、ひとの目が集まっていた。

「八百八さんが口にされたことは、もっともな問いです」

応じた市左衛門はしかし、いささかも声の調子は変わっていなかった。

「布団については、二通りの手立てを考えております」

声ひろげの先が傳八郎に向けられた。

「ひとつは、ここにお集まりのみなさんに、一夜だけ布団を貸し出していただきたいということです」

市左衛門が言ったことで、座がさらにざわめきを増した。

「うちには、お武家さんに使ってもらえるような上等な布団はない」

「上等どころか、並の布団ですら貸せるものはうちにはないさ」

ここまで黙って聞いていた面々が、堰《せき》を切ったかのように私語を交わし始めた。

「どちらの家とて、布団の数にゆとりはないかもしれません」

声ひろげの向きを、一番ざわついている大広間の中ほどに向けた。

「ふたつ目の手立ては、損料屋《そんりょうや》から借り受けるということです」

おおっ。

さらに座が騒がしくなった。

暮らしに必要な品々を損料（使用代金）を取って貸し出すのが損料屋である。

たとえば長屋暮らしの家族が客を泊めようとしても、布団もなければ膳《ぜん》も茶碗《ちゃわん》も、余分な品はなかった。狭いのは我慢できても、茶碗すらないのでは泊まる者も気詰まりだ。

ご迷惑でしょうからと客が遠慮すると、亭主は気にするなとばかりに、手に持ったキセルを振った。

「いいてえことさ、表通りの損料屋で借りてくるから遠慮はいらねえ」

暮らしの必需品を用立ててくれる損料屋を、庶民は大いに重宝した。

「当節の相場では、布団一組で四十文です。御府内からの運び賃が別に入り用ですが、大した金高ではありません」

市左衛門の説明を聞いて、座には納得の気配が生じていた。

「損料屋の手配りと、御府内からの荷運び一切は、浅田屋さんに受け持ってもらいます」

飛脚宿の浅田屋なら、御府内のどこの損料屋にも通じている。一段と濃い得心の気配が、大広間に生まれていた。

「布団は、あたしにも得心がいった」

「分かってもらえてなによりです」

市左衛門は変わらぬ鷹揚な物言いで、傳八郎に応じた。

立ったままの傳八郎は、市左衛門を見る目の光を強くした。

「もうひとつ知りたいのは、布団以上に大事なことだと思ってるんだがねえ」

傳八郎の口調は、まるで市左衛門に挑みかからんばかりに剣呑《けんのん》だった。

「なんでしょう、八百八さん」

傳八郎の物言いを不快に感じたのだろう。市左衛門は冷ややかな口調で応じた。

傳八郎は唇を舐《な》めてから話に戻った。

「うちには若い者をいれて、八人が寝起きしているんだ。かわやにはでかい肥溜《こえだ》めを用意してるが、十日で一杯になる」

傳八郎はいきなり臭《にお》うような話を始めた。聞いているなかには、あからさまに顔をしかめた者もいた。

「名主さんの話だと、前田様のご家来衆は四千人に近い人数だそうだが、それだけの人数が、たとえひと晩しか泊まらないとしても、小便もすればクソもするだろうさ」

湯屋には六十人が泊まる段取りだそうだがと、傳八郎は人数を口にした。

「どこの湯屋も、そんな大人数が寝起きするなどとは考えてはいない。かわやの大きさだって、たかがしれている」

手に持っていた声ひろげを、市左衛門は思わず下げた。

傳八郎の問いは、まさに正鵠《せいこく》を射ていた。

前田家の家臣が、一夜を泊まる先で何度用足しをするのか……。

この大事を、まったく考えていなかった。

「八百八さんの問いは、まことに鋭いところを突いておいでだ」

市左衛門は正味で、傳八郎の問いの鋭さを受け止めていた。

「中宿と平尾宿の名主と、急ぎこの場で段取りを煮詰めます」

暫時、このまま待っていただきたいと告げて、市左衛門は踏み台からおりた。

どうだと言わぬばかりの顔で、傳八郎はもう一度座を見回した。

うなり声が、あちこちから漏れていた。

七

再び控え室に入った三人は、座るなり大きなため息をついた。

「うかつにも、泊まりの人数にばかり気を取られていた」

小声で口火を切ったのは市左衛門である。

「まったくもって、思慮が足りませんでした」

市右衛門も小声だった。

「それにつけても、八百八さんは細かなところに気が回るひとだ」

面倒くさそうに言った宇兵衛に、市左衛門はきつい目を向けた。

「あれは断じて、細かなことではない」

市左衛門はきっぱりと言い切った。

「大人数を受け入れるときには、食うこと、寝ることに加えて、出すこともしっかり話し合うべきことだった」

宇兵衛は市左衛門の言葉の切っ先が、自分に向けられていると感じ取ったのだろう。すっと背筋を伸ばした。

目を閉じて腕組みをしていた市左衛門は、開くなり女中を手招きした。

「屋敷から作蔵を呼び寄せるように、使いを出しなさい」

「かしこまりました」

控え室を出た女中は、あるじの言いつけを小僧に伝えた。


上宿名主屋敷の下男作蔵は、方々に顔の利《き》く男である。

夏場の盆踊りや毎月の神社の縁日には、てきやの物売り屋台が欠かせない。

土地の小商人が扱わない小間物や飾り物、食べ物などを商う屋台を目当てに、近在から多くの参詣《さんけい》客や見物客が集まってくる。縁日や行事を賑《にぎ》やかなものにしたければ、てきやの物売り屋台を彩《いろど》り豊かにすることが必須《ひっす》であった。

「あっしに任せてくだせえ」

三宿の名主から一任を取り付けた作蔵は、江戸の北と東を束ねるてきやの元締め、恵比須の芳三郎《よしさぶろう》と話をつけた。以来、板橋宿の行事は物売り屋台が賑やかなことで知られるようになった。

作蔵は江戸全域のおわい捌《さば》きの元締め、浅草の大和左衛門《やまとざえもん》とも五分《ごぶ》の口が利けた。

それを分かっていたがゆえ、市左衛門は作蔵を練武場に呼び寄せたのだ。

「おまえにひとつ、知恵を借りたいことが出来《しゅったい》した」

市左衛門は簡潔な物言いで、作蔵に用向きを伝え始めた。

大人数の下の処理をどうすればいいか。

市左衛門が話すことを、作蔵はひとことも口を挟まずに聞いた。

「大和左衛門さんに相談を持ち込めば、いい知恵を貸してくれるでしょうが、前田様のお供は何人ほどなんで？」

「四千人近い数だ」

市左衛門が口にした人数を聞いても、作蔵はまるで動じなかった。

「四千人が五千人でも、大和左衛門さんなら難なくこなしやすぜ」

作蔵は御城（江戸城）大手門前広場に設けられた待機場所の話を始めた。

「御城へのご出仕日には、六ツ半（午前七時）前からお大名が集まってきやす」

作蔵は小声で市左衛門に話をしている。市左衛門の両脇《りょうわき》に座した宇兵衛と市右衛門は、耳を目一杯に大きくして聞き入っていた。

出仕する大名は、家格によって入城できる門が異なっていた。

諸国大名の大半、百八十を超える諸家は外様《とざま》格の無役大名である。これらの外様大名は大手門前に設けられた二万坪超の広場に集められた。

藩主入城は、番所に出仕札を提出した順番通りである。が、使いの者が出仕札を先に出すという、順番取りは許されなかった。番所は広場の入り口に構えられている。番所にて当番役人が大名の供の人数と、藩主の乗物を吟味したのちに、出仕札の提出を受け付けた。

ひとたび広場内に入ったあとは、名を告げられて大手門に向かうまで、その場を離れることはできない。

大名一家につき、供は三十人までと限られていた。それでも待機するのが百八十家ともなれば、総勢五千四百人の大人数が広場を埋めた。

自家の順番が来るまで、最短でも一刻（二時間）は広場で待たされた。

公儀はこの広場に、わざと藩主の待合室を構えなかった。吹きさらしの広場に待たせることで、将軍家や譜代大名と外様大名との格の違いを思い知らせたのだ。

待合室のみならず、用足しのかわやも設けられていなかった。

藩主も供も、出仕日は朝餉《あさげ》の量を控えたし、茶もひと口をするに止めていた。が、そうまで苦労をしていても、不意の尿意や便意を催すことは止められない。

藩主には携帯用の便器が用意されていた。

家臣にはそのような配慮はされていない。

出仕日の大手門前広場には、江戸の主立ったおわい屋が、当番制で三十カ所に組み立て式のかわやを設ける。糞尿《ふんにょう》は大事な肥料である。縁日などでは、おわい屋は競い合ってかわやを用意した。

しかし大手門前広場のかわや据え付けは、どのおわい屋も出向くのに二の足を踏んだ。

「大きな声じゃあ言えないが、お武家さんてえものは、ろくな物を食っちゃあいない」

武家の糞尿は、肥料としては下の下とされていた。

人気が高いのは職人が多く暮らす裏店《うらだな》、蔵前の札差、両国橋西詰めの料亭、それに木場の材木商などである。これらはいずれも、旬《しゅん》の食べ物にカネを惜しまない者がかわやを使っていた。

「大した肥やしにはならねえのに、あれはするな、これはだめだと、番所のお役人はうるさいことばかり言う」

組み立て式のかわやを据え付けるには、何人もの手が必要だった。

しかも二万坪の広場である。糞尿溜めを運び出すのもまた、ひと苦労なのだ。

おわいを積んだ船を行き来させるには、御船奉行の許可がいる。広場の当番を辞退すれば、たちまち許可がおりなくなった。ゆえにおわい屋は当番を、いやいやながら引き受けていた。

「おれんところで請け負うぜ」

大手門前広場の当番を、すべて代わりに引き受けたのが大和左衛門だった。それぞれのおわい屋の名のもとに、である。

「すまねえな、大和左衛門さんよう」

「おめえさんのおかげだ、恩に着るぜ」

他のおわい屋元締めは、大和左衛門の申し出を喜んだ。

非人や食い詰め者ばかり、配下に五百人を抱え持つ大和左衛門である。十年前からは、江戸のおわい屋の総元締め役を担《にな》っていた。

「三宿のおわい捌きをこれからは大和左衛門さんに任せると約束すれば、かわやの組み立てから肥溜めの運び出しまで、一切を段取りしてくれるでしょう」

作蔵は市左衛門の目を見た。

「おまえはこの話を取りまとめることができるのだな？」

「話してみなければ定かなことは言えやせんが、まとめる自信はありやす」

作蔵は静かな物言いで応じた。

「中宿さんと平尾宿さんのお考えは？」

どうだと問われた中宿の宇兵衛は、大きくうなずいて同意を示した。

平尾宿の市右衛門は、渋い顔を市左衛門に向けた。

「これまでの付き合いがあるおわい屋に、どう断りを言えばいいのか、いささか考えどころです」

この場では返答できないと、市右衛門は重たい声で応《こた》えた。

「みながわしらの返答を待っているんだ、市右衛門さん。先延ばしできることではないだろう」

「だからと言って、この話をわたしに押しつけるのは筋が違うでしょう」

宿場名主としては、市右衛門も市左衛門も同格である。市右衛門は顔つきをこわばらせていた。

「あっしが口を挟むのも妙なもんですが」

作蔵は穏やかな声で市右衛門に話しかけた。

「平尾宿のおわい屋さんは、たしか堀田屋さんでしょう？」

「それがどうかしたのか」

市右衛門の不機嫌きわまりない声は、下男の分際で、宿場名主にじかに話しかけるなと言っていた。作蔵はそんな声には構わず続きを話した。

「堀田屋さんとの話は、大和左衛門さんに任せればいいと思いやす」

大和左衛門と堀田屋とでは格がまるで違う。あとの話は大和左衛門に任せれば、堀田屋の顔が立つようにまとめるに違いない。

「このことはあっしの口から、重々、大和左衛門さんにも言っておきやす」

作蔵の言い分には筋が通っている。市左衛門と宇兵衛は、得心顔を拵《こしら》えていた。

市右衛門も、この上は突っ張れないと判じたらしい。

「上宿さんと中宿さんがいいと言われるなら、わたしもそうしてもらって結構だ」

応えたときの市右衛門は、すでに機嫌を直していた。

「そうと決まれば、みなの前に戻りましょう」

最初に立ち上がったのは宇兵衛である。市右衛門が続き、最後に市左衛門が立ち上がった。

「任せたぞ」

「この足で、浅草に出張ってきやす」

「うむ」

市左衛門が目で応えたとき、宇兵衛はすでに練武場に足を踏み入れていた。

八

昼間は、もはや火鉢は無用と思わせるほどに暖かだったが、夜はさすがに冷え込んだ。

「炭火を用意してもらおう」

市左衛門が女中に言いつけたときには、息が白く濁って見えたほどである。

「作蔵が帰ってきたら、なんどきでも構わないからここに連れてきなさい」

「うけたまわりました」

女中が下がったあとで、市左衛門はみずからの手で茶の支度を始めた。

夜分に自室で呑む茶は、自分の手でいれるのが市左衛門の流儀である。上煎茶《せんちゃ》は気を昂《たか》ぶらせてしまい、寝付きがわるくなる。夜の茶には焙《ほう》じ茶が決まりだった。

火鉢の五徳《ごとく》に載せた鉄瓶は、威勢のいい湯気を噴き出している。シュンシュンと強い音を立てている鉄瓶を持ち上げた市左衛門は、煮え立った湯を急須《きゅうす》に注ぎ入れた。

沸き返った湯が膝《ひざ》にかからないように気遣いつつ、市左衛門は急須にたっぷり湯を注いだ。

好みの焙じ茶がぶわっと葉を膨らませた。

ゆっくりと六十を数えてから、市左衛門は大きな湯呑みに茶を注いだ。

「旦那様……」

ふすまの向こう側から、女中が声を投げ入れてきた。

「開けてよろしい」

あるじの許しを得て、ふすまが音も立てずに開かれた。

「平尾宿の松木屋さんと石橋屋さんが、連れだってお見えでございます」

夜分を承知のうえで、ぜひ市左衛門にお目通りを許してほしいと、玄関先で待っているという。

何用かは分からぬが、宿場名主の屋敷を訪れる刻限ではなかった。まして松木屋も石橋屋も平尾宿である。五ツ（午後八時）を過ぎてから押しかけるような尋常ならざる用向きなら、まずは平尾宿の市右衛門屋敷に向かうのが筋だった。

「ふたりの身なりは？」

「紋付き袴《はかま》でお見えです」

女中はふたりが正装だと告げた。

たとえ筋違いだとしても、紋付き袴で出張ってきた者を追い返すことはできない。

「十畳間に通しなさい」

十畳間は並の客をもてなす客間である。

「今夜は冷えておる。ふたりに熱い茶と、手焙《てあぶ》りを用意してあげなさい」

自分には火鉢をと言い添えた。

女中は三つ指つきで指図を受け止めた。

喜ばしくない用の取り次ぎである。あるじの機嫌を損ねていないことに安堵《あんど》したのが、市左衛門に伝わってきた。

女中が下がったあとで、市左衛門は焙じ茶をすすった。

十畳間に客を案内し、茶と手焙りの支度が調うまでには、ほどほど暇がかかる。

松木屋たちの用向きを推し量りながら、焙じ茶を味わう間は充分にあった。

松木屋も石橋屋も、平尾宿のあいまい宿のあるじだ。

男客の遊びの相手をする飯盛り女を置き、一刻《とき》四百文で部屋を貸すのがあいまい宿だ。

わけありの男女が昼間から一刻の逢瀬《おうせ》を楽しむために、ひっきりなしに押しかけてくる。

旅籠《はたご》は二食がついてひとり三百文内外が、板橋三宿の相場である。客間はひとり二畳の割合で、入れ込みの相部屋となった。八畳間一部屋が満員となれば、一日一貫二百文の稼ぎだ。

あいまい宿の客間は、昼間の四ツ半（午前十一時）から七ツ半（午後五時）の間だけで三組の客を受け入れた。

これだけですでに、一貫二百文の売り上げである。

夜の五ツを過ぎると、翌朝五ツまでは泊まりとなる。この部屋代は八百文だ。

あいまい宿は客に飯も出さず、から茶の詰まった急須と火鉢に載った鉄瓶を用意しておくだけである。こんな扱いで、ひと部屋の水揚げが一日あたり二貫文にもなった。

「あいまい宿と旅籠とを一緒にされては、うちら旅籠には迷惑千万だ」

旅籠のあるじは、あいまい宿を目の仇《かたき》にしていた。

しかし板橋宿が大いに賑わっているのは、あいまい宿のおかげとも言えた。とりわけ飯盛り女を目当てに、江戸から多数の男たちが遊びにきた。カネ離れのすこぶるいい客だ。

見栄《みえ》っ張りの客は、宿場に多額のカネを落とした。一夜で五両のカネを使う剛の者も、ここではめずらしくなかった。

あいまい宿がなくなれば、板橋宿の商いが大きく落ち込むのは目に見えている。

宿場の土産物屋、一膳飯屋、小間物屋など小商人《こあきんど》たちは、あいまい宿の肩を持っていた。

表だって、旅籠があいまい宿に諍《いさか》いを仕掛けることは滅多になかった。そんなことをすれば、宿場の大勢を占める小商人たちを敵に回すことになるからだ。

しかし旅籠の当主たちは結託して、あいまい宿を旅籠の仲間には加えなかった。

今日の寄合にも、旅籠の当主は、ほぼ全員が顔を揃《そろ》えていたが、あいまい宿の当主は、ひとりも顔を出してはいなかった。

市左衛門は湯呑みの茶を飲み乾し、備長炭《びんちょうたん》に灰をかぶせてから立ち上がった。

十畳の客間へと続く廊下には、寒さが居座っている。市左衛門は両手をこすり合わせながら客間へと向かった。

ふすまの前で立ち止まり、ひとつ深呼吸をしてから静かに開いた。

座布団もあてずに、松木屋と石橋屋の当主は市左衛門を待っていた。

「遠慮は無用だ、座布団をあてなさい。夜に入って、寒さが募っている」

冷えた畳にじかに座るのは身体に毒だと言い聞かせて、ふたりに座布団を勧めた。

「それでは遠慮なしに」

二人が座布団に座ったのを見計らい、市左衛門は用向きを尋ねた。

松木屋は背筋を伸ばし、決意を秘めた目を市左衛門に向けた。

「前田様ご一行が板橋三宿にお泊まりになるそうですが、てまえどもには存念がございます」

松木屋の両目が燃え立った。

「てまえどもを仲間はずれにせず、前田様ご一行のもてなしをさせてください」

飯盛り女も一緒にと付け加えた。

松木屋の鼻息で、ロウソクの炎がゆらゆらと動いた。

市左衛門は口を閉じたまま、煙草《たばこ》を吸い始めた。

松木屋のあるじは、市左衛門に返事をせっつくことはしなかった。ただ見ているうちに、自分も煙草が吸いたくなったのだろう。

「てまえにも煙草盆の支度をお願いしたいのですが」

「これはうかつなことを」

五服目を急ぎ灰吹きに叩き落とした市左衛門は、隅に控えた者に煙草盆ふたつの支度を言いつけた。

「かしこまりました」

奉公人が立ち上がり、ふすまに手をかけた。開こうとしたら、向こうから開いた。客間に用のあった女中が開いたのだ。

「作蔵さんが帰ってきました」

用件を記した書き付けを市左衛門に手渡した。

うなずいて女中を下がらせてから、市左衛門は松木屋と向き合った。

「急ぎの用が生じましてな。暫時《しばし》、このままお待ちくだされ」

「ご都合もうかがわず夜分に押しかけまして、申しわけございません」

中座しようとする市左衛門に、松木屋は詫《わ》びを言った。

客間を出た市左衛門は、早く談判の首尾が知りたくて、すり足を急がせた。

すでに五ツ半が近い時分だ。ここまで暇がかかったのは、大和左衛門との談判がうまく運ばなかったからではないかと、いやな予感を覚えたのだ。

作蔵と向かい合わせに座ると、案の定、作蔵はむずかしい顔つきをしていた。

問いかける前に、一度深呼吸をした。

「談判はどうだったのだ？」

努めて軽い口調で問いかけた。

「すこぶる上首尾に運びました」

作蔵もまた、なにごともなかったかのように返事をした。

「まことかっ」

我知らぬまま、市左衛門は大きく身を乗り出していた。

作蔵の目元がわずかにゆるんだ。

「組み立て式のかわやを、大和左衛門さんは二百五十も備えているそうです」

たとえ四千人が板橋三宿に投宿したとしても、一夜の用足しには充分の数だと大和左衛門は請け合っていた。

「おわい船もおわい荷車も、すべて先方が調えてくれます。かわやの組み立てからおわい桶《おけ》の運び出しまでを、大和左衛門さんは五十人の手下を使って行うそうです」

もしも当日が雨模様だったら、あと二割増し、六十人にまで手を増やすという。

「当日のおわいすべてをただでもらえるなら、費えは人足の手間賃だけでいいと、はっきりと請け合ってもらいやした」

手間賃はひとり二百文。六十人だとして十二貫文（三両相当）だと付け加えた。

市左衛門は正味の驚き顔になっていた。

「これだけの手配りを頼んで、わずか三両だけでいいと言うのか？」

このたびの板橋宿の逗留《とうりゅう》は、大人数だが、肥料としては人気のない武家の宿泊なのだ。

にもかかわらず好条件で談判が成り立ったのは、前田家の家臣だったからだ。

「大和左衛門さんは、江戸中のおわいに通じていやす。前田家というのは殿様だけでなく、ご家来衆の毎日のメシにも、相当にカネを使っているそうでさ」

前田家の本郷上屋敷から出るおわいは、木場の材木商と同等の値で大和左衛門に買い取られていた。

「これをきっかけに、いい付き合いをさせてほしいと、大和左衛門さんから言付かってまいりやした」

締めくくる作蔵の声は弾んでいた。

「今夜はゆっくりと休んでくれ」

市左衛門は作蔵に一分金二枚の心付けを手渡して、上首尾をねぎらった。

作蔵が下がったあとも、市左衛門は座を立たなかった。目を閉じて、いま聞き取った話をもう一度なぞり返した。

途方もない大人数のおわいが、これで案ずることなく片付くことになった。しかも、ほとんど費えを使わずに、である。

作蔵を雇い入れていてよかったと、自分の運の良さ、ツキのあることを噛《か》みしめた。

膝元の湯呑みに手を伸ばした。

女中は市左衛門が疲れてはいないかと身体を案じたのだろう。茶にようかんが添えられていた。

厚切りを見た刹那《せつな》、源也斎の見立てのひとつを思いだした。

「あいまい宿を大事にすること」

源也斎はこれを市左衛門に告げていた。

聞かされたときは、この見立てにはさほど重きを置いていなかった。見立ての意味が、うまく呑み込めていなかったのだ。

作蔵から話を聞き取ったいまは、はっきりと呑み込めていた。

メシを食らえばクソをする。

これはひとの営みの源である。

あいまい宿でひとときの楽しみを味わうのもまた、ひとの営みの源泉だった。

先代から名主を継ぐ前の市左衛門は、吉原《よしわら》に居続けをしたことも一再ならずあった。

名主を継いでから久しい時の流れのなかで、楽しむということを忘れかけていた。

源也斎は建前ではなく、正味をずばり言い当てる易断師である。

見立ての意味をはっきりと呑み込んだ市左衛門は、ゆっくりと客間に向かった。

ウンッ。

軽く咳払《せきばら》いをしてからふすまに手をかけた。

ふすまの向こうの気配が張り詰めたのを、市左衛門は感じていた。

九

市左衛門は五十匁《め》ロウソクの燭台《しょくだい》を文机《ふづくえ》の隅に立てた。深夜の書き物にも、充分の明るさである。

その明かりの中で市左衛門は浅田屋伊兵衛に宛《あ》てて出す書状を、二度も下書きした。

書き終えた二度目の下書きを、市左衛門は音読した。声に出して読むことで、自分で書いた言い回しに誤りと失礼のないことを確かめた。

「これならいい」

内容に得心のいった市左衛門は、手焙りの上で両手をこすりあわせた。本番をしたための前に、指先を温めておきたかった。

宿場名主が外に出す書状には、いささかの疵《きず》も許されない。墨をすることで、市左衛門は本番に臨む気持ちを落ち着けた。

大事な頼み事をしたためるには、いつも以上に濃い墨が入り用だった。京の寺町通りにある鳩居堂《きゅうきょどう》特製の墨は、濃さといい香りといい、市左衛門の好み通りである。

充分な濃さが得られたと察したところで、市左衛門は墨をおいた。

気を静めてから、小筆を硯《すずり》に浸した。

気負わずに息を吐いたつもりだったが、ロウソクの明かりが揺れた。

二月十一日の未明から雨になった。春分も過ぎたというのに、真夜中の雨は冬の氷《ひ》雨《さめ》を思わせるほどに凍えていた。夜明けから二刻が過ぎても、寒さはゆるまぬままである。

前田家正門前の大路には老舗《しにせ》が何軒も軒を連ねていた。一軒の小間物屋の土間では、商家の隠居ふたりが雨空を眺めていた。

連れだって碁会所に行こうと考えているのだが、余りの寒さに足が止まっていた。

「もう四ツどきじゃないか。寒の戻りにしては、度が過ぎているだろう」

「このまま凍えが続いたりしたら、開き始めた寛永寺の桜がつぼみに戻るというものだ」

隠居ふたりは、白い息を吐きながら盛んに両手をこすり合わせた。

「ごらんなさい、あの姿を」

ひとりが指差したほうに、もうひとりが目を向けた。

「大したものだ、この氷雨のなかを」

ふたりが感心してうなずき合った。

前田家上屋敷前の大路を、挟箱《はさみばこ》を担《かつ》いだ飛脚が駆けてきた。加賀あかねと呼ばれる鮮やかな紅色の合羽《かっぱ》を着た飛脚は、浅田屋を目指して走っていた。

素人《しろうと》があの勢いで駆ければ、さぞかしひどい跳ねが上がることだろう。ところが合羽を着た飛脚は、ただひとつの跳ねも上げていない。

「さすがは加賀様御用達《ごようたし》の飛脚さんだ」

隠居ふたりは飛脚が浅田屋の軒下に入るまで、子鹿《こじか》のように軽やかな走り姿に見とれていた。

浅田屋の軒下に入った飛脚は、通りに向かって張り出したひさしの下で合羽を脱いだ。

「雨のなか、ご苦労さまです」

丁稚《でっち》小僧が飛脚を迎えた。

「ありがとよ」

飛脚は、挟箱から赤い布袋を取り出して手代に渡した。ただちに届ける速達を入れた袋だ。

「板橋上宿の名主さんから、うちの旦那《だんな》様への速達でさ」

「かしこまりました」

受け取った手代は、急ぎ番頭に袋を届けた。

番頭は速達袋の紐《ひも》をほどき、中から一通の書状を取り出した。今朝の明け六ツの鐘と同時に、名主屋敷の小僧が届けてきた書状である。

宛名は浅田屋伊兵衛様。

裏を見ると板橋上宿名主、板橋市左衛門の名が記されていた。

宛名と差し出し人を確かめた番頭は、書状を丸盆に載せて伊兵衛の居室に向かった。

今日は十一日である。毎月「一」のつく一日、十一日、二十一日は書道の師匠が稽《けい》古《こ》をつけに出張ってきていた。湯島本郷界隈《かいわい》で「飛び切りの美形」と評判の高い女師匠だ。

部屋のふすまの前で番頭は足を止めた。が、声は出さずにその場に座った。稽古熱心の伊兵衛に無粋な声を投げ入れるのがはばかられたのだろう。

居室内の伊兵衛のほうが気配を察した。

「だれかそこにいるのか？」

「義之助《よしのすけ》でございます」

二番番頭が名を名乗った。

「構わないから入りなさい」

伊兵衛の許しを得て、義之助はふすまを開いた。一歩を踏み入れるなり、部屋に漂う香りに驚き、足が止まった。

師匠の白粉《おしろい》と鬢《びん》付け油が、ともに甘い香りを放っていた。

が、義之助が驚いたのは、別のものだ。硯から漂い出ている墨の香りだった。

「なんともかぐわしいものでございます」

墨を褒めたつもりだったが、師匠は頬を赤らめた。

それ以上は言わず、義之助は書状の載った丸盆を伊兵衛に差し出した。

「板橋宿から速達が届きましてございます」

受け取った伊兵衛は差し出し人を確かめてから、文机に置いてあった小柄《こづか》で封を切った。

半ばまで読み進んだとき、伊兵衛の顔色が変わった。

師匠は気配を察したのだろう。手本を書いていた筆が止まった。

雨音が居室に響くほどに、部屋が静まり返っていた。


師匠の稽古が終わったのは、いつも通り四ツ半だった。

これまでは稽古が終わるなり師匠を奥の玄関から送り出した。が、この日は様子が違った。

「もしもあとがつかえてなければ、暫時、てまえとここで茶菓を付き合ってくださりませんか？」

「喜んで」

書道の師匠、黒門町の雪乃《ゆきの》は顔をほころばせて伊兵衛の頼みを受け入れた。

左の下唇の大きなほくろが、浮かび上がって見えた。

伊兵衛が支度をさせたのは宇治茶と、金沢諸江屋《もろえや》から取り寄せた落雁《らくがん》である。この干菓子が雪乃の好みであることは、前田家用人庄田要之介《しょうだようのすけ》から聞かされていた。

庄田家は代々が江戸上屋敷の用人を務める家柄である。当主は要之介を襲名し、江戸在府中の藩主に仕えていた。

黒門町の雪乃を伊兵衛に引き合わせたのも、庄田だった。

今年の一月十一日、鏡開きの日に伊兵衛は庄田から呼び出しを受けた。

前田家の為《な》すことは、なにごとによらず桁違《けたちが》いに大きい。正月の鏡餅《かがみもち》も、上屋敷玄関に飾られるのは二斗と一斗の重ね餅だ。

その巨大な鏡餅を、上屋敷に起居している国許《くにもと》の大工が三人がかりで崩す。大鍋《おおなべ》で炊《た》きあげる汁粉は三百人前で、材料の小豆《あずき》も砂糖も俵から取り出していた。

伊兵衛は毎年、この鏡開きに招かれ、五つ紋の紋付きに仙台平の袴姿で出向いた。

「そなたに引き合わせたい女人がおっての」

庄田が部屋に招き入れたのが雪乃だった。

「殿にはことのほか、雪乃殿をお気に召されておいでだが、この女人の卓抜なる筆を独り占めにするのは、百万石の大身をかさにきての、あまりに傲岸不遜《ごうがんふそん》な振舞いであると仰《おお》せられての」

広く筋のいい商家のあるじに引き合わせを致すように、浅田屋に申しつけよ。

庄田が伊兵衛を呼び出したわけが、このことだった。

伊兵衛は綱紀の大きなこころに強く打たれた。

並の大名なら、一芸に秀《ひい》でた者は自分の籠《かご》の中に閉じ込めようと計るだろう。そしてお抱え者が仕上げた品々を、周りの大名に自慢するのが常道だった。

綱紀はまるで逆だった。

ひとりでも多くの者に、雪乃の書道の見事さを知らしめたい。独り占めにしていては、雪乃の技量がもったいない。

綱紀はこのことに加えて、庄田にもうひとつ言い添えていた。

「雪乃殿は、類《たぐ》い希《まれ》な美形である。わしの寵愛《ちょうあい》が過ぎれば、世の者にあらぬ疑いを抱かせかねぬ」

もしも書道の師匠とは名ばかりで、綱紀の囲い者だと思われたら、先のある雪乃に大きな疵をつけることになると、綱紀は案じた。

「浅田屋伊兵衛なれば、素性の確かな商家当主に、雪乃殿を広く引き合わせができよう」

伊兵衛に骨折りをさせよと、綱紀は名指しで庄田に申し渡していた。

「殿様からご信頼を賜りまして、浅田屋伊兵衛、ありがたき幸せにござります」

すぐにも複数の心当たりに顔つなぎをする旨《むね》、庄田に答えた。

「ですが、てまえにも、いささかながら書のたしなみはございます」

商家当主に顔つなぎを始める前に、自分で雪乃の技量を確かめたい。ひとかどの商家当主は、だれもが稽古ごとには口うるさいものだ。

「てまえがすべての責めを負って顔つなぎするためにも、なにとぞお聞き届けくださりますように」

伊兵衛は顔を伏せて庄田に願い出た。

「言い分、当然至極であろう」

庄田はその場に書道の道具を調えさせた。前田家が使う道具は、筆、墨、硯に至るまで極上の品ばかりである。

墨が仕上がると、雪乃は筆を伊兵衛に持たせた。

「浅田屋伊兵衛とお書きください」

雪乃に言われた伊兵衛は、筆にたっぷり墨を含ませた。そして一気に名を書いた。

日に何十通もの文書が行き交う浅田屋である。文書によっては、浅田屋伊兵衛の署名が入り用なのだ。

当主の名は書き慣れていた。

仕上がりを見た雪乃は、新たな半紙に同じように浅田屋伊兵衛と書いた。

書道の心得があるだけに、伊兵衛は雪乃の筆の見事さに感じ入った。

「僭越《せんえつ》ながら、雪乃様の出稽古先の口利《くちき》きを請け負わせていただきます」

庄田は目もとをゆるめた。

「殿にもさぞかしお喜びであろう」

話がまとまった祝いに、鏡開きの汁粉が振る舞われた。


「雪乃殿には前田家に関わるなにひとつ、隠し事は無用である」

庄田はこうも付け加えていた。

その言葉に気持ちを奮い起こした伊兵衛は、雪乃の顔をしっかりと見据えた。

「つい先ほど、板橋宿から速達が届きました」

雪乃の目を見詰めたまま、伊兵衛は要点を話し始めた。

「板橋宿のあいまい宿が、前田様ご投宿の折には、ぜひとも世話をさせてほしいと願い出てきました」

あいまい宿の意味するところを雪乃は呑《の》み込んでいるだろう。が、次第を聞いても、下唇のほくろはぴくりとも動かなかった。

「果たしてこの願いを、綱紀様のお耳にいれてよろしきものか……」

伊兵衛はそれを雪乃に問いかけた。

藩主と差し向かいで書道の稽古をつける雪乃なら、伊兵衛よりも綱紀の人柄を分かっていると、伊兵衛は判じていた。

「お尋ねのお答えになるかどうかは分かりませんが……」

綱紀との出会いを話すと言う。

伊兵衛は居住まいを正して、雪乃の話を待ち受けた。

十

雪乃が初めて綱紀の姿を見たのは、およそ一年前の正徳六（一七一六）年二月三日である。

雪乃は自分の生まれ年の干支《えと》にちなみ、湯島天神に『子《ね》の日参り』をこの日から始めたところだった。

暖かな日が続き、この日の湯島天神境内は、百本あるといわれる梅が満開となっていた。

満開の梅を見るには、境内に入らなければならない。鳥居の遥《はる》か手前から、長いひとの列ができていた。雪乃ももちろん、列の最後尾に加わった。

五人ほど前方に、上品な身なりの大店《おおだな》の隠居風の老人が並んでいた。前と後ろを、店の奉公人というには身のこなしに隙《すき》のない男衆が固めていた。

隠居は杖《つえ》を右手に握り、石畳に突き立てて前に進んだ。

鳥居まで四半町（約二十七メートル）に隠居が進んだとき、境内で騒ぎが持ち上がった。

「脇《わき》からへえってくるんじゃねえ」

「てやんでえ。割り込んできたのはおめえだろうが」

男ふたりが大声で怒鳴り合いを始めた。

その刹那、隠居の前後にいた奉公人の身なりの男たちが、隠居を守るように取り囲んだ。

境内を目指していた梅見物の客たちは、全員が怒鳴り合いに気を取られていた。隠居を守ろうとして、敏捷《びんしょう》に動いた男たち。この動きに気づいたのは、雪乃ただひとりだった。

名のあるひとの、お忍びの梅見物なのかしら……雪乃は胸の内でこれを思った。

幸いにも怒鳴り合いは、すぐに収まった。

雪乃は社殿にお参りをしたあとは人混みを避け、梅見物もそこそこに境内を出た。

鳥居をくぐる前に、隠居の姿を探した。早々と見物を終えたのか、どこにも姿は見えなかった。

その後も雪乃は子の日参りを続けた。

そして六月には元号が正徳から享保へと改められた。

改元を自分なりの区切りと定めた雪乃は、改元の二日後、六月二十四日の壬子《みずのえね》の日のお参りを、満願日と決めた。

お参りを終えた雪乃は社殿の裏に回った。

湯島天神は高台に立つ神社である。社殿裏手に回れば、浅草寺から大川に架かる両国橋までが一望にできた。

雪乃が陽を浴びてキラキラと輝いている大川に見とれていたら、背後で声がした。

「替えの鼻緒を、本日に限って持参いたしておりませぬ」

声を聞いて振り返った雪乃の目が、大きく見開かれた。

声の主は手代姿だが、明らかに武家言葉を話していた。そのちぐはぐさにも驚いたが、梅見物の隠居がいたことにさらに驚いた。

隠居は軽衫《かるさん》袴を穿《は》いている。鼻緒が切れたらしく、しゃがんだ男の肩に手を載せていた。

雪乃はためらいもせず、隠居に近寄った。

「鼻緒は持っていませんが、すげ直すことはできます」

隠居の脇にしゃがみ込んだ雪乃は、たもとから汗押さえの手拭《てぬぐ》いを取り出した。藤の花が染められた、薄手の手拭いである。端を口にくわえた雪乃は、四分一の細さに引き裂いた。

「うちの家業は履物屋ですから、鼻緒のすげ替えには慣れています」

引き裂いた手拭いを縒《よ》って、鼻緒の紐を拵えた。

隠居は軽衫袴姿だが、履き物はまるで釣り合わない極上の雪駄《せった》だった。鼻緒も極上品だ。

「鹿皮だと思いますが、こんな滑らかな手触りは初めてです」

皮のなめし具合に、雪乃は感心していた。

手拭いで拵えたこよりで、雪乃が鼻緒をすげ直している間、隠居はひとことも口を開かなかった。

雪乃は雪駄の裏でこよりを軽く結んだ。そのあとで鼻緒を引っ張り、右手を差し入れて親指の挟まり加減を確かめた。

「これで大丈夫です」

雪乃はきっぱりと言い切った。

隠居は足を差し入れた。親指の挟まり具合は見事だった。

「手間をかけさせましたな」

初めて聞く隠居の声には、多数の者を従わせる威厳があった。

「履き心地はいかがですか？」

「見事な仕事ぶりだ」

隠居は心底の笑みを浮かべて雪乃を見た。

「そなたの家業は履物屋だと聞いたが？」

「黒門町で両親と兄が、小さな商いを営んでおります」

「そなたの手拭いを反故《ほご》にしてしまった」

鼻緒をすげてもらった礼をしたい。後日、うちの者を差し向けるので所を記してほしいと言って、隠居は雪乃を見た。

「見事な職人をただ働きさせるわけにはいかぬでの」

隠居は正味で雪乃の技を買っていた。それが嬉《うれ》しくて、雪乃は申し出を受けた。

隠居が目配せをすると、供の手代風の男は開いた帳面と矢立の筆を差し出した。美《み》濃《の》紙《がみ》を綴《と》じた帳面には、梅鉢の紋が描かれた表紙がついていた。

筆を手に取った雪乃は、軸の手触りを何度も確かめた。穂先を高く掲げて陽に照らした。

「京の野島屋史郎作の筆ですね？」

言い当てられた隠居は、ううむと唸《うな》った。

雪乃は帳面に住まいの町名と、屋号を記した。

その筆文字を見て、隠居は大きく目を見開いた。初めて見せた、素の表情だった。

「わしは……」

隠居が言いかけたとき、半鐘が鳴り始めた。火元が近いことを示す、擂半《すりばん》である。

供の顔つきが引き締まった。

隠居も表情を改めた。

「明日にも、うちの者を差し向けるゆえ、屋敷まで出張ってくだされ」

ぜひにも出稽古をつけてもらいたいと、隠居は頼みを口にした。

「ありがとう存じます」

雪乃は新たな出入り先ができたことを喜び、会釈《えしやく》をした。

翌日の四ツどきに、羽織に袴姿の武家が顔を出した。

前田家上屋敷からの使いだと聞かされて、雪乃の両親は腰を抜かさんばかりに驚いた。

ことによると前田家の殿様ではないかと、淡い見当をつけていた雪乃も図星だったと分かり、動悸《どうき》が速くなるのを感じていた。

「お忍びで湯島天神の梅見物に出かけられたりもなさる殿様です」

世にふたりといない大身大名ですが、ひとの情の機微はお分かりになるお方ですと、雪乃は請け合った。

「あいまい宿を殿様がどうお考えになるかは、わたくしには判じられません」

が、宿場の願いを耳に入れても、綱紀の不興を買うことはないと思うと雪乃は結んだ。

「綱紀様がお忍びで梅見物を楽しんでおいでだったとは、いまのいままで存じませんでした」

伊兵衛から吐息が漏れた。

「殿様のお忍びは、梅見物に限ったことではありません」

「えっ？」

伊兵衛はあとの言葉が出なくなった。

「黒門町の火消し衆が殿様をお守りして、湯島天神の縁日にもお出かけになりました」

雪乃は落ち着いた物言いで、顚末《てんまつ》を話し始めた。

きっかけは、雪乃が口にしたことだった。

「殿様をお守りになるお武家様は、正直なことを申し上げますと町人姿がお似合いではありません」

髷《まげ》まで町人風に結っても、身のこなしは武家そのものだ。隠居に扮《ふん》している綱紀のほうが、はるかに溶け込んでいると座興で口にした。

「そなたの手配りで、まことの町人に警護を頼めるかの？」

思いも寄らなかった成り行きとなり、雪乃は返事に詰まった。が、心当たりに訊《き》いてみますと続けた。

黒門町の町内で大男揃いといえば、鳶《とび》宿の火消し衆である。幸いにかしらと親しかった雪乃は、顚末を話した。

「粋《いき》な殿様じゃねえか」

かしらは膝《ひざ》を叩《たた》いて喜んだ。

「百万石の殿様の身を守るなんざ、生涯に一度の大事だ。ゼニを払ってでもやらせてくれ」

かしらの大乗り気を、雪乃は次の出稽古で綱紀に伝えた。

すぐさま庄田が呼び入れられた。

「いかになんでも、それは……」

肝の太いことで知られる庄田が、綱紀の前で絶句した。

そのさまを見て、綱紀はますます興に乗ったらしい。

「縁日の夜店を見て回ることにする。供は黒門町の火消し衆でよい」

言い出したらきかない綱紀である。庄田は方々にきつい箝口令《かんこうれい》を敷き、綱紀が望むがままにことを運んだ。

浅田屋伊兵衛にすら、この一件は伏せられていた。

「まことにさばけたところのある殿様です」

強く言うたびに、雪乃のほくろが動いた。

「案ずるよりも産むが易《やす》しと言いますから、まずは庄田様にお話をなさってはいかがでしょう」

得心した伊兵衛は強くうなずいた。

「善は急げ、ですな」

明日にでも上屋敷を訪ねようと、伊兵衛は決めた。

十一

一夜が明けた今朝、四ツの鐘がまだ響いているさなかに、一挺《ちょう》の宝泉寺駕籠《ほうせんじかご》が浅田屋に着けられた。

本郷大和屋の駕籠だ。

空の高いところから降り注ぐ陽が、宝泉寺駕籠の黒塗り屋根を照らしている。漆を重ね塗りした屋根は、陽を弾《はじ》き返しながら艶々《つやつや》と輝いていた。

「お迎えにあがりやした」

小豆色の半纏《はんてん》を羽織った駕籠舁《か》きふたりが、浅田屋の土間で声を発した。

本郷の大和屋は江戸でも三本指のひとつに数えられる大店である。

「ここ一番の気張りどきなら、費えはかかっても本郷の大和屋に黒塗り駕籠を頼むのが一番さ」

大和屋の黒塗り宝泉寺駕籠の評判は、江戸中に知れ渡っていた。

「行ってらっしゃいまし」

駕籠に乗り込む伊兵衛に向かって、奉公人が声を揃えた。

駕籠の戸が閉じられると、前棒と後棒が長柄《ながえ》に肩を入れた。地べたから一尺駕籠が持ち上がった。

前棒が威勢を込めて息杖《いきづえ》を突き立てると、後棒も続いた。

はあん、ほう。

はあん、ほう。

駕籠舁きが息遣いを合わせて駆けだした。

駕籠のなかの伊兵衛は、備え付けの脇息《きょうそく》に左肘《ひじ》を載せていた。

大和屋が自慢するだけのことはあると、伊兵衛は駕籠の拵《こしら》えのよさに感心した。

座布団《ざぶとん》は絹布で、厚みは七寸（約二十一センチ）もあった。十五貫（約五十六キロ）の伊兵衛が座しても、座布団はまだ膨らみを残していた。

煙草盆《たばこ》は桜材で、種火の支度にも抜かりがない。脇息から身を起こした伊兵衛は、煙草入れを取り出した。

はあん、ほう……はあん、ほう。

掛け声が速くなっていた。声に合わせて駕籠も走る速さを増していた。速さが増せば揺れるのが駕籠である。

しかし大和屋の駕籠はほとんど揺れなかった。煙草をキセルに詰めるのも、まことに楽である。

伊兵衛が今日用意しているのは、自作の甘い煙草だった。

薩摩《さつま》特産の刻み煙草『開聞誉《かいもんほまれ》』が、伊兵衛の好みである。いつもはそのままキセルに詰めるが、特別な日には自作の別誂《べつあつら》えを吸うことにしていた。

焼酎《しょうちゅう》で黒砂糖を溶かし、それを霧吹きに詰める。ザルに広げた開聞誉に、黒砂糖入り焼酎を吹き付けたものだ。

吸っている当人よりも、煙を嗅《か》いだ周りの者が甘さを感ずるという代物《しろもの》だ。

キセルに詰め終わった伊兵衛は、種火に火皿を押しつけた。チリチリと音を立てて、煙草に火が移った。

ゆっくりと吸い込んだあと、しばらくは身体《からだ》の内に煙をとどめた。

ふうう……。

吐き出したら、駕籠の内に甘い香りが充《み》ちた。

「殿には、まことに本日は上機嫌にあらせられての。板橋宿より願い出の件は、よきに計らえとの仰せであった」

庄田の目元がめずらしくゆるんでいた。

「ここだけの話だが、帰国の道中は長い」

旅の始まりで家臣に楽しみができれば、先へ進む足取りも軽くなる。

「あいまい宿があるというだけで、こころは弾むというものだ」

板橋宿の申し出は、願ったりであると庄田は結んだ。

「何分にも家臣の人数が多いでの。滑らかに運ぶように、宿とは念入りに段取りしてもらいたい」

面談の結びでは、庄田の顔つきは引き締まっていた。


内々の段取り伝達で、浅田屋本郷本店と板橋宿とを結ぶ飛脚を「孫の手」という。

呼び名の起こりは、当主伊兵衛ですら定かには知らなかった。

「本店と板橋とのやり取りを密にして、互いにかゆいところにも手が届くようにとの想《おも》いが名の起こりではないか」

番頭に問われた伊兵衛は、こう答えた。

起こりが分からぬほど古くから、浅田屋は本店と板橋宿とを密に結んでいた。

二月十二日の孫の手は板橋三宿の名主に、よくよく細かに伊兵衛来訪の次第を伝えたらしい。

紋付き袴《はかま》姿に身を固めた名主三人は、宿場会所の門の外で宝泉寺駕籠を出迎えた。三人とも名主の威厳を保とうとして、しかつめ顔である。

しかし伊兵衛が運んでくるのは吉報に違いないと、孫の手の話から察しているらしい。身の内から湧《わ》き上がってくる嬉しさが、閉じた唇の端からこぼれ出ていた。

名主三人の前に横付けされた駕籠の戸を、前棒が開いた。

すかさず駆け寄った後棒が、履き物を出して揃《そろ》えた。

伊兵衛が駕籠から姿をあらわすと、名主たちは深々と辞儀をした。伊兵衛も軽く辞儀を返し、出迎えの儀式が終わった。

「どうぞ、こちらへ」

板橋市左衛門が先に立ち、豊田市右衛門と飯田宇兵衛が伊兵衛のあとに従った。

会所には宿場役人をもてなすために、客間が三部屋設けられていた。そのなかの最上の客間に、市左衛門は来客を案内した。

案内された席に座した伊兵衛は、なにか気配を感じたらしい。右の耳たぶの後ろに手をあてた。

が、すぐにその手を元に戻した。

伊兵衛の振舞いを、市左衛門は気を張って見ていた。しかし、その振舞いの意味を問うことはしなかった。伊兵衛が気にしていない様子だったからだ。

来客も接待役もともに口を閉じているところに、腰元身なりの女中が茶を運んできた。

市左衛門は孫の手から、さまざま聞き込んだらしい。女中が運んできた煎茶《せんちゃ》には、伊兵衛好みの干菓子が添えられていた。

とはいえ金沢・諸江屋の品は急には用意できなかったようで、菓子皿には室町の鈴木越後の干菓子が載っていた。

伊兵衛は煎茶を味わい、干菓子ひとつを口に運んだ。

カリッと軽い音がしたところで、市左衛門が口を開いた。

「このたびは厚かましくも、浅田屋様には大変な難儀を持ち込んでしまいました。板橋宿の名主一同、深くお詫《わ》び申し上げます」

市左衛門と一緒に市右衛門、宇兵衛があたまを下げ、畳に両手をついた。

「窮屈な詫びなど、わたしには無用です。顔をお上げなさい」

伊兵衛が言うと、三人は揃って伏せていた顔を元に戻した。

「本日は前田綱紀様からうけたまわりました言伝《ことづて》を、お三方にてまえが運んできました」

伊兵衛はふところに納めてきた書状を取り出した。前田家の公用文書を示す梅鉢の紋が、伊兵衛が手にした封書に描かれていた。

封書を開いた伊兵衛は、一枚の文書を取り出した。市左衛門は息を整えて伊兵衛の顔を見ていた。

「前田家江戸上屋敷用人、庄田要之介様ご当人がしたためられた、綱紀様の言伝です」

伊兵衛は深呼吸をしてから、書状の文面を読み始めた。

「このたびの板橋宿への前田家当主および家臣の投宿に際しては、あいまい宿の商いは勝手次第であると、綱紀様よりのお許しが下された」

これで文面が終わったわけではなかった。

しかし商いは勝手次第の許しが出たと分かり、座の気配が大きく揺れた。

伊兵衛は書状を手にしたまま、市左衛門に目を移した。

「ふすまの向こうには、多くのひとが息を詰めて座しておられるようだ」

伊兵衛は強く光る目で市左衛門を見た。

「あいまい宿のご当主方ではないかと察するが、違っていますかな？」

「いやはや、まことに」

市左衛門はまた両手を畳につき、伊兵衛を見上げた。

「浅田屋様のご慧眼《けいがん》、恐れ入りましてございます」

伊兵衛の推察通りだと返答した。

「てまえに遠慮は無用です。吉報をこの場でともに喜ばれるのが一番でしょう」

「それではお言葉に甘えまして」

振り返った市左衛門は、宇兵衛に目配せをした。すかさず立ち上がった宇兵衛は、客間の外に出た。

わずかの間ののち、十六人ものあいまい宿当主たちが宇兵衛に従って入ってきた。

座布団もあてずに座るなり、十六人全員が畳に両手をついてこうべを垂れた。

「先ほども申し上げたが、わたしに格式ばった所作は無用です。みなさん、どうぞ顔を上げてください」

伊兵衛の言葉で十六人が顔を上げた。

伊兵衛はあいまい宿の当主たちにも、座布団を用意するように頼んだ。

当主たちが座布団を尻《しり》にあてたのを見極めてから、伊兵衛は書状の残りを読み始めた。

「何分にも当家は家臣大勢なるがゆえ、旅籠《はたご》個々にあっては段取りよくことが運ぶように、格別の手配りを願うものである」

庄田要之介の署名で、書状の文面は閉じられていた。

段取りよくことが運ぶように……。

要之介がわざわざ付け加えた語句の解釈をめぐり、座が一気に騒がしくなった。

「みなさんがあれこれ案じられるのも無理はないが、むずかしく考えるのは無用です」

書状を元通りに畳み、封書に納めてから伊兵衛は一同に目を向けた。

段取りよくなどは庄田ではなく、綱紀が口にしたことだと明かした。

うおおっ。

十六人の当主から驚きの唸りが漏れた。

「綱紀様はまことに庶民の気持ちをお汲み取りくださる殿様です」

何度もお忍びで本郷周辺も歩いておいでです……要之介から許しを得ている範囲に限って、綱紀の人となりを聞かせた。

「参勤交代でお国に帰られるご家臣の多くは、三十路《みそじ》前で、もちろん独り者ばかりです」

あいまい宿に出入り勝手次第の触れは、上屋敷出発前に役職者から伝達されるだろう。

しかし四千人近い下級家臣の大半が、もしも一度に休息を求めたとしたら。

そのことが惹起《じゃっき》する混乱を、綱紀も要之介も案じていた。

「所詮《しょせん》は一夜に限った休息ですが、なにしろ相手は大人数です。ここから先はご当主たちが知恵を絞られて、なにとぞ段取りよくことを運ばれますよう、てまえからも強くお願いしておきます」

「うけたまわりました」

当主たちの声が揃った。

多数の客を同時にあしらう技にかけては、板橋宿のあいまい宿は一歩も二歩も他の宿場よりも長《た》けている。当主たちの声も顔つきも明るくなっているのは、特段の手配りを求められてはいないと分かったからだろう。

「このうえなき吉報を頂戴《ちょうだい》しました」

当主たちは改めて伊兵衛の労に礼を言った。

宿場名主三人も、背筋を伸ばして伊兵衛を見た。その両目には、深い感謝の想いが宿されていた。

十二

享保二年四月二日に、加賀藩前田家が国許《くにもと》に向けて出発をする……このことは本郷から湯島にかけての各町に、早くから伝えられていた。

上屋敷を発《た》つ行列は、大名諸家には見栄《みえ》の張りどころである。

なかでも並ぶ者なき大身、百万石の前田家は四千人にわずかに欠けるという、途方もない大所帯の行列だ。藩としても、上屋敷正門前には多数の見物人に集まってもらいたかった。それゆえに三月中旬には出発日が伝わっていた。

四月二日は、まだ空を星が埋めている七ツ（午前四時）前から上屋敷正門前に幾重もの人垣ができ、見物人を目当てにした汁粉売りや甘酒売りまで出ていた。

大名行列の出立は、まだ町が闇《やみ》に包まれている七ツ立ちを常とした。未明に上屋敷を旅立ち、第一泊の宿場を少しでも遠くに取るためである。

しかし七ツを過ぎても、一向に正門が開かれる気配はなかった。

「ことによると、日延べじゃねえか」

見物人のひとりが、勝手な見当を口にしたとき。

「そんなことは、ありやせんよう」

汁粉売りが調子をつけて応《こた》えた。

「なんでえ、それは。分かったようなことを言うんじゃねえ」

尖《とが》った口調で嚙《か》みついた者の前で、汁粉売りは立ち止まった。

「今年の加賀様は、板橋宿が第一泊目なんでさ。そんなわけで、旅立ちはいつもより半刻《はんとき》遅い七ツ半でやす」

事情を明かした汁粉売りは、見物人を端から端まで順に見た。

「そんなわけで、ご門が開くまでにはまだまだ間がありやす」

寒さしのぎに汁粉をどうでやしょうと、弾んだ声で売り込みをかけた。

「なんでえ、七ツ半立ちかよ。寒くてやってられねえから、熱いのを一杯くんねえ」

職人言葉の男が汁粉を注文した。見物人のなかに仕込んであったサクラである。

「へい、お待ちどおさんで」

湯気の立つ汁粉が丸箸《まるばし》と一緒に男に手渡された。暗がりのなかでも焦《こ》げ目の分かる餅《もち》が汁粉の中に浮かんでいた。

「あったかくて、甘くてうめえや」

男は大きな音をさせて、汁粉をすすった。

「おれも一杯もらおう」

「こっちは二杯くださいな」

サクラがさも美味《うま》そうにすすった音につられて、あちこちから注文の声があがった。


七ツ半とおぼしきころ、門の内側で大声が発せられた。

「開門！」

騎馬武士の凜《りん》とした号令である。

鋲《びょう》打ちされた鉄縁の正門が、軋《きし》み音を立てて内側に開かれた。

正門前に群れていた見物人から歓声があがった。まだ星で埋まった夜明け前の空に向けて、見物人の喝采《かっさい》が駆け上った。

最初に正門を出たのは、髭奴《ひげやっこ》の毛槍《けやり》持ちである。行列の先頭を行く髭奴は、加賀藩の威信を背負った魁《さきがけ》である。

毛槍持ちとして国許で雇う中間《ちゅうげん》は、身の丈五尺六寸（約百七十センチ）以上、目方十七貫（約六十四キロ）以上の偉丈夫に限られた。

羽織っているのはあかね色に染められた奴半纏。背中には梅鉢が白く染め抜かれていた。

「この行列って、もっと続くの？」

未明の一番眠いところを、父親に無理矢理連れてこられたのだろう。右手で目をこすりながら、こどもが甲高い声で背後の父親に問いかけた。

「一番先を行く髭奴が出たばかりだ。このあとまだ、半刻《はんとき》は続くさ」

半刻続くと聞かされて、こどもは半泣き顔を拵えた。

「立ってるのがくたびれたら、ちゃんが肩車をしてやるからよう」

こどもの耳元でささやいた父親は、続々と出てくる行列を見るのがいかに楽しいかを聞かせ始めた。

「このあとには鉄砲だの弓だのを持った足軽が出てくるんだ。加賀藩の足軽も、みんなおっきいからよう」

「おっきいって、ちゃんよりも？」

問われた父親は、あたぼうさと答えた。

「おれは仲間内じゃあ大きいが、五尺四寸（約百六十四センチ）だ。加賀藩の鉄砲隊はおれより二寸は大きいさ」

父親の言葉が終わらないうちに、その鉄砲隊が出てきた。肩に銃を担《かつ》いだ男たちは、じつに百人を数えた。

足並みを揃えて、地べたをしっかりと踏んでいる。履き物は草鞋《わらじ》だが、土を踏む力が強いのだろう。

ザザ、ザザッ。

鉄砲隊が歩くと地べたが鳴った。

百人もの隊列を初めて見たこどもは、すっかり眠気が吹き飛んだらしい。

「次はなにが出てくるの？」

父親の袖《そで》を引いて問いかけた。

「鉄砲のあとは弓だろうさ」

あいまいに答えたが、見事に外れた。

足軽鉄砲隊のあとには、槍やら道具箱やらを持った中間の群れが続いた。

父親が言ったこととは違ったが、さまざまな形の道具箱を持つ中間もまた、こどもには物珍しいのだろう。

小さな身体を乗り出すようにして隊列に見入っていた。

上屋敷の正門から、槍持ちの中間五十人全員が出たころ。

板橋三宿では何十基ものかがり火が焚《た》かれていた。宿場の住人たちが総出で、往来を掃き清めていたのだ。

「ちっちゃなゴミは、あとで竹ぼうきで掃けばいいんだ。いまは馬糞《ばふん》、牛糞、犬の糞を始末しておくれ」

中宿の乾物屋のあるじ長兵衛《ちょうべえ》は、宿場で最年長なのを買われて差配に任じられていた。

細かなことも見逃さない気性は、掃除の差配にはうってつけである。

「おかねさん、そんな小物はうっちゃっといていいから、手前の大きな糞のほうを始末しておくれ」

燃え盛る松の薪《たきぎ》を籠《かご》から一本抜き取った長兵衛は、松明《たいまつ》代わりに掲げ持った。

「夜明けまで、もう半刻もないんだ。お天道さまが昇る前には、往来の掃除を終わっておくれよ」

長兵衛は薪を高く掲げ持ち、みんなの尻を叩いて回った。

今日一日の上天気を請け合うかのように、東の空が燃え立ち始めたとき。

ゴオオーーン……。

宿場に明け六ツを告げる鐘が響き始めた。

「まことにご苦労さんでした」

板橋三宿のあちこちで、労《ねぎら》い合う声が交わされた。

「あらためまして、おはようございます」

朝のあいさつも行き交った。

宿場の住人総出の掃除は、見事に夜明け前に片付いた。成し遂げた住人たちは、誇らしげな思いを抱いて朝日を顔に浴びた。

浅田屋伊兵衛は、前日から上宿の名主屋敷に泊まっていた。

四月二日の九ツ半（午後一時）過ぎに、浅田屋の孫の手が名主屋敷に駆け込んできた。

「行列は段取り通りに進んでおりやす」

八ツには宿場に着くと孫の手が告げた。

「分かった」

飛脚が宿場出店に戻ったあとで、伊兵衛は着替えを始めた。

腰元身なりの女中が手伝いについた。

「おつとめ、ご苦労さまです」

女中の声は、伊兵衛好みのかすれ声である。着替えの手に心地よい震えを覚えていた。

加賀藩のお国帰り隊列は、先頭からしんがりまでが十五町（約一・六キロ）にも及ぶ、桁違《けたちが》いの長さである。

先頭を担《にな》う髭奴は八ツの鐘の音と、初夏を思わせる強い陽差しを全身に浴びていた。

宿場の大木戸まで半町（約五十五メートル）の位置に差し掛かると、ひときわ髭奴の動きが派手になった。

木戸前の往来西側には、礼服を着用した宿場役人が整列していた。

武家は大名行列の出迎えにも見送りにも慣れている。行列をつつがなく受け入れることが、宿場役人に課せられた責務の一だった。

大木戸を目前にしながら、先頭を受け持つ髭奴は前に進もうとはしなかった。

大げさな身振りで太股《ふともも》を上げ、そしておろすことを繰り返した。動きは派手だが、その場に居着いたままである。まるで晴れ舞台に立ち、得意の舞を見せているかのようだ。

一向に近寄ってこない髭奴の動きを、宿場役人たちは当たり前として受け止めていた。

宿場入りする隊列は、いずこの藩も目一杯に見栄を張った。髭奴が大げさに振舞うのを常としていたからだ。

反対側には宿場三宿の名主と、各町の惣代《そうだい》が裃《かみしも》姿で横並びになっていた。

名主三人は、日頃から身なりを調えることには慣れていた。しかし惣代の大半は、この日のために裃を新調したような面々である。

初めて着用した者も多数いた。大金を投じて新調した裃なのに、貸衣装を着ているような不慣れさが感じられた。

正絹《しょうけん》を織り交ぜた肩衣《かたぎぬ》には、糊《のり》を利《き》かせてパリンと鏝《こて》が当たっている。

八ツどきの陽を浴びた肩衣の絹が、眩《まばゆ》く光っていた。

礼装の形は整っているが、惣代衆は大名行列の出迎えには不慣れである。

「なんだろうね、あの髭奴たちは。あの場で踊ってばかりいて、ちっとも大木戸には向かってこないじゃないか」

惣代のひとりが発した声は、他の惣代が顔をしかめたほどに大きかった。

存分に威勢を示した髭奴は、ようやく先へと歩き始めた。大名行列が進む調子は、格別の指図がない限りは先頭を行く髭奴に委《ゆだ》ねられていた。

行列が近づいてくると、名主・惣代などの町人はこうべを垂れた。

大木戸を入ったあとは、徒《かち》の武家二名が髭奴の前に立った。武家の歩みに合わせて、隊列が進んで行く。

大木戸の手前と比べて、歩調が大いに速くなっていた。

藩主綱紀の乗っている乗物は、まだ遥《はる》か後方である。

宿場に着いたからには、本陣に早く入るのが藩主に対する作法であろう。行列の先頭に出てきた徒の武家二名は、いずれも綱紀の近習衆《きんじゅ》だった。

大木戸の内側に入ると、往来の両側を埋める者の彩《いろど》りが明るく弾けた。

旅籠・料亭・小料理屋の女将《おかみ》に仲居、お嬢。

商家の内儀《ないぎ》とお嬢、そして女中。

小商人《こあきんど》の女房に娘、女奉公人。

百姓家や民家のカミさん連中。

板橋宿にかかわりのある女たちから選び抜かれた総勢八百人超が、往来の両側に隙《すき》間《ま》なく並んでいた。

着ているものはバラバラで、色味も柄も揃ってはいなかった。髪結いも化粧も銘々が違っており、白粉《おしろい》が似合う顔もあれば、眉《まゆ》よりも濃く日焼けした顔も見受けられた。それぞれが個性豊かだったが、ただひとつだけ、お揃いがあった。

首に巻いた手拭《てぬぐ》いが、そのお揃いである。加賀あかねを模してみごとに染められていた。

宿場には江戸でも五本指の一に数えられる染め物屋「染谷史郎商店」があった。金沢から迎えた職人の指図を受けながら、染谷は五千本の手拭いを染め上げた。

その鮮やかな紅色は、行列の武家には馴染《なじ》み深い色味である。国許から遠く離れた江戸・板橋宿で、これほど大量の加賀あかねに出会えるとは、だれひとり思ってもいなかったようだ。

八ツ過ぎの陽差しを浴びた手拭いは、色味の鮮やかさを際立《きわだ》たせている。隊列を崩さずに歩きながらも、武家たちは女人の襟元に何度も目を走らせていた。

板橋市左衛門、飯田宇兵衛、豊田市右衛門の三人は、脇道《わきみち》を通って本陣前に先回りした。

途中で一軒の旅籠に入った市左衛門は、受け入れ支度に追われている女中を呼び止めた。

「手拭いの評判は、なにか聞こえているか」

「ついさっき、お嬢が戻ってきました」

胸元に注がれる武家の目が熱くて、気のぼせしてしまった……お嬢は声を震わせていたという。

「そうか……」

漏らした市左衛門の声には、流してきた汗を思う気持ちがぎっしりと詰まっていた。

十三

なかほどを行く乗物のなかでは、綱紀が目を閉じて座していた。

帰国の出立を翌月に控えた三月のある日、綱紀は将軍吉宗に請《こ》われて城内で差し向かいに座していた。

昨年、吉宗は八代将軍の座に就いた。以来、月に四度はこうして差し向かいに座り、まつりごとを離れた話や、まつりごとに関わるあれこれを語り合っていた。

吉宗は読書を好みとしていた。

綱紀も同様で、国許には蔵書数千冊を誇る文庫を備えているほどだ。

吉宗はそれを知ってからは、自ら綱紀との問合いを詰めていた。

この日の座では、綱紀の帰国道中が話題となった。

「加賀までの長い道中、綱紀殿はいかにして退屈を紛らわせておいでか」

陪臣のいない気楽な座である。吉宗は言葉を選ばず、退屈をどう紛らわせるかと直截《ちょくせつ》に問いかけた。

「本陣を抜け出して、町民のなかに紛れ込むのが一番の退屈退治にございます」

綱紀もまた、言葉を飾らなかった。

「屋敷内に座しているだけでは、民の声が確かには聞こえて参りませぬ。国許にいるときはもとより、江戸上屋敷にありましても、市中を巡り歩くのを怠《おこた》ることはございませぬ」

町人がいま、なにを考えているのか。

満足していること、不満に思っていることはなにか。

市中のいまのはやり物はなにか。

諸色《しょしき》（物価）の移ろいはどうなっているのか。高騰《こうとう》しているのか、下がっているのか。

「我が目で見て、我が肌身で感じないことには、まことのありさまを正しく摑《つか》むことはかないませぬ。本陣に着くなり、てまえはいそいそと着替えを済ませて市中巡りに出かけまする」

「いそいそと、とは？」

「手早くの意にございます」

吉宗の知らない町人言葉を、綱紀はわざと使った。

「本陣から抜け出して町を歩けば、その藩のまつりごとが正しく為《な》されているや否《いな》やが、手に取るごとくに分かりまする」

異なる本陣に十泊すれば、十の藩の実情を感じ取ることができる。

「市中巡りのできる道中にございますゆえ、乗物内で退屈をすることはいささかもございませぬ」

「まことに綱紀殿は、よろしき藩主にござる」

吉宗は心底、感心したという物言いである。

本陣を抜け出す話でひとしきり盛り上がったあと、吉宗は行列の様子を質《ただ》した。

「このたびもまた、総勢四千名ほどの陣容で道中を行く所存にございまする」

綱紀は将軍の目を真《ま》っ直《す》ぐに見ていた。

「いつに変わらぬ大所帯にござる」

吉宗はこのひとことで答えるに止《とど》めた。

大名行列の陣容は、禄高《ろくだか》に応じて、徒は何名、騎馬は何騎と細かに定められていた。

しかし大身大名の大半は、この定めを守ってはいなかった。

大名行列には藩の威信がかかっている。公儀が定めた人数では、見映えのする陣容からは遠かったのだ。

とはいえ加賀藩の四千人行列というのは、桁外れの大所帯である。

吉宗が将軍の座に就いた折り、老中はこのことを咎《とが》める口調で耳に入れていた。

差し向かいの座を重ねるなかで、吉宗は大きく気持ちを綱紀に傾けていた。

「それほどの大所帯、道中が息災であることを願うばかりでござる」

吉宗は加賀藩の陣容を認めていた。


乗物が止まったところで、綱紀は思い返しを閉じた。

板橋宿には縁切り榎《えのき》があるという。

いかなる古木で、なにゆえ縁切り榎と称されるのか。着替えを済ませたあとは、最初に榎見物をしようと決めた。

乗物が地べたにおろされた。

綱紀は居住まいを正し、戸が開かれるのを待っていた。

本陣に入るなり綱紀は今回が初の前田家道中奉行・山川中之助《なかのすけ》を召し出した。

「縁切り榎にございまするか……」

下問を受けた山川は口ごもった。

大名行列が逗留《とうりゅう》する宿場すべてに、山川は事前に目を配っていた。板橋宿についても旅籠、商家、あいまい宿などの子細は調べさせていた。

しかし縁切り榎に聞き覚えはなかった。

「まことに迂闊《うかつ》にございまするが、てまえはその榎を存じませぬ」

山川は余計な言いわけをせず、知らないと答えた。

綱紀はなにごとによらず、家臣にも御用学者にも、正直な返答を求めた。

「知らぬことは知らぬでよい。適宜調べれば、それで済む。知らぬとは答えず、余計な注釈をあれやこれやと口にする者は無用ぞ」

綱紀は言いわけをなによりも嫌った。

「ならば山川、いまより四半刻のうちに、縁切り榎の本来を調べよ」

「御意のままに」

急ぎ綱紀の前から下がった山川は、配下の者を宿場役所に走らせた。

「てまえどもの道中奉行には、役所のどなたかを至急の御召にござる」

宿場に通じている者に、本陣まで同道願いたいと告げた。

綱紀が本陣入りをしてから、まだ幾らも時が過ぎてはいなかった。家臣の大半は、いまだ部屋割りも定まっていないのだ。

そんなさなかに、道中奉行からの火急の召し出しである。

すわっ、重大な不祥事が生じたかと、宿場役人たちの表情がこわばった。

狼狽《ろうばい》気味の配下の者を抑えて、宿場役所棟取野崎太助が使者と向き合った。

「まことに率爾《そつじ》ながら、本陣までてまえにご同道願いたい」

「うけたまわった」

野崎は肚《はら》の据わった男である。用向きを質しもせず、本陣へと向かった。宿場の子細なら、なにを問われても返答できるとの自負があったからだ。

互いに身分を名乗り合うなり、山川は綱紀の問いを野崎に質した。

「綱紀様には、あの榎をご承知でござりましたか」

野崎はひとしきり、綱紀の博識を褒めた。町人ならばともかく、武家が、それも並ぶ者なき百万石の藩主が、よもや板橋宿の縁切り榎に興味を示すとは……。

「あの榎の本来は、街道の目印として植えられたものにござる」

説明を始めた野崎の声は弾んでいた。宿場の名物を説明するのが嬉《うれ》しかったのだろう。

前田家道中奉行と板橋宿宿場役所棟取とは、身分において同格である。

野崎はへりくだりもせず、さりとて居丈高になることもなく、平易な言葉で榎の由《ゆい》緒《しょ》を話し始めた。

宿場に残された古文書を調べても、榎がいつ植えられたかは定かではなかった。

去年の六月下旬、正徳から享保へと改元された折に、宿場の植木職人が榎の胴回りを測った。

「差し渡しでも七尺（約二・一メートル）はありやした。ここまで育つには、ざっと三百年はかかったでしょう」

享保元年の時点で、樹齢およそ三百年といわれることになった。

太い枝は街道に突き出しており、真夏には旅人に日陰を拵《こしら》えてくれた。

ところが榎の下には茶店も、腰掛け代わりの岩も配されてはいなかった。

「まことに結構な日陰を拵えてくれる榎ですが、どうしてこの木の下には茶店もなければ、腰掛け岩も置いてないんでしょうか？」

榎の由緒を知らない旅人は、いぶかしげな声で土地の者に尋ねた。

多くの街道には枝振りのいい松や杉、そして榎が植わっていた。それらの老木・巨木の下には、決まって葦簀《よしずば》張りの茶店が設けられていた。陽をさえぎる物のない街道を歩いてきた旅人には、葉を茂らせた老木は格好の休み処《どころ》となっていたからだ。

「じつはこの榎は、縁切り榎と呼ばれていましてねえ」

由緒を話し始めた土地の者は、いきなり声を潜めた。

「見ての通りに、太い枝が往来に突き出しておりましょう？」

あらためて枝振りを見上げた旅人は、得心してうなずいた。

「ここの通りを行き交う者は、普通に歩けばだれもがあの榎の下を通り過ぎることになるんです」

「そりゃあそうでしょう。これだけ立派な枝が、街道に突き出しているんですから」

張り出した枝の下をくぐらないで行き過ぎるのは難儀でしょうと、旅人は相槌《あいづち》を打った。

男は口を開く前に顔つきを引き締めて、旅人に近寄った。怪談話をするときの講釈師のような表情である。

「なんですか、その顔は……妙な顔をして、近寄らないでくださいよ」

旅人は腕を突き出して相手を押し止めた。

男は、さらに話す声を低くした。

「板橋宿は江戸四宿のなかでも、大いに栄えている宿場です。それゆえに宿場内では嫁入り・婿《むこ》入りが始終行われています。しかし、周りからまたとない良縁だと言われた縁組みでも、この榎の下を通った縁談は、かならず不縁になります」

榎の枝をくぐって無事だったのは一組もない……一組もないに、男は目一杯に力を込めた。

「そんなわけでこの榎は、昔から縁切り榎と呼ばれてきたんです」

男は上目遣いに旅人を見た。

「いやはや、まだ旅が始まったばかりだというのに、なんとも縁起のよくない榎の下で休んだものだ」

旅人は大慌《おおあわ》てで、その場から離れようとした。その袖を摑んで、男は引き留めた。

「まだ話は終わっちゃあいません」

「いや、もうここまでで結構です」

旅人は男の手を振り払おうとした。が、相手の握り方のほうが強かった。

「縁切り榎の由緒はいま話した通りですが、まんざら悪いことばかりではありません」

男が続きを話そうとしたとき、思い詰めたような顔の女が、榎の前に駆け寄った。そして木肌に触れてから、木の皮に爪《つめ》を立てて剝《は》がしにかかった。眉間《みけん》にしわを寄せて、ひたむきに剝がそうと努めた甲斐《かい》あって、小片が女の手のひらに剝がれ落ちた。

女は木の幹に向かって手を合わせ、なにごとかを唱えてから深い辞儀をした。まるで神社に参拝をしているかのような振舞いである。

「なんですか、あのひとは？」

驚き顔で旅人が問うた。

「気に染まない縁を切りたくて、榎にお願いをしているんです。離縁状を求めても応じてくれない相手との悪縁を、いまのひとは断ち切りたいのでしょうよ」

榎の前にまで出向いてきて、縁切りがかなうまで毎日祈願をする。

それができなければ、木の皮を煎《せん》じて飲む。

どちらかを続ければ、かならず縁切り榎の効き目があらわれる……男が話を閉じる前に、また別の女が榎に手を合わせに出向いてきた。

「京の都と鎌倉《かまくら》には、縁切り寺があるとは聞いたことがありますが……まさか、縁切り榎などという代物《しろもの》があろうとは」

旅人は感心半分、呆《あき》れ半分の顔を男に見せてその場から離れた。

縁切り榎など縁起でもないと、眉をひそめる者も多かった。

他方では、縁切りを願う者の駆け込み寺の役目も果たしていた。女からは離縁の願い出はできないのだ。

旅人の姿が見えなくなる前に、さらにもうひとり、女が榎の前で手を合わせた。


野崎から聞き取った子細を、山川は口頭で綱紀に報告した。

文書に書き起こしていては、四半刻以内にと言われた限りを超えることになる。

綱紀は体裁よりも実《じつ》を重く見る藩主だった。

「駆け込み寺とは、榎の実を見事に言い当てておるの」

山川をねぎらった綱紀は、着替えの支度を言いつけた。

ときは七ツ前だが、日没までは一刻しかない。

暮れ六ツ（午後六時）を過ぎれば、宿場名主だの、役所役人などが、うるさいほどにあいさつに出向いてくる段取りだった。

綱紀の気は、縁切り榎を検分し、宿場の様子を人混みから見て回ることに大きく向かっていた。

家臣の大半は、いまだ旅籠にも入れずにいるだろう。家臣たちの素顔がどんなものか、それを見て歩くのも綱紀は楽しみにしていた。

着替えの支度はまだか。

問いを発しようと考えたとき、綱紀の胸中を読み取ったかのように腰元が着替えを運んできた。

軽衫袴《かるさんばかま》に小袖。そして宗匠《そうしょう》かぶりに杖《つえ》。足袋は紺色で、コハゼも並の拵えである。

いつもの町人装束が用意されていた。

十四

本陣から戻ってきた野崎を、庶務組の吏員五人が出迎えた。どの顔も申し合わせたかのように、血の気が引いて真っ青である。

ただならぬ厄介ごとが生じたらしいと野崎は判じた。

「わしの部屋で話を聞こう」

五人を強く促して、野崎は執務室に入った。

宿場役所の庶務組は、現場方の仕事が滑らかに走るように、下地を作るのが役目だ。あらかじめ前田家からは武家のみならず小者や武家奉公人に至るまで、全員の氏名が書面にて提出されていた。

名簿に記された者が、指定された旅籠《はたご》や民家に正しく滞在しているのか。その照合もまた、庶務組の仕事なのだ。

四千人に迫らんとする人数を、わずか五人で突き合わせをするのは不可能に近い。

庶務組頭・大滝俊善《おおたきしゆんぜん》を含む全員の顔が青白いのも、その突き合わせに忙殺されているがゆえだろうと、野崎は見当をつけた。

「名簿と当人を突き合わせるのは、わずか五人では至難のことであろう」

大滝の口を制した野崎は、自分から先に名簿照合の大変さに言い及んだ。

「難儀にはございますが、名前と当人の突き合わせは手間をかければ為し遂げられます」

大滝の物言いは、名簿と当人の突き合わせは問題ではないと言いたげだった。

「ならば大滝、そのほうらが抱え持つ問題はほかにあると申すのか。構わぬ、なんなりと申してみよ」

野崎に促された大滝は、背筋を伸ばした。他の四人も大滝に倣《なら》い、居住まいを正した。

「前田様の行列には、鉄砲隊が百人も加わっております」

大滝が口にした人数を、野崎は確かには聞き取っていなかったようだ。

「おまえはいま、前田様の鉄砲隊の人数を何名だと申したのだ？」

「百人と申し上げました」

「なんと！」

豪毅《ごうき》で通っている野崎の声が、完全に裏返しになっていた。

「鉄砲隊のほかに、弓隊が五十人も加わっております」

大滝は人数の追討ちをかけてきた。

野崎の顔も蒼白《そうはく》になっていた。


板橋宿での綱紀は、いつも以上に変装に念をいれることになった。

乗物から出た綱紀に、宿場の女たちは加賀あかねの手ぬぐいを巻いて歓迎した。

大いに気をよくした綱紀は、宿場の隅々にまで足を巡らせようと考えた。

本陣休息の間は、庭に面した二十畳間である。綱紀が部屋に入ると近習役の頭安部《あべ》淳蔵《じゅんぞう》と、配下の丹司《たんじ》均助《きんすけ》がおもてを伏せた。

ふたりは綱紀がお忍びで町巡りをする折りの供である。町人に素性がばれぬように、両名とも髷《まげ》まで町人髷に結っていた。綱紀は供の髷の出来栄《できば》えに笑みを見せた。

「かねてよりおまえたちに申しつけてあった、縁切り榎を最初に見に行くぞ」

「御意《ぎょい》のままに」

安部が短い返事をした。本陣から縁切り榎までの道順は、すでにふたりが検分を終えていた。

手裏剣とつぶて投げの達人である安部は、腰に吊《つる》した巾着袋《きんちゃくぶくろ》に武器を仕舞っていた。いっぽう、丹司は素手の一撃で敵を斃《たお》すことのできる武道に秀《ひい》でている。物騒なものを持つことなく、帳面や矢立の収まった胴乱を、身体《からだ》に巻いて供をした。綱紀が絵を描いたり、俳句を詠《よ》んだりするときの筆記用具だ。

綱紀の許しを得て、化粧役が部屋に入ってきた。板橋宿における綱紀は、十徳《じっとく》を羽織った宗匠に扮装《ふんそう》する。あたまにはわざと粗末な布で拵えた宗匠頭巾をかぶった。

すべての扮装が調ったあと、綱紀は姿見の前に立った。

「うむ」

変装に満足した綱紀は、安部と丹司を従えて部屋を出た。

家臣の目に触れぬよう、近習衆の手で厳重な人払いがされている。

綱紀と安部・丹司の三人は人気のない廊下を進み、本陣勝手口から外に出た。

「ごくろうだの」

綱紀は上機嫌で見張りの者に声をかけた。よほど板橋宿を巡るのが嬉しいらしい。

ねぎらいの言葉を受けた若者は、顔つきを引き締めて辞儀をした。


「まことに見事な枝振りだの」

往来にまで張り出した榎の枝を、綱紀は杖を強く押して見上げた。

すでに七ツが近い刻限である。茂った葉の間から、柔らかになった七ツどきの光が綱紀を照らしていた。

枝に見入っている綱紀のわきを、土地の女が通り過ぎようとした。夕暮れ前の陽を浴びて、手拭いの色味がひときわ艶《あで》やかに見えた。

綱紀は供の丹司に目を向けた。

藩主の意を察した丹司は、すぐさま小型の胴乱から帳面と矢立を取り出した。

「ああ、榎……」

一句を詠もうとする最中の宗匠のごとく、綱紀は小声でつぶやいた。通り過ぎようとしている女の耳に届くことを織り込んでの小声である。

女は綱紀に会釈《えしゃく》を残して行き過ぎた。見た目通りの、俳句の宗匠だと思ったようだ。丹司を見た綱紀の目に、してやったりの笑みが浮かんだ。

丹司も目元をゆるくした、そのとき。

顔をこわばらせた女と、お店者《たなもの》風の男が連れ立って綱紀たちのほうに向かってきた。両手を自在に保っている安部が、手のひらをこぶしに握って身構えた。

女は首に手拭いを巻いてはいない。土地の者ではなさそうだし、連れの男の身なりも宿場の者にはない垢抜《あかぬ》けた見栄《みば》えのよさがあった。

ふたりは綱紀たちには気も払わず、榎の根元へと駆けた。

綱紀は杖に身体を預けて、女と男から目を放さなかった。ふたりの様子に、ただならぬ気配を感じたからだ。

女が榎の皮を剝がそうとして、爪を立てようとしたら。

乾いた往来の土にホコリを巻き上げる勢いで、唐桟《とうざん》の尻《しり》を端折《はしょ》った男ふたりがすっ飛んできた。

ひとめで渡世人と分かる風体である。

女の顔が引きつった。

連れの男は心底、怯《おび》えたのだろう。目を見開いて棒立ちになった。

「てめえらつるんで、随分と太いことをやってくれるじゃねえか」

痘痕《あばた》づらの男が榎の前の男女に凄《すご》んだ。追手のもうひとりは榎とは反対側を向き、ひとが近寄らないように、張り番に立っていた。

「もうわたしに付きまとわないでください。あなたの顔を見るのも、その下品な声を聞くのもうんざりですから」

女が気丈に言い返すと、痘痕の男はさらしに巻いていた匕首《あいくち》を抜いた。そして女ではなく、怯えきっている男に詰め寄った。

「はるばる一里の道を駆けてきてよう。評判の高い縁切り榎に頼んで、おれとの間をなにしてもらおうてえんだろうが、そうは問屋が卸さねえ」

抜き身をひらひらさせながら、口がきけなくなっているお店者風の若い男の前に立った。

「おい、清次郎《せいじろう》、おれの女に手を出して、ただで済むとは思っちゃあいねえよな？」

匕首の刃で頰をピタピタ叩《たた》かれると、清次郎は強く震えだした。

怯えた男よりも、女のほうが肚は据わっているらしい。

「どなたか、お助けくださいまし。言いがかりをつけられて、難儀をしております」

成り行きを見ていた綱紀たちに向かって、女は助けを求めてきた。

小さなうなずきで、綱紀は丹司が向かうのを許した。

丹司は帯の上に巻いていた胴乱を外し、安部に預けた。安部は受け取っただけで、一緒に行こうとはしない。丹司ひとりで充分だと分かっているからだろう。

落ち着いた足取りで近寄ったら、張り番の男が匕首を抜いた。

「てめえっちは余計なことをしねえで、あっちのジジイの世話をしてろ」

男は匕首の切っ先を丹司に向けて突き出した。動きが鋭くなかったのは、脅すだけで傷つける気がなかったのだろう。

「怪我《けが》をしたくなければ、そんなものは引っ込めておけ」

町人の言葉遣いを真似《まね》たのだろうが、こなれてはいなかった。

「なんでえ、その妙な物言いは」

渡世人はあざけりを顔に浮かべ、もう一度匕首を突き出そうとした。

丹司の鋭い手刀《しゅとう》の一撃が、男の右手首に叩きつけられた。

「うげっ」

手首の骨が砕けたのだろう。男は悲鳴にもならない声を漏らし、匕首を落とした。

「どうした、弦太《げんた》」

痘痕男が駆け寄ってきた。地べたにしゃがみ込んだ弦太は、右の手首に左手を添えて呻《うめ》いていた。

「なにが起きたんでえ、弦太」

「この野郎に……」

弦太は左手で丹司を指差そうとした。が、添え木代わりの手が外れたことで、右手に激痛が走ったらしい。痛みに歪《ゆが》んだ顔を痘痕男に向けた。

「伝助《でんすけ》あにい、野郎を始末してくれ」

弦太はかすれ声で伝助に頼んだ。伝助は匕首を握り直した。

さほど多くはなかった人通りが、いきなり増えていた。野次馬は、遠巻きにして成り行きを見詰めていた。

伝助は荒事に場慣れしているらしい。多くの目が集まっていることに、気を大きく昂《たか》ぶらせていた。

匕首の刃を上向きにして握ると、鋭い動きで下から何度も切り上げた。

ああっ！

人垣から声が漏れると、勢いを得てさらに匕首を振り回した。

軽々と四度躱《かわ》したところで、丹司は相手との間合いを見切った。自分から足を踏み出し、間合いを詰めた。

詰め寄られた伝助は、勝手が違ったらしい。振り回す匕首に向かって間合いを詰める者など、いるはずもなかったからだ。

「野郎、なめんじゃねえ」

怒鳴った伝助は、闇雲《やみくも》に匕首を振り回す過《あやま》ちをおかした。身体を揺らしながら匕首を突き出したことで、左の脇腹に隙ができた。

「おおっ」

気合いを発するなり、丹司のこぶしが伝助の脇腹を捉《とら》えた。その瞬間、骨が折れる鈍い音がして、伝助はその場に崩れ落ちた。

手首を砕かれた弦太は、もはや闘う気力を失ったようだ。女に近寄ろうとして丹司が動くと、しゃがんだまま後ずさりした。

丹司は女の前に立った。

「皮を剝がしたら、気をつけてお帰りなさい」

丹司の言葉に、女と男は深い辞儀で答えた。顔を上げたあと、女は男のたもとを引いた。

往来に出た女は、綱紀に辞儀をしてその場から離れた。男は足をもつれさせながら女を追った。人混みの向こうに男女が消えると、綱紀はまた榎の枝を見上げた。

「男より　女が強い　縁切り榎」

戻ってきた丹司に、綱紀は笑いかけた。

「字余りで、季語も詠んではおらぬの」

綱紀が歩き始めると、安部と丹司が従った。

幾重もの人垣が割れて、綱紀の通り過ぎる出口が生まれていた。

「身なりのぱっとしないどこぞの隠居が、お供に言いつけて渡世人をこらしめたんだ」

前田様がお泊まりの大事な日に、大きな騒ぎにならなくてよかった……縁切り榎の近くでは、この話で持ちきりとなった。

「それにつけても、どこのご隠居だろうねえ、あのひとは」

ひとしきり話が盛り上がったあとで、だれもが首をかしげていた。

十五

宿場に暮れ六ツの鐘が流れ始めた。

往来の端に寝そべっていた野良犬《のらいぬ》が、身体を起こして平尾宿のほうへと歩き始めた。いつも暮れ六ツの鐘で、この犬は平尾宿に帰って行くのだ。

犬はいつも通りの動きを見せた。が、宿場の様子は大いに違っていた。

「板橋宿での食事は、三交代とする」

本郷上屋敷内で稽古《けいこ》を続けていたとき、道中奉行がこのことを告げた。

七ツ半を始まりとして、暮れ六ツ、六ツ半の三交代である。

銘々が配給された食券を手にして、宿場内の好みの店に出向いてよしとされていた。

「夕餉《ゆうげ》、朝餉ともに、どの店を使おうとも勝手次第。いずこの店でも夕餉は一汁三菜で、メシは代わり放題。江戸地酒一合徳利一本が添えられるものとする」

夕餉と朝餉用に二枚の食券を支給された面々は、好みの店を求めて宿場内を行き来していた。

食券客の支払いは、前田家がその全額を負うのだ。

夕餉はひとり四十文に酒代十文。朝餉は二十文である。いつもの倍の支払いで、しかも取りはぐれや踏み倒しを案ずることのない、店にとっては飛び切りの上客である。

「どうぞ、うちで召し上がりくださあい」

「炊《た》きたてのおまんまに、焼き物・酢の物・香の物にお椀《わん》つきでええす」

一膳《いちぜん》飯屋も小料理屋も、首に手拭いを巻いた女たちが店先で客引きをした。

唯一《ゆいいつ》、客引きの声がないのが、あいまい宿である。

「飯盛り女に派手な身なりをさせるのは、店の知恵で勝手次第である。が、客引きの嬌声《きょうせい》を発することはまかりならぬ」

宿場役人は、これをきつく申し渡していた。

定めに従い、どのあいまい宿も、客引きの声を出すのは慎んだ。

その代わり、店先の派手さを競い合った。提灯《ちょうちん》は赤・黄・紫と、人目につく色で仕立て上げ、提灯を内から照らすのは、特大の百目ロウソクである。

飯盛り女たちには、薄物の胸元を大きくはだけさせた。そして特大ロウソクを灯し、妖《あや》しい光を放つ提灯のわきに立たせた。

四月二日の板橋宿は、まるで不夜城吉原《よしわら》が引っ越ししてきたかのような賑《にぎ》わいとなった。

宿場の往来を埋め尽くさんばかりのひとの群れと、凄《すさ》まじい喧噪《けんそう》のなか。

浅田屋伊兵衛は口元を引き締め、宿場役所をひたすらに目指して歩いていた。

伊兵衛が招き入れられたのは、役所のなかでも格別に上等な十六畳間だった。

向かいに座した野崎は自分から呼び出しておきながら、用向きを切り出そうとはしなかった。武家ならではの勿体《もったい》づけである。

湯呑《ゆの》みを膝元《ひざもと》に戻した伊兵衛は、自分から先に口を開いた。

「前田様のことで火急の御用がおありだと、お使いの方にうかがいました」

伊兵衛は野崎の目を見詰めて話を進めた。

「御用の中身はお使いの方は、なにも申されませんでしたが……」

口を閉じた伊兵衛は、野崎を見詰める両目であとを問いかけた。

「いかにも火急の用向きでの」

あとひと口茶をすすってから、野崎は湯呑みを膝元に戻した。

「そなたは前田様の飛脚御用を承っておる。相違はないの？」

「ございません」

「江戸と金沢とを、月に三度も行き来しておるというが、それにも間違いないか？」

「ございません」

野崎の用向きが分からず、伊兵衛はいささか困惑していた。問いに即答を続けたのは、早く用向きを知りたいという苛立《いらだ》ちもあった。

二度の即答には、伊兵衛の苛立つ思いが隠しきれずに漂い出ていた。

が、野崎は気にした様子もなく、さらに問いを続けた。

「前田様ご提示の旅程によれば、このたびの帰国には北国街道《ほっこく》ではなく木曽路《きそじ》を利用されることになっておる。これもそなたは承知であるな？」

「そのように承っております」

伊兵衛は返答の仕方を変えた。

答えを了とした野崎は湯呑みを手に持ち、茶をすすった。

野崎様は、わざと用向きを言うのを先延ばししている……こう判じた伊兵衛は胸の内の苛立ちを、丹田に力を込めて押し潰《つぶ》した。

野崎は役所棟取にしてはめずらしいほどに肝が太く、胸襟《きょうきん》を開いて相談にものってくれる人物だと、板橋市左衛門から聞かされていた。

ところがいま目の前に座している野崎は、役人特有の勿体づけを繰り返していた。

火急の用だといって呼びつけておきながら、一向に本題に入ろうとはしない。焦《じ》れた伊兵衛が、用向きを問いかけるのを待っているかのようだった。

役人相手の談判では、伊兵衛もしたたかさを発揮してきた。

もう一度茶をすすり、すまし顔で湯呑みを膝元に戻した。

二年前の十月に、伊兵衛は御城（江戸城）に召し出された。呼び出したのは幕閣のひとりで、大名監視役の大目付と同格だと告げられた。

「そのほうが御用を承っておる加賀藩の三度飛脚に関し、子細をこの場で申し述べよ」

幕閣は返答を迫った。

「てまえは前田様御用を承る、町場の飛脚問屋に過ぎません。しかしながらお得意先様は、前田様ただ一家のみにございます」

前田様のお許しなしに、御用飛脚の子細を申し上げることはできませんと、伊兵衛は返答を拒んだ。

問い質《ただ》しに臨んだ幕閣が人物だった。

「そのほうのような飛脚問屋を抱く前田様には、まことに羨望《せんぼう》を禁じ得ない」

伊兵衛はなんの咎《とが》めも受けずに退出を許された。あとで分かったことだが、名の通った大名の御用を預かる飛脚問屋が、軒並み呼び出しを受けていた。

きっぱりと拒んだのは浅田屋伊兵衛と、仙台伊達《だて》家の御用を預かる遠藤屋《えんどうや》正左衛門《しょうざえもん》の二軒だけだった。

御公儀の問い質しに逆らいはしたが、浅田屋と遠藤屋は逆に幕閣内での評判を高めた。

動じない伊兵衛に、野崎のほうが根負けをしたらしい。

「火急の用というのはほかでもない、そなたに至急便を届けてもらいたいのだ」

野崎は一気にこれを告げた。

伊兵衛は居住まいを正して野崎を見た。

「てまえどもは飛脚宿には相違ございませんが、他の飛脚問屋とは商いが異なります」

前田家以外の御用には応じられませんと、伊兵衛は断った。

「それはわしも充分に承知いたしておる。二年前にご老中相手にやり合ったという武勇伝も、わしは聞き及んでおるぞ」

野崎の目がゆるんだ。相手の懐《ふところ》に飛び込むような目になっていた。

余りの様子の違いぶりに、伊兵衛はまたもや戸惑い顔を見せた。

「ここにいるのは、わしとあんたのふたりだけだ」

野崎は正座をあぐらに座り直した。

「わしは役所棟取という、面倒な裃《かみしも》は脱ぎ捨てるゆえ、あんたも正味の話をわしに聞かせてくれ」

　野崎は伊兵衛を見詰めた。

「本郷を出立なされたいまとなっては、もはや後戻りはかなわぬ」

　先の道中で必ず向き合うことになる御公儀との談判に、前田家は総力を挙げて臨まれるほかはあるまい……棟取ならではの重々しい口調で断じた。

「綱紀様の一徹なご気性を思えば、前田家留守居役に即刻、事態の子細を告げ、対処法を相談すべき火急の折りだ」

　道中奉行では御公儀相手にきつい交渉を進めるのは無理だと、野崎は断じた。

「三度飛脚を拝命し、火急の折りの対応にも慣れておる浅田屋こそ、この事態を乗り切る手助けができよう」

　野崎は言葉をごまかさなかった。

　言い分と表情、目つきのどれにも得心がいった伊兵衛は、野崎の申し出を受け入れた。

「前田様は百人もの鉄砲隊を行列に加えておいでだ。そのこともあんたは承知しておるか」

「存じておりますが、なにかそれが障《さわ》りでも？」

伊兵衛は真顔で問い直した。

鉄砲隊のみならず、弓隊もこの行列に加わっている。しかしそれらは事前に御公儀道中奉行に申し出をしていると、伊兵衛は考えていた。

考えを野崎に告げると、相手は首を大きく振って違うと答えた。

「わしの手元に届いておる加賀藩道中仕様書には、鉄砲隊百人とは記されておらん」

あんたを信用して見せると断ったうえで、野崎は仕様書控えを伊兵衛に見せた。

受け取った伊兵衛は、仕様書を子細に見た。鉄砲隊には但《ただ》し書きが記されていた。

「鉄砲隊通過の許可願い出については、老中水野忠之様に願書が未提出である」

仕様書但し書きには、これしか記載がなかった。

願書未提出ゆえに、通過は罷《まか》り成《な》らぬとは記していない。が、通過を許可したとも書いてはいなかった。

さらには鉄砲隊が百人という、慣例外れの大人数であることにも一行も触れてはいない。

「わしが思うに、綱紀様は水野様と折り合いをつけぬまま、帰国の途につかれたのだろう」

話しているうちに口が乾いたらしい。野崎は湯呑みの茶をすすった。

肝の太さでは人後に落ちない自負のある伊兵衛だが、いまは口の中が干上がっていた。

「ここは関所ではないがゆえ、鉄砲隊の吟味をすることも、許可証の提示を求めることもしない」

野崎の目が強く光った。

「しかし浅田屋殿、木曾福島は関所だ」

野崎は伊兵衛を見詰めた。

十六畳間が静まり返った。

十六

「もしいまのままの隊列で木曾福島に向かったとすれば、関所で大揉《おおも》めとなるは必《ひつ》定《じょう》であろう」

足止めを食らうに留まらず、ただ事では収まらぬは必定と野崎は見当を口にした。

伊兵衛は返事ができなかった。

「綱紀様は大変に頑固なお方だと、漏れうけたまわっておる。あんたの目が捉えている綱紀公という殿様は、いかなるお方であるのか聞かせてくれ」

部屋にはふたりしかいない。ゆえに野崎は周りをはばからない自在な口調で問いかけてきた。

「まことに慈悲深く、御年を感じさせない若々しくて聡明《そうめい》な殿様です」

伊兵衛は追従《ついしょう》ではなく、正味で綱紀を深く敬っていた。

「頑固であるか否かはどうだ？」

野崎は強い口調で突っ込んできた。

「ひとは齢《よわい》を重ねるに連れて、頑固さが増すといわれています。その伝で申し上げれば、綱紀様は御年相応の頑固さをお持ちであると存じます」

伊兵衛が答えると、野崎はさらに上体を前に傾けた。

「平たく言えば、綱紀様は頑固なお方であるのだな」

野崎に詰め寄られた伊兵衛は、小さなうなずきで答えた。

伊兵衛の返答を了とした野崎は、立ち上がって違い棚に向かった。棚の最上段には数冊の書物が置かれている。分厚い一冊を手に取ると、座っていた場に運んできた。

「これは昨年の木曾路武鑑だ」

野崎は木曾福島関所の部分を開き、要点を話し出した。

「関所の奉行は、いずこにあっても任期は一年六カ月から二年の間とされておる。しかし筆頭与力はその限りではない。木曾福島関所に限らず、箱根関所であれ、安宅《あたか》関所であれ、筆頭与力は短くても五年はその職にある。関所奉行は、いわば飾り物での。大身大名がその職に就けば、関所の格が上がる。ゆえにいかにして大物を我が関所奉行に就けるかが、筆頭与力の腕の見せ所なのだ」

奉行在任中は不祥事を起こさず、奉行の御身安泰を願いつつ日々の務めに励む。それを督励するのが筆頭与力の責務である。

「与力が辣腕《らつわん》であれば、奉行就任を打診された大名も逃げをうつことはせぬ。ゆえに関所の陣容を見るときは、奉行ではなく筆頭与力がだれであるかを吟味するのが肝要なのだ」

役人ならではの見方を、伊兵衛は感心しながら聞いていた。

「木曾福島の筆頭与力は岡田克太郎《おかだかったろうじ》氏だ」

板橋宿棟取と木曾福島関所の筆頭与力とは、身分においてはほぼ同格である。野崎は岡田を氏と呼んだ。

「岡田氏の吟味の厳しさは、五街道の役人全員に知れ渡っておる。もしもこのまま木曾福島関所に前田家の隊列が突っ込んだとすれば……当然ながら鉄砲隊の数、弓隊の数に関所の吟味は集中するはずだ」

前田家の道中奉行が確かな書付を持参しておれば、照合するだけで済む。とはいえ四千人に近い大人数だ。

夜明け前から関所周辺で待機するほかはないだろうと、野崎は考えていた。

「もしも綱紀様が頑固なお方で、公儀道中奉行発行の書付を入手せぬままで旅を始めていたとしたら、木曾福島通過はきわめてむずかしいことになる。綱紀様と、御老中・水野忠之様との間がさほどによろしくないことも、わしは承知いたしておる。しかしながら、このままでは、綱紀様の隊列は木曾福島にて足止めを食らうのは目に見えておる」

野崎は語気を強めて断じた。

「小身大名ならともかく、綱紀様ほどの行列が段取り通りに宿場に行き着けなければ、行く先々で収拾のつかない混乱を引き起こすことになろうが」

「まことにさようでございます」

伊兵衛も即座に同意した。

綱紀が水野相手に意地を張って、当初の段取りになかった板橋宿投宿を加えたことで、三宿に大騒動が生じたのだ。

もしも木曾福島で足止めともなれば、先の宿場はすべて手配りを見直す羽目になる。運良く宿場に空きがあればいいが、四月のこの時季はいずこの宿場も本陣・旅籠ともに空きは少なかった。

「滅多なことは言えぬが」

あとを続ける前に、野崎はひと息をつき、吐息を漏らした。

「前田家のあの道中奉行では、今後の談判すべてを委《ゆだ》ねるのは無理があろう」

話し始めたあとは、きっぱりと断じた。

「あんたが前田家留守居役殿から篤《あつ》く信頼されておるのは、わしも承知だ」

自分も前田家の道中安泰を強く願っており綱紀公には深い感銘を覚えていると、正味の想いを吐露した。

「ひとまずここは本郷上屋敷にあんたが出向き、留守居役殿の判断を仰ぐのが上策だと考えておる」

伊兵衛を見詰める野崎の瞳《ひとみ》が光を帯びた。

「野崎様のお話をうかがえばうかがうほど、ことは急を要するかと存じます。しかしながら野崎様に逆らうことになるかもしれませんが、やはり前田家道中奉行様に事情を話されるのが筋と心得ます」

まずは道中奉行と談判をし、その結果を本郷上屋敷に伝えるのが一番だと、伊兵衛は考えを野崎に明かした。

「あんたの言い分ももっともだ」

野崎は、配下の田中を呼び寄せた。

「前田家の道中奉行をここに呼びなさい」

「仰《おお》せの通りに」

答えた田中は、立ち上がって部屋を出た。明日の朝の出発までには、すべての段取りを決めなければならない。野崎配下の者は、だれもが緊急性を呑み込んでいた。

「それではてまえは、別間にて控えさせていただきます」

立ち上がろうとした伊兵衛を、野崎は引き留めた。

「奉行が来るまでには、まだ間がある。もう一杯茶を飲んではゆかれぬか」

断るのは礼を失すると思われた。しかも事情を聞かされたいま、伊兵衛は喉《のど》に強い渇きを覚えていた。

「頂戴《ちょうだい》します」

伊兵衛が座りなおしたところへ田中が戻ってきた。

「いささか、難儀が生じておりまして」

口ごもった田中を叩き、野崎は先を促した。

「前田家の道中奉行は、宿舎にて横になっております」

「どういうことだ、それは」

野崎が声を尖《とが》らせた。

「まだ五ツ（午後八時）にもなっておらぬぞ」

「奉行はひどい腹痛で、起きてはいられないとのことでした」

返答を聞いた野崎は、力強く立ち上がった。

「宿舎に参ろう」

あんたも同行してくれと、野崎は伊兵衛に告げた。断ることはできない。

伊兵衛も立ち上がり、着衣の前をさばいた。

十七

「まことに面目次第もござらぬ」

野崎を見るなり身体を起こした山川中之助は、顔色が蒼白だった。

横たわっていたのは、大した調度品もない旅籠《はたご》二階の四畳半である。

本来は二階の通りに面した八畳間が、奉行には割り振られていた。しかし腹の調子がゆるく、頻繁にかわやに向かうには、階段を上がり下りする二階は不便だ。

大半の旅籠は、一階の湯殿と隣り合わせにかわやを普請《ふしん》していた。

山川のために、女中ふたりが寝起きする四畳半が急ぎ空けられた。

「山川殿の容態がいまひとつのところに押しかけて、まことに相済まぬ。しかしながら、急を要する事態でござっての」

野崎は山川に近寄り、声を小さくした。ぐるるるっと山川の腹が鳴ったのは、野崎にも聞こえた。

「率爾《そつじ》ながら容赦くだされ」

急ぎ立ち上がった山川は、尻に手をあててかわやへと駆けた。

これが前田家の道中奉行なのかと、野崎は呆《あき》れ顔で山川の後ろ姿を見ていた。

山川が腹を下していることは、この旅籠に投宿している家臣全員が知っている。湯殿の隣のかわやは、山川のために空けられていた。

腹に残っていたわるいものが、いまので大半は出たようだ。四畳半に戻ってきたとき、山川の顔つきは大いに和らいでいた。

「まことに面目ない」

山川が詫《わ》びを重ねているところに、女中が白湯《さゆ》を運んできた。

「てまえどものあるじが、腹下しで弱った身体には水気が一番だと申しておりますので」

山川は湯呑みを手に持ち、湯気の立っている白湯をすすった。

人心地がついた山川の顔を見て、野崎は用向きを話し始めた。

鉄砲隊が百人なのも、木曾福島の筆頭与力がいまも岡田克太郎であるのも、山川はもちろん知っていた。

「ならば山川殿、木曾福島関所をいかにして越えるつもりか、その思案のほどをうかがいたい」

野崎の口調に尖りが生じていた。

「てまえもそれを案じ続けておりますが、妙案なしが正直なところです」

すべては綱紀任せだと、山川は隠し立てをせずに事情を話し始めた。

「鉄砲隊百人の同道は、殿の意地です」

「なんですと！」

野崎の声が四畳半の板壁にぶつかった。

「てまえが殿から百人同道を申し渡されたのは、旅立ちの四日前のことです」

事情を話し始めたことで、口の中が干上がったのだろう。ズズッと音を立てて白湯を存分にすすったあと、山川は話の続きを始めた。

旅立ちを四日後に控えた三月二十七日。この日綱紀は登城し、将軍との歓談に臨んだ。

綱紀が求めたわけではなく、吉宗が強く願った歓談だった。

「上様には御決裁賜るを待つ諸事多数が控えております。断じて四半刻《しはんとき》を過ぎることのなきよう、ご留意くださりますように」

歓談の場に向かう綱紀に、水野忠之がわざわざ釘《くぎ》を刺した。

吉宗と綱紀は話に興ずると、ときの過ぎるのも気に留めなくなった。水野はそれを常から苦々しく思っていた。

二十七日は壬午《みずのえうま》の日で、吉宗は流鏑馬《やぶさめ》稽古をあとに控えていた。

厩《うまや》組の者は、流鏑馬開始に合わせて馬の調子を整えるのが役目である。いつものようにときを忘れて歓談に興じられては、馬の調子が狂ってしまう。それを案じた水野は、綱紀の不興を買うのも承知で四半刻を限りにと告げたのだ。

綱紀も将軍が流鏑馬稽古をあとに控えているのを承知していた。茶坊主《ぼうず》が四半刻を目で告げたときには話に区切りをつけようとした。

ところがこの日は、綱紀が誇る膨大な蔵書が話題となっていた。

あれはあるか、これもあるのかと、吉宗は次々に書物の名を挙げた。いずれも綱紀の愛読書ばかりである。

「御上があれをご存じだったとは驚きました」

閉じかけていた話が、これでまた膨らんだ。

将軍のもとから下がったのは、じつに半刻以上が過ぎたころだった。

水野は苛立ちを隠そうともせず、一枚の紙をひらひらさせながら綱紀と向き合った。

「前田家から願い出のあった鉄砲隊七十人の帰国には、大いに無理があります」

道中奉行が鉄砲隊七十人の通過を願い出るのは、法度《はっと》破りで僭越《せんえつ》のきわみである。

どうしても七十人全員の通過を許可してほしければ、綱紀自筆の嘆願書を提出されたし。

水野はこう言い放ち、山川中之助が提出していた鉄砲隊通過願いを綱紀に差し出した。

綱紀は水野の手から願書をひったくり、くしゃくしゃに丸めてたもとに押し込んだ。

本郷に戻った綱紀は、直ちに山川を呼びつけた。そして丸めて持ち帰った願書を道中奉行の手に戻した。

「連れて帰る鉄砲隊は、三十人増員して百名といたせ」

人数が増えて旅籠の追加手配が難儀であれば、他の供を減じて辻褄《つじつま》合わせをするように。鉄砲隊は百名を一名たりとも欠いてはならぬと山川に厳命した。

「おおそれながら申し上げます」

木曾福島通過は、公儀発行の許可証がなければかなわぬことだと上申した。

「木曾福島関所奉行は、わしとは古い」

紙の許可証などより、三十年の付き合いのほうがはるかに尊い……綱紀は山川の上申を退けた。

前田家に限らず、大名家は藩主のひと声ですべてが決まるのだ。

「御意のままに」

綱紀の指図を受け入れた山川は、用人・庄田要之介にはいかに話せばいいのかと問うた。

「要之介にはわしが話す」

これですべてが決まった。

「それでは山川さんは、鉄砲隊通過の許可証を持たぬまま木曾福島関所を越えられるおつもりなのか？」

野崎の顔がこわばっていた。

「我が殿には、ひとたび言い出されたことはやり通されるご気性です」

木曾福島関所では、関所奉行と綱紀の談判に委ねるしか手立てはない……山川はあきらめ顔で野崎に答えた。

「加賀藩江戸上屋敷用人の庄田様といえば、並ぶ者なき卓抜した談判手腕の持ち主であるとうかがっております」

野崎は非礼を承知で山川を凝視した。

「よもや……百人もの鉄砲隊をお見送りなされた庄田様に、不確かな話が伝わっているのではありますまいな？」

野崎は両目に宿した光で詰問《きつもん》していた。

「何分にも出発が迫っておりましたので」

山川は野崎への答えをはぐらかせた。

綱紀と庄田がどんな話を交わしたのかを、山川は意図的に確かめてはいなかった。藪《やぶ》をつついて蛇《へび》を出すことを、山川は恐れていたのだ。

事情を聞き終えた野崎は、深いため息をついてから山川を見た。

「綱紀様はこの宿場の縁切り榎《えのき》で、人助けをされました」

「それはまた、いかなることを」

まるで知らずにいた山川は、子細を聞かせてほしいとせがんだ。

「供を連れた綱紀様が、ならず者を成敗されたのです」

宿場中のうわさになっていることを、道中奉行が摑《つか》んでいないとは、あまりにお粗末だと、野崎は真正面から山川を咎めた。

「てまえには一言の言い返しもできませぬ」

責務を果たしていないと、山川はおのれの非を認めた。

「木曾福島関のことが気がかりで、さまざまな気配りがおろそかになって……」

詫びの言葉を、野崎は途中で遮った。

「ここに浅田屋当主を呼び入れて、善後策を講ずるのが先でしょう」

板橋宿を挙げて、綱紀公のご来駕《らいが》を喜んでいる。

「ただ百万石の藩主であらせられるからではござらぬ。綱紀公のお人柄のほどを、住民一同が深くお慕い申し上げておるがゆえです」

真摯《しんし》かつ熱い口調で山川を諭す野崎のほうが、よほどに前田家一行四千人の道中安寧を願っているかに見えた。

「てまえのしでかした心得違いの数々は、本日、この場で改めます」

下腹に力を込めた山川は、また強い便意を催したらしい。

「率爾ながら……」

急ぎ足で部屋を出た。

深いため息をひとつこぼしてから、野崎は伊兵衛を呼び入れるために立ち上がった。


「なんと！」

気持ちよく晴れた四月三日の四ツ（午前十時）どき。庄田要之介はいつにない驚きの声を発して伊兵衛の目を見詰めた。

「わしが殿から聞かされた話は、おまえがいま口にしたこととは大きく違う」

伊兵衛を見詰める要之介の両目には、深い戸惑いの色が浮かんでいた。

要之介が綱紀の書斎に呼び入れられたのは、三月二十八日の昼前だった。

書斎は上屋敷書庫の隣に普請されており、南と東の二面が庭に面していた。

どちらの面から眺めても築山《つきやま》の美しさに変わりはない。強いていうなら、池が配された東面のほうがより美しく見えた。

晴れた日には書斎の濡《ぬ》れ縁に緋毛氈《ひもうせん》を敷き、道具を並べて綱紀みずから点前《てまえ》をした。

三月二十八日も、綱紀は黒茶碗《くろぢゃわん》を使い、要之介に茶を点《た》てた。

茶に先立って供された菓子は、黒門町うさぎやがこの日の朝に納めた桜餅《さくらもち》だった。

菓子と抹茶《まっちゃ》を味わいつつ、要之介は丹田から力を抜かなかった。

綱紀が点前にうさぎやの菓子を添えるときは、屈託を抱えているときだ。綱紀はそれに気付いていなかったが、要之介は去年の夏からそのことを察していた。

案の定、点前を終えた綱紀は定まらない目を庭に泳がせ始めた。要之介は桜餅を賞味しながら、綱紀が口を開くのを待っていた。

真上でヒバリが啼《な》き、その啼き声に呼応するかのように、池の鯉《こい》が尾ヒレで水面を叩《たた》いた。

その音をきっかけに、綱紀が口を開いた。

「今度の帰国には鉄砲隊を百人に増やして連れ帰ることにした」

綱紀は池を見たまま、要之介に告げた。

要之介のこめかみがヒクヒク引きつった。

「鉄砲隊は七十名で願い出ていると、山川から聞いておりましたが……」

ここまで言って、要之介は口を閉じた。庭を見ている綱紀の背中が、丸くなっている。綱紀が不機嫌であるあかしだ。口を閉じろと、丸まった背中が要之介に命じていた。

公儀は参勤交代の行列については、こと細かに隊列の人数を定めていた。

三十万石以上の大名は、行列に加えられる鉄砲隊は五人までだ。

ところが綱紀は山川に命じて、七十人の鉄砲隊を許可してほしいと願い出ていた。

その許可が得られたとは、まだ山川から聞いていなかった。

にもかかわらず、帰国を三日後に控えた今日になって三十人増員するというのだ。

綱紀の考えを計りかねた要之介には、桜餅の甘さを味わうことができなくなっていた。

不意に綱紀は身体《からだ》の向きを変えて、要之介に目を合わせた。

「水野殿は七十人の鉄砲隊を帰国させたければ、わしが筆を取り、わしの直筆で嘆願書を認《したた》めよと抜かしおった」

たかが五万石の小僧の分際でと、綱紀は容赦のない物言いで忠之をこきおろした。

「水野ごときに嘆願書を差し出すなど、沙汰《さた》の限りだ。わしは断じてそのようなものは書かぬわ」

綱紀は桜餅を半分に割り、片方を頬張った。

「明日にはまた、御上から蔵書談義の呼び出しを受けておるでの」

その折りに吉宗様に口頭で許しをもらうつもりだと要之介に伝えた。

「上首尾に運びますことを、てまえはひたすら願っております」

要之介はこれを言うに留めた。

翌日、城から下がってきた綱紀は直ちに要之介を呼び寄せた。

「上様には大層お喜びでの。なんら咎めを受けることなくご裁可を賜った」

「まことに重畳《ちようじよう》至極にござりまする」

要之介は心底、安堵《あんど》を覚えた。

四月二日に百人の鉄砲隊が隊列を組んで出て行ったときも、案ずることもなく見送った。

「殿がわしに偽りを申されたとは考えられぬ」

要之介はいまもまだ、吉宗の裁可を得ていると思っているようだった。

「しかし庄田様……」

伊兵衛は丹田に存分なる力を込めて、あとの言葉を続け始めた。

「御公儀が発給なされる鉄砲隊通過の、いかなる許可証も、山川様はお持ちではございません」

伊兵衛が言い切っても庄田は顔色を動かさず、あとを促した。

「綱紀様が将軍様より直々にご裁可を賜っておいでだとして」

伊兵衛は深い息継ぎをした。庄田との談判の肝に差し掛かったからだ。

「山川様が綱紀様より一切を聞かされておいでなら、てまえがこの場に臨むことはございませんでした」

言い終えた伊兵衛は、庄田から目を逸らさなかった。

要之介は黙したままである。しかし双眸《そうぼう》には、伊兵衛の言い分に理《ことわり》ありと判じた色を宿していた。

「これより林鳳岡《はやしほうこう》先生をおたずねする。おまえも同道いたせ」

いつになく強い口調で、要之介は伊兵衛に同道を命じた。

林鳳岡は四代将軍家綱のころから将軍家に仕えている儒学者である。八代将軍吉宗の信頼も篤く、綱紀とは四十年来の付き合いがあった。

「林先生にご相談申し上げれば、かならず妙案を授けてくださるに違いない」

林鳳岡から授かった知恵を、浅田屋の飛脚が帰国途中の綱紀に届ければいい。

ただしそれは、木曾福島関所に差し掛かる手前でなければならない。

山川が残した行程表によれば、木曾福島の手前は下諏訪《しもすわ》が投宿地とされていた。

「拝見いたします」

伊兵衛は行程表を目で追った。

四月三日　上尾《あげお》宿
四月四日　熊谷《くまがや》宿
四月五日　高崎宿
四月六日　軽井沢宿
四月七日　塩名田《しおなだ》宿
四月八日　下諏訪宿
四月九日　木曾福島関所

下諏訪到着の四月八日まで、わずか五日しか残ってはいないのだ。

「浅田屋の飛脚を使えば、江戸から下諏訪まで幾日で行き着けるのだ？」

「定かなことは、江戸組の頭でなければ申し上げられません」

伊兵衛の返答はもっともである。

「ならば伊兵衛、おまえはひとまず浅田屋に戻り、江戸組頭と所要日数を煮詰めてくれ」

その返事を携えて、湯島の林鳳岡屋敷まで出張ってくるようにと指図した。

「うけたまわりました」

要之介の前から下がった伊兵衛は、浅田屋を目指して足を急がせた。

店まで四町（約四百三十六メートル）の坂上で、走り稽古《げいこ》を続けている江戸組の一団と出くわした。

先頭を駆けていた玄蔵《げんぞう》が右手を挙げて配下の者を止めた。玄蔵の名は、江戸組を束ねる頭が代々襲名する名称だ。

「板橋宿から、随分と早いお帰りじゃありやせんかい」

五尺八寸（約百七十六センチ）の上背がある玄蔵は、伊兵衛を見下ろす形で話しかけた。

「火急の用ができた。おまえたちは今日一日、店から出てはならない」

伊兵衛の物言いが尋常ではなく張り詰めている。江戸組の面々は、坂の上で伊兵衛を取り囲んだ。

「いまからわたしと一緒に、浅田屋に帰ってもらうぞ」

「がってんでさ」

飛脚八人の声が揃《そろ》った。

十八

気付かぬ間にときが大きく過ぎていた。

捨て鐘の第一打を聴いただけで八人の飛脚全員が、あれは正午の鐘だと察した。

ゴオオーーン……

「思いのほか、ときが過ぎてしまったようだ」

伊兵衛は玄蔵に目を向けた。

すでに板橋宿から上尾宿を目指している行列に、いかにして追いつけばいいか。

その話に全員がのめり込んでいた。

「わたしはこのあと庄田様を追って、林先生のお屋敷を訪ねる段取りとなっている」

出向く前にもう一度、木曾福島宿までどう追いかけるかの手順を聞かせてくれ……

伊兵衛は玄蔵に言い渡した。

「がってんでさ」

玄蔵は響きのいい低い声で応じた。

玄蔵が配下に抱えるのは、いずれも早足自慢の七名の飛脚である。

気性の荒い男を束ねる頭は、なににもまして配下の者に押さえが利くのが肝要だ。

玄蔵の低い声には、多くをしゃべらずとも下の者が従ってしまう威厳があった。

「四月三日の今日は、前田様ご一行は上尾に投宿されます」

玄蔵が口にしたことに、伊兵衛は手に持った半紙を見てうなずいた。浅田屋の広間に座している飛脚八人と伊兵衛には、前田家一行の参勤交代行列里程表が配られていた。玄蔵配下の禎助《ていすけ》が、中山道・木曾路を使って金沢に至る行程の一部を書き写したものだ。

「いまさら念押しをするまでもありやせんが、なにしろ前田様ご一行の道中でやす」

板橋から福島宿までの里程と投宿宿場を読み上げやす……玄蔵の言い分を、伊兵衛は了としてうなずいた。

「板橋からは蕨、浦和、大宮の三宿を通り越したら上尾でさ。里程はおよそ九里（約三十五キロ）でやす」

浅田屋の飛脚は金沢と江戸の間を、月に三度も行き来して走り慣れている。わざわざ里程表を見るまでもなく、身体が道のりを覚えていた。

「明日、四月四日は上尾を発《た》つと桶川《おけがわ》、鴻巣《こうのす》の二宿を通り過ぎてから、都合八里（約三十一キロ）の道中で熊谷宿に入りやす」

玄蔵は里程表を膝元《ひざもと》に置いた。

四月五日　熊谷〜深谷〜本庄〜新町〜倉賀野〜高崎　十二里（約四十七キロ）
四月六日　高崎〜板鼻〜安中〜松井田〜坂本〜軽井沢　十一里（約四十三キロ）
四月七日　軽井沢〜沓掛《くつかけ》〜追分〜小田井〜岩村田〜塩名田　八里（約三十一キロ）
四月八日　塩名田〜八幡《やわた》〜望月《もちづき》〜芦田《あしだ》〜長久保《ながくぼ》〜和田〜下諏訪　十三里（約五十一キロ）
四月九日　下諏訪〜塩尻〜洗馬《せば》〜本山〜贄川《にえかわ》〜奈良井《ならい》〜藪原《やぶはら》〜宮ノ越〜福島　十二里（約四十七キロ）

以上が前田家道中奉行が公儀に差し出した、帰国行程表の一部である。

隊列が木曾福島の関所に差し掛かる手前で、通行許可証を届けること。それを果たすためには、今日を含めて六日しかなかった。

「六日もあれば、心配はねえ」

浅田屋飛脚のなかで飛び切り足の速い韋駄天《いだてん》が、雑作もないという物言いで日数を口にした。

座にいる仲間の多くは、韋駄天の言い分を了としている顔つきだった。

韋駄天の本名は留吉《とめきち》である。

九人兄弟の末っ子で、両親はもうこどもは充分だという思いで留吉と名付けた。

こども時分から足が速く、十二になったときには湯島の町飛脚宿に見習いとして雇われた。

飛脚宿のあるじと伊兵衛は、互いに相手を高く買っている間柄である。

「うちの若いのをひとり、三度飛脚に使ってもらえればありがたい」

あるじの申し出を、なにごとにも用心深いはずの伊兵衛が二つ返事で引き受けた。

飛脚宿のあるじが留吉の後見人を買って出たことも、引き受けた理由のひとつだった。

浅田屋で働き始めるなり、仲間は留吉の足の速さに目を見開いた。

「滅法に足が速えのに、留吉じゃあしょうがねえ。名をなんとかしたほうがいい」

仲間に言われた留吉が、それではと思いついたのが韋駄天だった。

「おっそろしくでけえ名だが、おめえだったら神様も許してくれるだろうさ」

以来、留吉は韋駄天で通っていた。

「ことは前田様のご一行にかかわることだ。油断は禁物だぜ」

玄蔵は韋駄天が口にしたこと、六日あればうんぬんを窘《たしな》めた。

「これから話すことは、一言たりとも聞き逃すな」

伊兵衛の物言いがいつになく厳しい。飛脚たちの顔つきが引き締まった。

「このたびの仕事は、いつもの三度飛脚とは根本から異なる」

伊兵衛の目が飛脚全員に注がれた。

「持ち場の宿場に先乗りして、モノが届くのを待つのはいつもと同じだ。違うのは、いつ届くのか、あけすけに言えば届くかどうかすら分からないモノを待つのが仕事だ」

伊兵衛の言葉を聞いて、飛脚たちは固唾《かたず》を飲み込んだ。

「おまえたちが前田家道中奉行様に届けるのは、御公儀に発行をお願いする鉄砲隊の通行許可証だ」

任務が分かり、各自が吐息を漏らした。伊兵衛の表情はさらに引き締まった。

「しかし果たして御公儀が発行してくれるかどうか、いまは分かっていない」

庄田が林鳳岡と談判する。

林は老中相手に、許可証発行を掛け合う。

「庄田様はすでに動いておいでだが、いつ発行されるか、発行されるか否《いな》かもいまは不明だ」

しかしいかに綱紀様といえども、許可証なしでは木曾《きそ》福島の関所は通過できない。

「福島関は北国への要所ゆえ、配される代官様は、代々がことのほか規則に厳格であられるそうだ」

木曾福島関所を何度も通過している飛脚たちである。関所吟味の厳しさは、だれもが肌身で感じていた。

「一方の綱紀様は、ひとたび言い出したことは曲げない一徹なご藩主だ」

なんとしても通行許可証を、関所通過予定日までに届けること。

「これが今回、おまえたちに託されることになる役目だ」

伊兵衛は子細を飛脚たちに明かした。

聞き終えた飛脚たちは、一様に顔つきがこわばっていた。あまりに常なる三度飛脚の走りとは、中身が異なっていたからだ。

「許可証発給のために、庄田様と林鳳岡先生が、まさに一命を賭《と》して臨んでおいでだ。とはいえ結果は分からない」

伊兵衛は声の調子を落とした。大事を話すときの流儀である。

「許可証はかならず発給されると信じて、各自が持ち場の宿にて待機することだ」

伊兵衛の背筋が伸びた。

「もはや、できるや否やと悩んでいるときではない」

伊兵衛が言い切ると、飛脚全員の表情から一瞬にして、こわばりが失せた。三度飛脚の矜持《きょうじ》が、各自を奮い立たせたからだ。

金沢城下と江戸本郷前田家上屋敷間は、およそ百三十二里半（約五百二十キロ）だ。それだけの長い道のりを早飛脚なら丸三日、中飛脚で七日、歩きも混ぜる並飛脚でも八日で結んだ。

加賀藩公文書の送達が、三度飛脚の主たる任務だ。万にひとつのしくじりもおかさぬよう、六人の飛脚が要所要所の宿に先回りして、運ばれてくる挟箱を待った。

今回伊兵衛が指示したのは、帰国道中を進む前田家道中奉行に、福島関の通過許可証を届けることだった。

任務は格別に奇異ではない。

許可証発給が約束されてはいないのが、大問題だった。

隊列が福島関通過を予定しているのは、四月九日である。今日はすでに四月三日だ。今夕に発給されても、出発は明朝だ。重要書類ゆえ、夜道の走りを伊兵衛は禁じていた。

「加賀藩の命運は、おまえたちの走りにかかっている」

伊兵衛は飛脚全員の目を見回した。どの目も、任務遂行にかける炎を燃やしていた。

「わたしは仏間に座して、おまえたちの上首尾を願い続ける」

各自、一世一代の走りを頼むぞと、伊兵衛は静かに言葉を結んだ。

「へいっ！」

飛脚の声が威勢よく響いた。

木曾福島関所を公儀がいかに重んじているかは、関所の場所からも明らかだった。

東海道を西から江戸に向かうときは、かならず箱根関所を通ることになる。江戸から上方に向かうときも同様である。

江戸に向かう者には鉄砲吟味を。

江戸から出る者には女人吟味を。

江戸御府内まで、わずか二十五里（約百キロ）しかない箱根である。入り鉄砲と出女を箱根関所はことさら厳しく詮議《せんぎ》・吟味していた。

木曾福島関所は、箱根に比べれば遠く江戸から離れていた。しかし中山道の要所として、公儀は当初から福島関所を重んじてきた。

関所の西側は断崖《だんがい》絶壁で、眼下を流れるのは木曾川の急流である。たとえ崖《がけ》を伝い下りたところで、流れに呑《の》み込まれれば命はなかった。

東側には木曾の山々の急斜面が迫っている。

何人たりとも関所破りができぬように、公儀はわざわざこの場所を選んで関所を構えていた。

福島関所の大事さをわきまえている奉行は、たとえ江戸城詰所で顔見知りであった大名といえども、念入りな吟味を行った。

厳しい詮議・吟味こそが、福島関所奉行に課せられた責務だったからだ。

綱紀が引き連れている鉄砲隊は、じつに百名である。関所の公儀役人が目を剝《む》きそうな人数だが、江戸に向かうのではない。

江戸とは逆で、金沢に帰る行列だった。

ゆえに福島関所までは、格別の咎《とが》めを受けることなく進むことはできるだろう。

福島関所はまったく別である。

たとえ国許《くにもと》に帰る隊列の鉄砲隊とはいえ、百挺《ちょう》もの鉄砲をどこで入手したかは、細かく詮議する必要がある。

公儀発行の通過許可証があれば、書面記載の数と鉄砲隊の数とを照合すればいい。が、書類がないとなれば、奉行は断じて関所通過を許すはずがなかった。

許可証の発行は公儀道中奉行の管轄《かんかつ》で、水野忠之の支配下にあった。

すでに行列は出発している。

いまさら許可証の発行を願い出たところで、常から行き違いを続けている忠之と綱紀である。忠之がたやすく許可証発行に首を縦に振るとは考えにくかった。

たとえ発行を道中奉行に指示したとしても、関所に届くまで綱紀一行が福島宿の手前で足止めを食らうのは間違いなかった。

福島関所は中山道の要衝である。しかしわざと山間に設けた関所ゆえ、宿場の旅籠は数がしれていた。

本陣と脇《わき》本陣が一軒ずつ、旅籠はわずか十四軒止まりだ。

大人数の前田家が一泊するだけでも、民家も農家も猟師宿も、すべて借り上げるほかに手立てはなかった。

足止めを食らい、長逗留《とうりゅう》を強いられたら。

宿場で他藩の行列と重なり合ったら。

山の天気が急変して荒天となったら。

足止めを食らえば、ひどい難儀が、福島宿場で生ずることになる。

伊兵衛から細かく聞かされた韋駄天は、いつになく顔つきが引き締まっていた。

「下諏訪宿まで、幾日あればモノが届けられるのか、正しい見込みを聞かせてもらいたい」

玄蔵に質《ただ》した伊兵衛の顔つきもまた、強く引き締まっていた。

「紙と矢立をくれ」

「へいっ」

禎助は半紙の束と、墨壺《すみつぼ》の湿っている矢立を玄蔵に差し出した。

「運ぶのは飛び切り大事なモノでやすんで、夜の山道を走ることはやりたくありやせん」

玄蔵は里程表を見詰めた。

残る飛脚七人は息を詰めて玄蔵を見ていた。

「休みなしで走り続けられるのは、せいぜいのところ十里（約三十九キロ）だ」

言ってから、玄蔵は韋駄天を見た。

「おまえは十里の道を、どれだけときがあれば走れるんだ？」

「一刻で充分でさ」

韋駄天は即座に応《こた》えた。座にいる他の面々がざわついた。十里を一刻で走るという韋駄天の言い分に、あらためて驚いたのだ。

「おまえなら一刻で走るだろうよ」

玄蔵は得心顔を見せた。

「しかしおれでも一刻では無理だ」

玄蔵が正直に明かすと、韋駄天をのぞく面々が大きくうなずいた。

「十里を一刻半（三時間）で駆けるなら、おまえたちもこなせるだろう」

「へいっ」

威勢のいい男たちの声が揃った。

本郷から下諏訪宿までは、およそ六十三里（約二百五十キロ）である。

「夜は走らず、昼間だけ十里一刻半で駆けるとすれば、ぎりぎり二日半で下諏訪に行き着ける」

山道を登ることや、雨降りに出くわすことまで勘定にいれたとしても、ゆとりをみて三日取っておけばしくじることはない……玄蔵の目算には、七人の飛脚が深いうなずきで応じた。

「十里に近い宿場をこれから割り振り、先回りして待たせておきやす」

玄蔵の思案に伊兵衛は得心した。

江戸から十里なら、大宮宿の見当である。さらにその先十里、十里……という具合に、六つの宿場に飛脚を先回りさせておく。

許可証を手に入れた最初の飛脚は、すぐさま大宮を目指して全力で駆ける。十里なら、思いっきり走り抜くことができるだろう。

大宮宿で受け取った者は、その十里先の宿場を目指してひたすら駆ける。

この手順でつないでいけば、下諏訪宿にはゆとりをもって三日目には到着できる勘定だった。

「庄田様にお話し申し上げて、おまえの目論見《もくろみ》をお許しいただいてくる」

伊兵衛は里程表の控えを折り畳み、ふところに仕舞った。

飛脚八人が素早く立ち上がり、伊兵衛が最後に立った。

「行ってらっしゃいやし」

飛脚全員が下げたあたまの勢いが、部屋から出る伊兵衛の背中を押していた。

十九

「綱紀様には、我が生涯を通しての深い恩義を抱え持っておる」

庄田要之介の話を聞き終えたとき、鳳岡は言葉を嚙《か》みしめるようにして話を始めた。

「いまのまま福島関所に向かっては、綱紀様に大きな疵《きず》を負わせることになる」

なんとしても対処策を講ずる必要があるとつぶやき、鳳岡は眉間《みけん》に深いしわを刻んだ。

当年で七十四の鳳岡だが、顔にはさほどしわもシミもない。それだけに、眉間のしわは際《きわ》だって見えた。

「無礼を承知でおたずねしますが」

庄田要之介は鳳岡を見詰めて問いかけた。

「先生が我が殿に抱え持つ生涯を通じての恩義とは、いかなるものにございましょうや」

前田家用人として、ぜひにも知っておきたい。なにとぞ聞かせてほしいと鳳岡に頼んだ。

「そなたの言い分ももっともだの」

座り直したとき、鳳岡の眉間のしわはすっかり消えていた。

「わたしが大学頭《だいがくのかみ》に任ぜられたのは、かれこれ三十年近くも昔のことになる……」

鳳岡は遠くを見るような目で話を始めた。


林鳳岡は綱紀とも、将軍家とも深い親交を持つ儒学者である。

毎月四日と十五日の二回、鳳岡は御城から差し向けられる乗物で登城した。

鳳岡の住まいは昌平坂《しょうへいざか》途中の昌平坂学問所である。将軍家進講の日には、四ツになると聖堂正門前に乗物が横付けされた。総漆塗りの乗物は柄が長く、前後ふたりずつで担《かつ》ぐ老中仕様である。長柄には金箔《きんぱく》で葵《あおい》御紋が描かれていた。

さらに毎月七日と二十日は前田家上屋敷に出向き、藩主綱紀に進講した。

「殿にはもはや、わたしが教授いたせますことは皆無にございます。殿の博識に並び立てます者は、世にふたりとおりませぬ」

鳳岡は正味で綱紀の博識を褒めた。

「わしは先生と肩の凝らぬ茶飲み話ができることこそ、至福の一刻での」

綱紀は鳳岡を先生と呼んだ。

「なにとぞ、先生はご容赦くだされ」

鳳岡が言葉を重ねて拒んでも綱紀は先生と呼び続けた。

享保二年のいま、綱紀は七十五、鳳岡は七十四だ。ちなみに吉宗は三十四で、水野忠之は四十九だった。

将軍家と百万石の大身大名の双方から、鳳岡は大事にされていた。儒学者としては、その権勢並ぶ者なき高みにあった。

上野不忍池畔《しのばずのいけほとり》に構えられていた鳳岡の家塾は、五代将軍綱吉の命により、元禄《げんろく》四（一六九一）年に昌平坂に移された。

湯島聖堂竣工《しゅんこう》と同時に、鳳岡は大学頭に任ぜられた。早世した兄に代わって林家を継いだ鳳岡である。この一事で、林家の家名を比類なき高さにまで高めた。

「大学頭に就けるとは、御上もまた酔狂なことをなさったものだ」

周りの陰口は、深く潜ったところで言い交わされた。鳳岡当人は気付いていなかったが、歩むときは背が反り返り気味になっていた。

四十八歳で絶頂期を迎えた鳳岡に、やんわりとした物言いで生き方を諭したのが前田綱紀である。

学問所竣工を祝い、綱紀はみずから昌平坂まで出向いた。広大な敷地の内を、鳳岡は胸を張り気味にして案内して回った。

四半刻かけて学問所の隅々まで見せたあと、鳳岡は自室で綱紀をもてなした。

将軍綱吉の命で、徳川家の威信をかけて新築普請《ぶしん》した学問所である。塾長の部屋は畳の縁《へり》にいたるまで、京の西陣で別織りをさせるという贅沢《ぜいたく》ぶりだった。

供された茶をすすったあとで、綱紀は一歳年下の鳳岡を見た。

「高き場所に登れば登るほど、先生を見詰める周囲の目は厳しさを増してくる。いわれなき陰口も交わされることだろう」

学問所塾長の座に就き、大学頭にまで任ぜられたとあれば、鳳岡に刃向かう学者は皆無となるのは必定だった。

「先生が何気もなく発した一語とて、嫉妬《しっと》を抱えて仰ぎ見ている者は、なにを尊大なことを言うかと曲解いたすのが常だ」

されども謙遜《けんそん》は無用だと綱紀は続けた。

「高き座には、高き所作が求められる。それを尊大という者など、相手にあらずだ」

綱紀の物言いには一片の淀《よど》みもなかった。

「隙《すき》あらば先生をいまの座から引きずり下ろそうと、多数の輩《やから》が爪《つめ》を研いでおろう」

世に二つとない高き座に就いた者には、誹謗《ひぼう》も中傷も座の添え物と心得られよと、綱紀は諭した。

生まれながらにして、並ぶ者なき百万石大身の藩主を運命づけられてきた、綱紀のみが口にできる諭しであった。

鳳岡はおのれを深く恥じた。その日から自分の振舞いを正した。

綱紀は鳳岡のありかたを了とし、いままで以上に親交を深めた。

「高い場所に座ることに、あのときのわたしはまだ慣れてはいなかった。が、殿は生まれながらにして、百万石の大身を背負っておいでのお方だ。高い場所に居続けることがいかに難儀であるか、ご自身がだれよりも分かっておられる」

鳳岡の物言いには、綱紀に対して示す深い尊敬の響きがあった。

湯島聖堂には、敷地内に森がある。その森に巣を構えているのだろう、野鳥が高い空で啼いていた。

九ツ半を四半刻過ぎたとき、伊兵衛が鳳岡の居室に案内されてきた。

「やはりまた、そなたの手を借りることになるようだの」

伊兵衛を見た鳳岡は、長年の知己《ちき》に話しかけるかのような物言いをした。

ふたりは前田家上屋敷で、これまで何度も顔を合わせていた。ときには在国中の綱紀から指図を受けて、湯島聖堂の鳳岡に書類を届ける御用もうけたまわっていた。

「お手伝いをさせていただければ、なによりと存じます」

座に着いた伊兵衛は、つい今し方玄蔵たち八人を集めてモノを届ける手順を煮詰めてきたと、要之介と鳳岡に告げた。

「林先生のお力添えを賜ることで、前田様には何らかのお許し文書が発行されるものと拝察いたしております」

伊兵衛は鳳岡が力を貸してくれるものだと、織り込んだ話し方をした。

鳳岡は表情も変えず、伊兵衛に話の先を促した。

「江戸から木曾福島宿までは、およそ七十五里の道のりでございます」

浅田屋の飛脚は、十里であれば各自が一刻半《いっときはん》で走り抜けると聞かせた。

「十里を一刻半で駆けるとは、まことに韋駄天揃いであるの」

鳳岡が素直な驚きを口にしたことで、場の気配が和んだ。

「てまえどもには、文字通り韋駄天の名を持つ人足もおります。その者に限って申しますれば、十里を一刻で走り抜けることを請け合っております」

「なんと！」

鳳岡は膝を打って驚いた。

「一度、その韋駄天に引き合わせてもらいたいの」

「うけたまわりました」

確かな返事をしてから、伊兵衛は話の続きに戻った。

「てまえどもの飛脚人足六人には、すでに江戸出立を言いつけて参りました」

江戸から十里の見当ごとに、飛脚を先回りさせておく。韋駄天は江戸に残す。

道中奉行に届けるモノが手に入り次第、韋駄天は大宮宿に向けて走り出す。

夜道は走らず、明け六ツから暮れ六ツ前までに限り、ひとり当たり十里の走りでつなぐ。

こうすることで、江戸を出たあと三日目には、ゆとりを持って下諏訪宿に行き着くことが出来る。

玄蔵たちと煮詰めてきた手順を、要之介と鳳岡に聞かせた。

「そのほうの話を聞いて、わしにも安堵の思いが湧《わ》き上がってきた」

伊兵衛の思案を褒めた要之介は、背筋を張って鳳岡を見た。

「あらためまして先生に、お願いの儀がござりまする」

綱紀一行が福島関所を支障なく越えられますよう、なにとぞお力添えをお願いしますと、要之介は頼みをしっかりと口にした。

「先刻も申し上げた通り、わたしは綱紀様には生涯の恩義を抱え持つ身だ。老いたこの身を挺《てい》してでも、ぜひにもわたしの方こそ手伝いをお許しいただきたい」

要之介よりもはるかに年長の鳳岡が、相手の目を見詰めて手伝いの許しを願い出た。

「もったいないお言葉にござりまする」

要之介は両目に、鳳岡への感謝の色を宿していた。

「このたびのことは、水野様にいささか焦《あせ》りがあったように思われる」

語調を変えた鳳岡は、水野忠之の人物評を話し始めた。

「上様は世直しを図るべく、幕閣の抜本的な入れ替えを考えておいでだ。その折には、水野様が老中の真ん中に座られることになるのは間違いない」

吉宗に進講を続けている鳳岡である。口をついて出る言葉には、余人には真似《まね》の出来ない重みがあった。

「幸いにも明日には、御城で上様への御進講を控えておる」

吉宗とふたりで差し向かいとなった際に、鉄砲隊の通過許可を願い出てみると、鳳岡は考えを口にした。

要之介と伊兵衛の顔色が、みるみる明るくなった。

「しかし水野様の面子《めんつ》を潰《つぶ》すことになっては、後々に禍根を残すでの。ことの運びは綿密のうえにも綿密であることが求められる」

鳳岡が口にしたことに、要之介は深くうなずいていた。

「浅田屋殿」

いかにことを運ぶかの手立てには言い及ばず、鳳岡は伊兵衛の名を呼んだ。

「いま一度そなたに確かめたいが、許可証は三日あれば福島宿に届くのであるな？」

「届きます」

伊兵衛は強い口調で請け合った。

鳳岡は伊兵衛が持参した前田家行程表の写しに目を落とした。

四月八日　下諏訪宿、と記されていた。

「下諏訪宿に三日で着くということは、江戸を四月六日の明け六ツに出ればよいのか？」

「左様にございます」

伊兵衛は鳳岡の目を見て返答した。

「明日上様にお願いすれば、一両日中には許可証をいただけるだろう」

言い終えてから鳳岡は目を細くした。

綱紀の手助けができることを、心底喜んでいるかのようだった。

二十

吉宗と鳳岡の授業は、余人をいれずに差し向かいで行われる。この日も、いつも通りに進講は進んだ。

部屋に控えているのは三人の茶坊主《ぼうず》のみである。茶坊主はその場にいながら、いない存在とされていた。見聞きしたことは堅く口を閉じて、一言たりとも他に漏らさない。もしも破れば斬首《ざんしゅ》刑に処された。

授業の始まりから半刻《はんとき》が過ぎたとき、吉宗は鳳岡に一礼をしてから立ち上がった。進講の場にいる限り、鳳岡のほうが格上なのだ。

茶坊主は即座に動けるように身構えた。

「暫時《しばし》石庭を眺めつつ、雑談にお付き合いいただきたい」

吉宗は石庭が一望できる場に移った。すかさず座布団《ざぶとん》が運ばれた。座した吉宗は鳳岡を見た。近寄るようにと目が語っている。

「御意《ぎょい》のままに」

急ぎ読本を閉じた鳳岡は、ゆるい動作で立ち上がった。七十四歳という高齢の鳳岡には、急な動きは禁物だった。

茶坊主は、近頃めっきり足が弱くなった鳳岡が使っている腰掛けを吉宗のわきに置いた。

鳳岡が腰をおろすなり、茶坊主ふたりが茶菓を運んできた。

吉宗が命じたわけではない。

成り行きから、茶菓が入り用と判じてのことである。

供された菓子は膳部《ぜんぶ》が吉宗の好みに合わせて拵《こしら》えた薯蕷《じょうよ》まんじゅうである。

ヤマイモをすりおろして粉と砂糖を加えて練る。それがまんじゅうの皮だ。

純白の皮で、黒蜜《くろみつ》を加えて仕上げた餡《あん》を包み、手間をかけて蒸し上げる。

ヤマイモも餡に用いる小豆も黒蜜も、いずれも吉宗の領国紀州の特産品だ。菓子職人を江戸に帯同してきた吉宗は、折りにふれて薯蕷まんじゅうを賞味していた。

「そのほうらは下がってよい」

茶菓の支度が調ったのを見極めた吉宗は、人払いをした。

二十畳間に吉宗と鳳岡だけになった。

「先生のほかにわたしの思いを正直に打ち明けられるのは、すでに帰国の途につかれた綱紀公だけです」

師と仰ぐ鳳岡の前では、吉宗は格式張らない物言いをした。

「綱紀公が江戸を発たれて以来、わたしはついつい、いまごろどこを進んでおいでなのかと考えてしまいます」

吉宗は石庭の彼方《かなた》に目を移した。しかし庭を見ているわけではなかった。

中山道を国許へと向かっている綱紀のことを、言葉を惜しまずに慕っていた。

「てまえは綱紀様の道中行程表を持参いたしております」

腰掛けから立ち上がった鳳岡は、湯島聖堂の居室から持参した行程表の控えを広げた。

庄田要之介から手渡された控えには、本郷の前田家上屋敷から木曾福島宿までの細かな里程が記されていた。

「板橋宿を出立いたしましたのちは、蕨〜浦和〜大宮を通過したのち、上尾宿にて投宿いたされました」

昨日の四月三日は、およそ九里（約三十五キロ）の道のりだと吉宗に話した。

個々の大名が進む道程を聞かされるのは、吉宗には初のことである。

綱紀公は九里を進む間、乗物のなかでいかに過ごしているのかと鳳岡に問うた。

「上様には、たとえば増上寺に御成《おなり》あそばされます折りには、いかがお過ごしにあられましょうや」

鳳岡は答える前に、自分から問いかけた。

「わたしに問いかけてくれるのは、先生と綱紀公だけです」

吉宗が声を弾ませた。将軍にじかに問いを発する家臣など、皆無なのだろう。

「わたしは乗物のなかではあぐらを組んで、脇息《きょうそく》によりかかっています」

狭い箱の内に閉じ込められる乗物は好きではないと、吉宗は正直なことを口にした。

「綱紀様も、上様とまったく同じことを申されたことがございます」

乗物に半刻も閉じ込められていると、気が滅入《めい》ってくる。ゆえにほぼ半刻ごとに乗物から出られるよう、知恵を使って道筋を組み立てるように——。

綱紀はこれを道中奉行に申し渡していた。

「とは申しましても、前田家は四千人に届こうという大所帯の隊列にござりまする」

休憩場所を考えるだけでも大仕事だと、前田家道中奉行はあたまを悩ませている
……吉宗が呑み込みやすいように、鳳岡はゆったりとした物言いで状況を説き聞かせた。

「まことに綱紀公の道中は、ただ街道を行くだけでも難儀のようだ」

大人数の行列を進めるのが、いかに難儀であるのか。吉宗は存分に呑み込んだようだ。

「今朝は上尾宿を出立したのちは桶川に向かい、その後は鴻巣から熊谷宿へと向かいます」

話している鳳岡の白髪が、石庭を渡ってきた風を浴びて横になびいた。

吉宗の目が、また遠くを見ていた。

吉宗から言いつかった膳部は、中食《ちゅうじき》に竹皮包みの握り飯を支度した。

小さな俵形の握り飯で、まんべんなく炭火で焼かれていた。

「わたしは紀州在国だった折りには、四季折々に鷹《たか》狩りに出ました。鷹狩りは、平時にあって戦時を忘れぬための武道稽古《げいこ》を兼ねていました」

いまは江戸城でも同じことを続けていますと、鳳岡に明かした。

「綱紀様も、常々、上様と同じことを申されておいでです」

鳳岡が答えると、吉宗は莞爾《かんじ》として笑い顔を見せた。

「思えば綱紀公と深き交わりを得ることになった端緒も、この握り飯でした」

吉宗は手に持った俵形の握り飯を、ひと口で頬張った。

江戸開府から百年を経た元禄末期になると、武士の武道稽古が大きくすたれ始めた。

「徳川家の御政道よろしきを得て、世の中は泰平至極だ。いまさら剣術稽古をしてなんとするのか」

「まことに左様だ。使い道のない剣術稽古に励むよりは、算術を身につけたほうが、はるかに御上のお役に立てるというものだ」

元禄が宝永へと改元された十三年前には、江戸の剣術道場のじつに半数が立ちゆかなくなったといわれた。

領国から江戸に出張ってきた吉宗は、武道稽古を疎《うと》んずる武家の姿を見て、強い憤《いきどお》りを覚えた。

「徳川家家臣の本分は、一朝ことが生じたときには、瞬時に戦地へと出動することだ」

いまのように武道稽古を軽んじていれば、畢竟《ひっきょう》それは徳川家崩落につながる。ここ

ろして稽古に臨むようにと、幕閣を強く戒めた。

吉宗の指図に異を唱える者など皆無である。しかし素直に従う者もまた僅《わず》かだった。

将軍の座に就いたあと、吉宗は月に一度は鷹狩りに出た。その折りには家臣に臨戦

態勢の武具着用を申し渡した。

鷹狩りの途中で摂《と》る弁当にも、野戦食を用意させた。

吉宗以前の鷹狩りは遊山《ゆさん》も同然で、長持ちに納めた緋《ひ》毛氈《もうせん》まで現場に運ばれていた。

根本から模様替えとなった吉宗の鷹狩りに同行したことで、綱紀はあらためて年若き将軍を見直した。

「てまえも御上と同じ握り飯を、次回から言いつけることにいたしまする」

綱紀は本心からの言葉を吉宗に伝えた。

「綱紀公なら、なさるでしょう」

吉宗も感じたことを言葉にした。

鷹狩りはわざと雨天・荒天の日を選んで出向くこともあった。すべては平時にあて戦時を忘れずにとの教訓を、身体に染《し》みこませるためである。

綱紀は吉宗の心がけを大いに褒めた。綱紀自身が常から武道稽古を家臣に奨励していたからだ。

鷹狩りに参加したことで、吉宗と綱紀の間合いが大きく詰まった。

綱紀は江戸在府中に、公儀に鉄砲買い付けの許可を願い出た。

「百挺もの鉄砲を新たに買い求められるとは、前田殿にはいかなる存念をお持ちであられるのか」

願い出を受けた公儀役人は、申請文書を届けにきた前田家家臣を、目を剝いて睨《ね》め付けた。声はひどくうわずっていた。

家臣はしかし、いささかも怯《ひる》まなかった。

「我が殿には御公儀に対して、いかなる二心もござりませぬ」

言い切った家臣は、綱紀自筆の願書を差し出した。

「購入いたす鉄砲は、戦時使用が目的にはあらず。近頃増加の一途をたどっている、領国山間部の獣《けもの》退治に限って使用いたすものであることを、本願書にて請け合うものである」

願書は老中を経て、将軍決裁の案件として上げられた。吉宗は将軍就任を機に、多数の事項を自分で決裁すると申し渡していた。

諸藩の鉄砲購入許可願いも、吉宗の決裁事項とされていた。

綱紀の自筆願書を目にするなり、吉宗は湧き上がる笑いを懸命にかみ殺した。

獣退治に限って使う。

いかにも綱紀らしい、真正面からの言い分である。

前田家に二心なきことは、吉宗がだれよりも理解していた。

もしも公儀に存念あっての鉄砲購入なら、百挺などとは言わなかっただろう。ほどよき数で願い出をごまかし、あとは抜け荷を企てたに違いない。

謀反《むほん》を起こす気など毛頭なきがゆえ、綱紀は真正直に願い出をしたのだ。

他の諸藩も綱紀公をぜひにも見習っていただきたいものだ……ひとつ吐息を漏らしてから、吉宗は綱紀の願い出を決裁した。


福島関所において、前田家鉄砲隊百人が滞りなく通過できるように。

そのための鉄砲隊通過許可証発行を、吉宗から幕閣に指図してもらいたい……鳳岡はその思いを抱えて本日の進講に臨んでいた。

自分が果たすべき役割は明確だった。

吉宗への直訴である。

しかしいかにして話を切り出せばよいか、その手立ては定まらなかった。御城から差し回しの乗物のなかでも、鳳岡はまだ思案を続けていた。

案ずるよりは産むが易《やす》しと箴言《しんげん》はいう。

まさにその通りだと、握り飯の中食を終えたときに実感していた。

鳳岡が思っていたより数倍も強く、吉宗は綱紀を慕っているのを知った。吉宗みずから語る言葉の端々から、高齢の綱紀をいたわる思いが感ぜられたからだ。

「上様に折り入ってのお願いがございまする」

吉宗が煎茶《せんちゃ》を飲み干したのを見計らい、鳳岡は頼み事を切り出した。

「綱紀様のご帰国にかかわる大事にございますゆえ、上様にお願い申し上げます次第にございまする」

頼み事を口にしながらも、鳳岡は卑屈にならぬようにと気を遣った。

物乞《ものご》いのような頼み方をするのは、綱紀の誉れに障《さわ》ると思っていたからだ。

「綱紀公の大事にかかわる頼み事だと言われたか？」

直訴を受けた吉宗は鳳岡が相手とはいえ、将軍の口調に変わっていた。

「仰《おお》せの通りにございまする」

吉宗の許しを得た鳳岡は、綱紀が鉄砲隊通過許可証を持たぬまま木曾福島に向かっていることを聞かせた。

「本日四月四日は熊谷、五日は高崎、六日が軽井沢、七日は塩名田で八日が下諏訪、四月九日に綱紀様ご一行は福島宿に到着される予定にございまする」

江戸出立の手前で、前田家は鉄砲隊同行を公儀道中奉行に願い出た。

しかし法度《はっと》に照らせば百名の鉄砲隊は到底、同行を許される人数ではなかった。

「水野様はそれでも鉄砲隊が通過できるようにと心配りをくださり、ひとつの方便を示されました」

綱紀自筆の鉄砲隊通過の願書を提出すれば、御上に取り次いで特例の決裁を仰ぐ。忠之はこの手立てを前田家に示した。

「自筆の願書とはなにごとか。わしにそれを求めるとは、格が違う」

たとえ封土を失うことになっても、断じて願書などは提出せぬと、綱紀は突っぱねた。

このいきさつを鳳岡は、昨日前田家用人の庄田要之介から聞かされていた。

しかし真正直に吉宗に伝えることはできない。たとえ吉宗が許可証発行を指示したとしても、忠之の面子《めんつ》を潰すことになるからだ。

ゆえに鳳岡は、忠之が尽力をしてくれたが綱紀は出し忘れて出立したと話を和らげた。

聞き終えた吉宗は、両目をゆるめた。

「水野は大事な片腕です。気遣いをいただき、深く感じ入りました」

吉宗は、師に対する物言いに戻っていた。

二十畳間に吹き込んできた風は、春深き香りに満ちていた。

二十一

東の空の際《きわ》が、わずかに明るさをましたかに見えたとき。

ゴオオーーン……。

四月六日の始まりを告げる、明け六ツの鐘が本郷に響き始めた。

一番手の韋駄天《いだてん》が足を前後に大きく開き、身体《からだ》を前のめりにした。

両足のふくらはぎが盛り上がった。

しっかりと足の筋を伸ばしておくことで、無用な引き攣《ひつ》りが生ずることを防ぐのだ。

まだ空が真っ暗なうちから、韋駄天は念入りに身体をほぐし続けていた。前後に身体を十回動かしたのは、韋駄天には出発に備えたほぐしの仕上げだった。

身体を元に戻したあとは、両足で交互に地べたを叩《たた》く足踏みを始めた。

出発支度を手伝っている小僧ふたりは、韋駄天の激しい動きを見て息を呑《の》んでいた。

長い韻を引いて、鐘は明け六ツを報《しら》せる本鐘六打を撞《つ》き終えた。

いよいよ出発である。

韋駄天は漆塗りの台に置かれた胴乱のふたを開いた。

このたびの走りは、なににもまして速さが求められていた。それゆえ飛脚たちが走りやすいように、書状は両腕を通して背負える胴乱に納めることになっていた。

韋駄天がふたを開いた胴乱に、伊兵衛が綿入れに包まれた桐《きり》箱を納め始めた。桐箱の中には鉄砲隊百人の通過許可証が入っている。

仕上げに伊兵衛はていねいな手つきで、極上の綿をめいっぱいに詰めた。

伊兵衛がふたを閉じたあとは、玄蔵が特製のこよりでふたの両端を縛った。

深呼吸をひとつしてから、韋駄天は胴乱を背負い始めた。両側の帯の長さを調えて、自分の背中にぴたりと合わせた。

梅鉢紋が韋駄天の背中のど真ん中にいた。

「それでは」

韋駄天は伊兵衛に軽くあたまを下げた。

浅田屋の内儀が胴乱めがけて鑽《き》り火《び》を切った。威勢よく火花が飛び散った。

韋駄天が駆け出すと、胴乱の梅鉢紋が朝日を浴びた。

磨き上げられた銅《あかがね》と、あかね色で描かれた梅鉢が、輝き方を競っていた。

本郷浅田屋から板橋宿の浅田屋出店までは、およそ二里（約八キロ）の道程だ。韋駄天が本調子で走れば、わずか四半刻足らずで行き着くことができた。

はあん、ほお。

駕籠《かご》舁《か》きと同じ息遣いで、韋駄天は板橋宿を目指した。

白山下に差し掛かったときは、身体がすっかり暖まっていたのだろう。一段と足の運びが滑らかになっていた。

背中に朝日を浴びながら走り続けている。

「見てみなよ、あの胴乱を」

「なんてえきれいな梅鉢紋だ」

普請場に向かう大工ふたりが、胴乱と紋の美しさにしばし見とれていた。

長い坂を一気に下ったあとの中山道は、しばらく真っ平な道が続く。朝日はまだ空の低いところにいた。

大名行列が使う中山道は、道幅が二十間（約三十六メートル）もある大路だ。往還の両側には、本瓦《かわら》葺《ぶ》きの商家、酒蔵が建ち並んでいた。

仕上がった酒を樽《たる》に移し替えているのかもしれない。地酒の香りが二十間の往還にまで漂い出ていた。

板橋宿までは、このあとも大して上り下りのない、ゆるい道が続く。韋駄天はわずかに走りの調子を落とした。

はあん、ほおの息遣いも落ち着いていた。

韋駄天にはゆるい走りでも、並の者には瞬《まばた》きひとつの間に走り去る速さである。

形よい走りを続ける韋駄天を見て、往来に水撒《みずま》きをしていた女中がひしゃくを持つ手を止めた。

駆けるたびに、左右のふくらはぎがぶりっと繰り上がる。

引き締まった尻《しり》が、形よく動く。

女中は見とれた自分にきまりわるさを覚えたのか、頰を赤らめて水撒きに戻った。

通りを行く面々が背負った胴乱に注ぐ目を、韋駄天は背中で感じていた。

年頃の娘が往来に立っているのを見かければ、わざと尻を振って見せた。

あれこれ考えながら走っているうちに、日本橋からの一里塚を走り過ぎた。

板橋宿まで、残り一里だ。

宿場の浅田屋出店では、朝飯を調えて待っているはずだ。

「韋駄天さん好みの、ノロ（うなぎ）の蒲焼《かばや》きも用意しておきますから」

昨日の午後本郷に出張ってきた出店の手代は、韋駄天にうなぎの支度を約束した。

皿に載った蒲焼きを箸《はし》でちぎって……。

食べる形を思い描いたら、口のなかに生唾《なまつば》が湧いてきた。強い空腹感も覚えた。

走りに障ると思い直した韋駄天は、本郷から十一里先の上尾宿で待っている二番手のきび蔵とのやり取りを思い返した。

当初、きび蔵は大宮宿を考えていた。

「大宮じゃあ、十里に届かねえだろう」

仲間の言い分を受け入れて、きび蔵は上尾宿で待つことにした。

本郷から福島宿までは、およそ七十五里（約二百九十キロ）だ。

「明るいうちに限って走り、ひとりが十里を一刻半で駆けりゃあいい。明け六ツから日暮れ前まで、一日あたり三人がつないで走れるだろう」

玄蔵の考えを全員が受け入れた。

「大事な物事を為《な》すときは、始まりが肝心だ」

十里を一刻で走るという韋駄天に、最初の走りが任された。

「おめえは板橋宿で朝飯を食ってくるんだよな」

二番手を担《にな》うことになったきび蔵は、韋駄天に確かめた。

「その通りだが、どうかしたかい？」

「メシのあとはむきになってカッ飛ばさなくてもいいぜ。四ツに上尾まで来てくれりゃあ、おれには御《おん》の字だ」

朝飯のあとは四半刻ほど食休みをとって、急がずにきてくれと、きび蔵は何度も口にした。

ひと一倍負けず嫌いな韋駄天である。

急がなくていいと言われれば、息も絶えよとばかりに全力疾走をするに決まっている……。

きび蔵はこう考えていた。

陽のある内に限って走るというのが、今回の大事な決め事である。

段取りよりも早く胴乱を受け取れば、その分ゆとりを持って走ることができる。

韋駄天が四ツ前に上尾宿に来てくれれば、自分が走る十里は一刻半以上かかっても障りはなくなる……これがきび蔵の魂胆だった。

韋駄天は裏を読むことを知らない男だ。

四ツに上尾だなんて、とんでもねえ。

五ツ半には行き着いてやるぜ。

きび蔵の驚き顔を思い浮かべた韋駄天は、またまた走りの調子を上げていた。

大きな土埃《つちぼこり》が舞い上がった。

板橋宿の浅田屋出店では、驚いたことに三宿の名主が顔を揃《そろ》えて待っていた。走りの調子が出たことで、韋駄天が到着したのは明け六ツからまだ四半刻も経《た》ってはいない刻限である。

そんな早朝なのに、豊田市右衛門、飯田宇兵衛、板橋市左衛門が五つ紋姿で韋駄天を出迎えた。

「浅田屋様のご尽力で、前田様が福島宿をつつがなく通り抜けできることになったと、役所棟取様からうかがいました」

韋駄天を前にして、豊田市右衛門がていねいな口上を述べ始めた。

韋駄天は三度飛脚に限り着用が許されている、小豆色の半纏《はんてん》を羽織っていた。が、下半身はふんどし一本で、編み上げのわらじ履きである。

五つ紋姿の宿場名主とでは、あまりに身なりが違っていた。しかし三度飛脚は、半纏を羽織るのが正装である。

宿場名主三人も、もちろん飛脚の正装がなにかを知っている。

半纏の下から太い足を剝《む》き出しにした韋駄天を相手に、市右衛門は口上を述べ終えた。

韋駄天と横並びになった板橋宿出店差配が、名主三人に答礼口上を述べた。

形式にこだわったやり取りをしたのには、相応のわけがあった。

「浅田屋一番手が宿場に到着した折りには、名主三名が正装にて出迎えなさい。さすれば飛脚便は滞りなく下諏訪宿に行き着ける」

源也斎はこう見立てていた。

ここまで源也斎が易断したことは、八割五分も的中していた。外した易断は、食い物がどうとか、三日後の天気はどうなるとか、取るに足りぬことばかりである。

今回は福島関所を越せるか否《いな》かの、前田家の命運がかかっている大事な易断だ。

「出迎えの口上は豊田市右衛門が受け持ち、浅田屋差配からは答礼口上を受けること」

「一番手を担う飛脚は、うなぎが好物だ。しかしそれを供してはならぬ」

「朝餉《あさげ》は握り飯に香の物、味噌汁《みそしる》にとどめるように浅田屋差配に申し渡すこと」

源也斎は細かなことにまで、市左衛門に指図を与えていた。

浅田屋差配と前日に打ち合わせた折り、市左衛門は出迎え口上と、その答礼については源也斎の指図通りに談判を進めた。

「うけたまわりました」

浅田屋差配も、答礼口上を述べることを承知した。

うなぎと握り飯については、市左衛門は口を控えた。飛脚が朝餉になにを食べるのか、そこまで口出しすることがはばかられたからだ。

浅田屋出店を出る直前に、市左衛門は韋駄天に心付けを渡した。

「上尾宿には野瀬屋という屋号の、あいまい宿があります」

早朝から十里を駆けた疲れを、野瀬屋で存分にほぐしてくだされと、祝儀《しゅうぎ》を渡すときに付け加えた。

「のせやてえ屋号が気に入りやした」

祝儀を受け取った韋駄天は、心底の笑みを浮かべて礼を言った。

市左衛門は知らなかったが、出店の手代は前日の約束通り蒲焼きを用意していた。

「この先がまだ、九里（約三十五キロ）も残っているんだ。うなぎ好きは結構だが、食べ過ぎないように気をつけなさい」

「がってんでさ」

韋駄天は差配に軽い返事をした。

が、九里ぐらいを駆けるのはわけないことだと胸の内で嗤《わら》い飛ばした。

市左衛門がくれた祝儀袋には、一分金が二枚（二分の一両相当）も入っていた。

きび蔵に胴乱を受け渡したあとは、まず旅籠《はたご》で湯につかろう。髪結いを頼んで髷《まげ》を直したら、その足でのせやに向かおう……。

手代が支度する朝餉が仕上がるのを待ちながら、韋駄天は上尾宿での過ごし方を思い描いた。

あいまい宿の姐《ねえ》さんたちだって、朝に来る客は大事にするはずだ……いい扱いをされると思うと、口元がゆるんだ。

上は来ず。

中は昼きて昼帰る。

下は夜来て朝帰る。

そのまた下々は居残りをする。

これが遊郭で女郎たちが言い交わしている戯言葉《ざれことば》だ。

上は来ずとは、女郎に小遣いを届けさせるだけで、当人は出向いてこないという意味だ。

上とまでは無理だが、中には当てはまるぜと韋駄天がやに下がっていたら、蒲焼きを温め直している香りが漂ってきた。

今朝は七ツ半に起床して以来、なにも口にしていない。蒲焼きの香りを嗅《か》いだことで、いきなりぐううと腹が鳴いた。

手代にその音が聞こえたわけでもないだろうが、うなぎが焼き上がってきた。

「三串《くし》、用意してあります」

代わりは遠慮なしに申しつけてくださいと、手代は愛想よく告げた。

空腹の極みにあった韋駄天だが、さすがに代わりは言わなかった。どこまでなら走りに障らないかを、韋駄天はわきまえていた。

うなぎを堪能《たんのう》した韋駄天は、足の曲げ伸ばしを行ってから再び胴乱を背負った。

「世話になりやした」

差配と手代に礼を告げて、韋駄天は板橋宿を飛び出した。

四月六日、六ツ半を大きく過ぎていた。

蕨宿の大木戸を走り抜けたとき、韋駄天は強い便意を催した。

「なんでえ、こんなところで」

自分に毒づきながら宿場を走り抜けた。

蕨宿に限らず、宿場のどこにかわやがあるのかを、飛脚はだれもがわきまえていた。

不意に便意に襲われたとき、飛脚の半纏を着てさえいなければ、どこででも用足しはできた。

しかし三度飛脚が着ている小豆色の半纏は、宿場の大木戸はもとより、福島宿の関所でさえも通り抜け御免の通行手形である。半纏を着用した飛脚が、慌《あわ》てふためいてかわやに飛び込むことなど、面子にかけてできないことだった。

蕨宿を過ぎて半里ほど走った先には、小山のふもとに茶店があった。

中山道から外れているため、ほとんど旅人が立ち寄ることはない。この茶店を使うのは土地の百姓と、三度飛脚に限られるも同然だった。

あすこまで我慢すれば、安心して用足しができる……騒ぐ下腹をなだめながら、韋駄天はひたすら茶店を目指して駆けた。

前方四町の辺りに街道から茶店へと入る辻《つじ》が見えてきた。真っ直《ます》ぐに走れば中山道で、東の枝道を進めば小山のふもとに行き着く。

韋駄天は駆ける調子を速めた。

あと一町……あと半町……残り四半町……。

腹に言い聞かせながら駆けているうちに、辻に行き着いた。

東の枝道をとった韋駄天は、全力疾走を始めた。辻から茶店までは二町少々だ。道幅は街道とは違い、二間（約三・六メートル）もない。

荷車が通りかかったら、すれ違うのも難儀な狭さだった。

しかし幸いなことに、茶店へと続く細道を向かってくる馬車も荷車も見えなかった。

かわやが近いと分かったのか、下腹がひどく騒がしくなった。

「あと一町だ、我慢してくれ」

全力で走りながら、韋駄天は下腹にまたも言い聞かせた。

グルルルと腹が鳴った。

韋駄天はあえぎつつ、さらに足を速めようとした、そのとき。

狭い道を四頭の牛が横切り始めた。

腹がさらに激しく鳴った。

牛は韋駄天を笑うかのように、のんびりと横切っている。わずか二間幅の小道を渡るのに、四半刻もかかりそうなのろさだ。

地団駄を踏んでいる韋駄天のわきに、牛追いの百姓が寄ってきた。

「あんた、三度飛脚でねっか」

こんなところでなにをしているのかと、きつい顔で問うてきた。

「どうでもいいから、牛をどけろ！」

韋駄天が怒鳴った声が気になったのか、一頭の牛が振り返った。脂汗《あぶらあせ》を浮かべている韋駄天と、よだれを垂らしている牛が睨《にら》み合った。

韋駄天の腹が、ひときわ大きく鳴った。

二十二

韋駄天が立っている小道の周囲は田んぼに畑、そして雑草の茂った広い原っぱだ。陽気のよさにつられたのだろう。睨み合いを続ける韋駄天と牛の背後では、数匹の野ネズミが畑と野原を我が物顔で走り回っていた。

腹が発するぐるぐる音は、激しさをますばかりだ。両手を垂らして立っているだけでもつらかった。

しかし目の前の牛から目を逸《そ》らせたりしたら、ツノを突き出して向かって来るのは目に見えていると韋駄天は判じていた。

金沢と江戸の間を行き来するなかで、韋駄天は何度も獣に出くわしていた。

クマと睨み合いになったこともあった。

そのときは思いっきり背伸びをし身体を大きく見せて、クマの両目を睨み付けた。

韋駄天の眼光の強さに恐れをなしたらしく、クマは向きを変えて山に入った。目を逸らせたほうが負けだと、そのときに悟った。

うるさく騒ぐ腹を押さえつけて、韋駄天は牛を睨み付けた。牛追いの親爺《おやじ》はこの成り行きを面白がっているのか、割って入る気はなさそうだった。

クマにも効いた韋駄天の睨みなのに、よだれを垂らす牛にはまったく効き目がないらしい。

大きくて丸い牛の瞳《ひとみ》は、韋駄天を見詰めたままである。

「この糞《くそ》ばかやろう！」

腹の底から湧《わ》き上がった怒りの言葉を韋駄天がつぶやいた、そのとき。

土地の鷹匠が稽古づけに放った鷹が、原っぱで遊ぶ野ネズミめがけて急降下した。

鷹が本気になるほどの獲物でもないだろうが、大きな一匹に狙《ねら》いをつけたようだ。

まっしぐらに下りたあと、鋭い爪《つめ》で捕らえて高い空へと舞い上がった。

鷹は両翼を広げて羽ばたかせた。

韋駄天の睨みだけでは効かなかった。が、鷹の翼が発した音には感ずるものがあったらしい。

ウモオオーー……。

口惜しそうにひと鳴きしてから、牛は仲間のほうに戻った。

「おめえってやつは……」

牛追いの親爺が頬っ被《かぶ》りのまま、感心したという顔で話しかけてきた。

その口を韋駄天は顔をしかめて抑えた。

「ここの近くにかわやがあったら、おせえてくんねえな」

「あるとも」

親爺は牛が横切ってきた原っぱの先を指差した。わずか四半町先に、むしろが被さった掘っ立て小屋が見えた。

「使わせてもらうぜ」

「いいとも」

親爺が短く答えた声を背中で聞きながら、韋駄天はまさに韋駄天走りでかわやへと突っ走った。

用足しを終えてすっきり顔で戻ってきたとき、牛追いはまだその場で待っていた。

三度飛脚はひとの気配に敏《さと》い。親爺の近くに男の気配を感じた韋駄天は、周囲を見回した。

が、どこにも人影はなかった。

近寄ってきた韋駄天に、親爺は相好《そうごう》を崩して話しかけた。

「おめえが睨めっこで勝ったのは、おれが飼ってる十六頭のなかで、一番気の荒っぽいやつでよ」

親爺はその牛を寅松《とらまつ》と名付けていた。

仲間内の角突き合いでも、一度も負けたことがない。気に食わないと感じた者には、瞬時もためらわず、ツノを突き出して突っかかって行くという。

「あいつにだけは、おれでも手こずることがあるんだ。あんたが寅松に言うことを聞かせたコツはなんだ？」

親爺は真顔で問いかけてきた。

糞がしたくて切羽詰まっていたからとは、三度飛脚が口にできることではない。

「そんなことは寅松に聞いてくんねえ」

かわやを使わせてもらった礼だけを伝えた韋駄天は、街道に向かって駆け出そうとした。

その足がすぐに止まった。

小道に湧き出してきた村人の群れが、韋駄天の周りに立ち塞《ふさ》がった。

「ほんモノだべ、この半纏は」

「こいつはたまげたなあ」

「ピカピカのこんな胴乱、いままで見たこともねえだ」

だれもが傾っ被りをしており、ひとの見分けがつかない。同じ格好をした農夫四人が韋駄天を取り囲んだ。

「三度飛脚が街道から逸れてよう。茶屋の奥のうちらの村に来たのは初めてだがね」

「あんた、出すモン出して、すっきりしただべさ」

「うちに立ち寄って、茶の一杯でも飲んでいきなせえ」

ひときわ背丈の高い男が、韋駄天の腕を摑《つか》んで誘った。

野良《のら》仕事で鍛えた腕は、韋駄天よりも逞《たくま》しい。村のかわやを使わせてもらったことへの恩義もある。

農夫が言う通りで、出し切ったいまは身体が芯《しん》からすっきりしていた。そして喉《のど》に渇きも覚えていた。

茶のひとしずくを流すことが、寄り道になると思えても今の走りには欠かせない。

「分かった、分かった」

韋駄天は愛想のいい返事をした。

「おたくに寄って、ごちになりやすぜ」

肚《はら》をくった韋駄天は、背の高い男のあとに従って農家に向かった。

原っぱとは反対側に半町も進まないうちに、立派な構えの農家に行き着いた。

生け垣囲みの敷地内には、五百坪もありそうな土の庭が広がっている。茅葺《かやぶ》き屋根の母屋《おもや》と、板葺き屋根の納屋《なや》が並んで造作されていた。

農夫たちと連れ立って入った韋駄天を、もんぺ姿の女房連中四人が出迎えた。

母屋の縁側に四月初旬の朝の陽差しが降り注いでいる。手入れの行き届いた縁側は、板に含まれた脂《やに》が光って見えた。

背の高い男が誘った通り、縁側には大きな土瓶と分厚い湯呑みが出されている。土瓶の後ろには、茶請けの煮物が大鉢に盛られていた。

「どうぞ、腰ばおろしてくだっせ」

最年長とおぼしき女が、韋駄天を縁側にいざなった。まだ二十代後半にしか見えない女は、縁側の端から駆け上がった。

土瓶には茶の葉も湯もすでに入っているのだろう。分厚い湯呑みを引き寄せると、土瓶の中身を注《つ》いだ。

「どうぞ」

勧めた女は、身なりとは釣り合わぬ澄んだ声である。軒下で揺れる風鈴を思わせた。

韋駄天は勧められるままに腰をおろした。

この農家の持ち主らしき背の高い農夫は、女と同じ縁側の端から上がった。そして韋駄天の前まで移ってきた。

男と女が並ぶ形になった。

「粗茶ですが、飲んでくだっせ」

女は茶を勧めたあと、煮物も小皿に取り分けて韋駄天に供した。

「いただきやす」

茶に口をつけた韋駄天は、目を丸くして女を見た。粗茶どころか、香り高い焙《ほう》じ茶が湯呑みに注がれていた。

焙じ茶好きの韋駄天は、葉にもいれ方にもうるさい。女が注いだ茶の美味《うま》さに心底驚いたのだ。

「気に入ってくれたかね？」

男が親しみを込めた声で問うてきた。

「美味さには、正味でびっくりしやした」

韋駄天の返事を聞いて、男と女が弾んだ顔を見交わした。

「じつは三度飛脚のあんたに、折り入ってのお願いがありますでの」

男は稲蔵《いなぞう》だと自ら名乗り、村の庄屋《しょうや》を務める身分だと明かした。正座に座り直した稲蔵の脇《わき》に座している女は、もんぺの膝《ひざ》に手を置いてうつむいた。

「あんたが寅松との睨めっこに勝ったと、あそこを通りがかったときに丑松《うしまつ》から聞かされましてのう」

稲蔵は牛追いの名も明かした。

韋駄天がかわやを使っていたわずかな間に、稲蔵たち五人が通りかかったのだ。なかのひとりは急ぎ庄屋に駆け戻り、女たちに茶の支度を言いつけていた。

庄屋が話の続きに入る前に、韋駄天が口を挟んだ。

「先を急ぎやすんで、手短に用向きてえのを聞かせてくだせえ」

焦《じ》れた韋駄天は湯呑みの茶を飲み干した。稲蔵は女に代わりを注ぐように言いつけてから、韋駄天を見詰めた。

「寅松を追い払ったことだけでも、あんたのキモの太さは分かるというもんだ」

ここに座っているのはわしの娘で、名はおたね……脇を向いた稲蔵が指し示したら、おたねは縁側に手をついて辞儀をした。

「入《い》り婿《むこ》をとったんじゃが、去年の正月に暴れイノシシに畑で出くわしましてのう。腹を突かれてしまい、娘が子ダネも授からんうちに婿は死んでしもうたんですわ」

稲蔵は茶で口を湿したあと、顔つきを引き締めた。

「寅松をいなせるような男に、ここで会えたのも天の配剤というもんじゃでの。ぜひとも婿に入ってくだされ」

正座の膝に両手を置いて、稲蔵があたまを下げた。武家でもない相手に庄屋があたまを下げるのは、並のことではない。

父親とは逆に、おたねは顔をあげて韋駄天を見た。

野良仕事の手伝いで日焼けしており、顔色は浅黒い。後ろで結わえた髪は滋養が行き渡っているらしく、艶《つや》やかだった。

眉《まゆ》はくっきりと見えるように墨が足されており、唇には紅までひいていた。

縁側に腰をおろしていた韋駄天は、おたねに見詰められて急ぎ地べたに下りた。

「いきなりそんなことを言われても、おれに返事ができるわけはねえでしょうが」

韋駄天は思わず尖《とが》った口調で応《こた》えた。

「それは当然だ」

何度もうなずいた稲蔵だが、韋駄天を見る目の光は強い。

「街道を北に向かっている途中だと丑松は言ってたが、そうかね？」

稲蔵の物言いが庄屋に戻っていた。

韋駄天は答えなかったが、違うとは言わなかった。それだけで庄屋には通じた。

「御用を済ませた帰り道に、ぜひとも立ち寄ってくだされや」

精一杯のもてなしをさせてもらいたいと、稲蔵は正味の物言いで言い足した。

韋駄天を見るおたねの大きな瞳が潤《うる》んでいる。縁側に降り注ぐ陽差しは、おたねがひいた紅の鮮やかさを引き立てていた。

「立ち寄ることは約束しやすが、いま聞かされた話を引き受けることとは別ですぜ」

江戸への帰り道ならここに立ち寄れると、韋駄天は考えた。

「それで結構だ」

稲蔵は満足そうな目を韋駄天に向けた。

おたねも韋駄天を見詰めており、瞳は潤いをましている。

出会ったばかりの男を見る目の光ではなかった。韋駄天に強く魅かれるものを感じたのかもしれない。

「おれは糞がたれたくて、かわやを探していた男でさ。買いかぶりは毒ですぜ」

胴乱の帯を結わえ直した韋駄天は、走り出すなりブリッと一発を放った。

おたねの目元が大きくゆるんだ。

瞬く間に韋駄天の後ろ姿は、敷地の広い庄屋から遠ざかっていた。

二十三

四月六日、五ツ半前。

綱紀の乗物はこの日の宿場、軽井沢を目指して緩やかな速さで進んでいた。高崎〜板鼻〜安中〜松井田〜坂本〜軽井沢がこの日の行程で、およそ十一里（約四十三キロ）の道のりだ。

きつい峠越えが何カ所もある道中に備えて、乗物の長柄が取り替えられていた。先端から後尾まで測ると実に三間半（約六・四メートル）もある樫《かし》の一本棒である。

樹齢百年を超える樫の大木が使われ、長柄の形に削りだした生木の目方だけで、優に九貫（約三十四キロ）を上回る。これを二年がかりで乾かし、輪島特産の黒漆を七度も重ね塗りをし、金蒔絵《まきえ》で仕上げると重さは十貫（約三十八キロ）を大きく超えていた。

世に乗物多しといえども、前田家峠越え用の長柄は桁違《けたちが》いの長さだった。

前棒に五人、後棒にも五人。都合十人の担《かつ》ぎ手が肩を入れられる長柄は、加賀藩しか持ってはいない。

その長柄を全行程同行させるために、加賀藩は腕力が強くて年若い者二十人の「お運び衆」を行列に加えていた。

上り坂に差し掛かったようだの。

乗物の内であぐらを組んでいる綱紀は、上体が後ろに傾くのを感じた。いよいよ軽井沢に向けて、少しずつ地べたが盛り上がり始めるのだ。

乗物の傾きに合わせて、綱紀は尻をずらした。駕籠の内側は錦張《にしきば》りで、火消し人足が着る刺子半纏のように膨らんでいた。

たとえ身体がぶつかっても怪我《けが》をしないように、真綿の詰め物が施されているからだ。

乗物は、いま上り始めた小さな峠で小休止を取る段取りである。

あと四半刻《しはんとき》待てば、外に出られるか……。

綱紀は脇息《きょうそく》に寄りかかり、軽く目を閉じた。

吉宗と交わした乗物談義が思い返された。

今年の一月下旬に、吉宗は綱紀、林鳳岡の三人で昼餉を共にした。

その前々日に綱紀は、金沢から運ばれて来た寒ブリの粕漬《かすづ》けを献上した。そのブリを吉宗は綱紀・林鳳岡の三人で昼に賞味すると膳部《ぜんぶ》に言いつけていた。

白山の酒蔵・萬歳楽《まんざいらく》が毎年前田家に献上しているものだ。酒粕も寒ブリも吟味に吟味を重ねた極上品である。江戸まで献上品を運ぶ道中には、萬歳楽酒蔵を営む小堀家の次男と、頭取番頭が付き添っていた。

前田家御用で江戸に向かう一行である。途中の宿場では脇本陣への投宿が許された。頭取番頭は脇本陣に到着する都度、粕漬けの樽を開き、漬かり具合を確かめた。江戸城に到着後、三日目がもっとも美味く賞味できるように、漬かり具合を案配した。

吉宗に献上された寒ブリは、紀州特産の備長炭《びんちょうたん》でていねいに焼かれていた。皮はパリッと香ばしく焼き上がっている。甘くなり過ぎぬように調整された酒粕に漬けられた身と血合いは、焼き上がったあとも寒ブリ本来の色味をよく残していた。

吉宗は膳部が驚いたほどに、皮まですべてを食べ尽くした。のみならず……。

「代わりを持て」

吉宗は粕漬けの代わりを言いつけた。この品を献上した綱紀への、一番の賛辞である。

「ありがたきお申し付けにございまする」

綱紀は心底の言葉で吉宗に喜びを表した。

昼餉を満喫した三人である。食後の鼎談《ていだん》も大いに弾んだ。

「綱紀公には、乗物はお好きであるのか」

綱紀は暫時《しばし》口ごもり、鼻のあたまをかいた。

将軍を前にしての作法ではない。が、吉宗は穏やかな眼差しを綱紀に向けていた。

言葉がまとまった綱紀は手を膝に戻した。

「苦手の極みにございまする」

ひと息でこれを答えた。

綱紀の真っ正直な返答を聞いた吉宗は破顔し、苦手のわけを質《ただ》した。

「あの狭い部屋のなかで長いときを過ごしまするは、修験者《しゅげんじゃ》がおのれに課する苦行にも等しきつらさにございまする」

「まことに綱紀公の言われる通りだ」

吉宗も将軍とも思えぬ素直な物言いで、綱紀の言い分に同意した。

「とは申しましても上様、上に立つ者はこの苦行を了といたさねばなりませぬ」

綱紀は顔つきを引き締めて話を続けた。

御輿《みこし》や乗物は、担ぐ者と担がれる者とで成り立っている。

乗物に乗る者は、担ぎ手たちが障《さわ》りなく担げるように振舞う責めを負っている。

乗っている者があれはいやだ、これは駄目だと騒ぎを起こしたりしたら、乗物は前に進めなくなる。

たとえ狭い乗物を窮屈に思ったとしても、目的地に向けて滑らかに進めるようにおとなしく乗っていることは、上に立つ者が負う責めである。

「前田家の頂点に座するには、家臣が滑らかにまつりごとを執り行えまするよう、ときには自我を抑えて振舞うことも必要と心得ます」

家の頂点に座す者は、多くを司《つかさ》に任せることが大事である。

しかしそれは放任ではない。

任せてはいても、筋道正しくことが運ばれているかを、頂点に座している者は我が目で確かめる必要がある。

「狭い乗物のなかで過ごしておりますと、日頃は見えていなかったこと、思いつかなかったことが次々と浮かんで参ります」

苦行ではあっても、乗物に乗ることの大事さを我が身で嚙《か》みしめていると綱紀は結んだ。

「いつもながら綱紀公の話は含蓄《がんちく》に富んでおいでだ。いかがですか、先生？」

「御意のままにござりまする」

吉宗の言葉に、鳳岡はこころの底から同意しているようだった。

「それで綱紀公は、たとえばいかなることを思い浮かべておられるのか」

吉宗は綱紀に問うた。

「てまえは今年で齢《よわい》七十五と相成りました」

綱紀はまるできまりがわるいとでも言いたげに、右手であごを撫《な》でた。

「この歳になって、あらためて強く感じたまつりごとへの姿勢がござりまする」

「それはまた、いかなることを？」

吉宗が上体を乗り出して問うと、鳳岡も同じ姿勢になっていた。

「まつりごとには緩急の二種類があろうということにござりまする」

綱紀は背筋を伸ばして話を続けた。

「毎年城下に降る雪の後始末をどうするか。秋の野分《のわき》の暴風雨で、城下を流れる二筋が暴れぬようにどう始末をつけるか……これらのことは遅滞なく、取り組まねばなりませぬ」

綱紀は茶をすすり、舌の回りを滑らかにした。

「他方、たとえば卯辰山《うたつやま》の禿《は》げた山肌に植樹を励行するのは、てまえがその成果を見届けることは適《かな》いませぬ」

卯辰山に桜の苗木を植えても、花を咲かせるまでには早くても二十年はかかる。今年で七十五の身では、花が咲き始めるころには、間違いなく鬼籍に入っている。

「それを承知で次の世のために、抜かりなく施策を講じておかねばなりませぬ」

今日すぐにでも取りかかり、成果を我が目で確かめられる事案。

策を講じてから実るまでには、二十年、三十年の長き歳月を要する案件。

「これらふたつについて同時に取り組んでこそ、まことのまつりごとであると近頃、強く感じておる次第にござりまする」

綱紀が話し終えたとき、吉宗の双眸《そうぼう》は深い尊敬の色を宿していた。そしていま聞き取った一言一句を余さず脳裏に刻みつけたという表情になっていた。

陪席した鳳岡も同様である。

まつりごとへの取り組み姿勢について、鳳岡も貴重な教えをもらえたという、師を仰ぎ見るような顔つきになっていた。

登りの傾斜が次第にきつくなっているのだろう。小刀を手に持っている綱紀の上体が、後ろに反り気味になっていた。

樫で拵《こしら》えた小型の工作台が、あぐらを組んだ綱紀の前に出されていた。

金沢城下で一番の技量を持つと評判の高い指物師、犀川《さいかわ》の小兵衛が仕上げた工作台である。

乗物が揺れることまで考えて作られた工作台には、両端に小刀や彫刻刀、ヤスリ、ヤットコなどを納めておく窪《くぼ》みが設けられていた。

綱紀はいま、茶さじ作りに熱中していた。

充分に乾かした孟宗竹《もうそうちく》を、ほどよき大きさに小割する。そして数種もの道具を使って茶さじを拵えるのだ。

峠の休み処《どころ》までは、あと四半刻で行き着けるだろう。しかし本日の宿舎、軽井沢の本陣到着までには、まだたっぷりとときがあった。

乗物のなかで、自らの手を使って細工物を拵えることが、綱紀から屈託を取り除いてくれた。

乗物に乗る者には、不自由を承知で担がれるという決めが求められる……。

将軍吉宗に深い感銘を与えた自分の言葉を綱紀はじっくりと嚙みしめながら、茶さじ作りを続けていた。

二十四

四月の軽井沢の昼間は、晴れていれば陽光に温《ぬく》もりを感ずることができた。空が蒼《あお》く澄んで見えるのは、この宿場が高いところにあるあかしである。

底なしに高い空から降り注ぐ陽差しを浴びて、軽業師たちが稽古《けいこ》に励んでいた。

綱紀は芝居よりも軽業を好んだ。

本郷を発《た》ってから今日で五日目だ。今回の帰国道中で見せる軽業は、今夕が初日だった。

帰国行列が帯同している軽業師は、総勢で十二名。その全員が高崎には泊まらず、軽井沢宿に先回りしていた。

「その梯子《はしご》じゃあ、高さが足りねえ」

梯子乗りの稽古を見ていた親方が、乗り手ふたりにきつい声で駄目を出した。梯子はあと一間、高さを加えるために細工直しに回された。

仕上がるには半刻かかると分かり、急ぎ梯子から木登りに稽古を変えていた。

「綱紀様にお見せできるのは、暮れ六ツぎりぎりの刻限だ」

高い枝に乗っているふたりに向けて、親方は口に両手をあてて話を続けた。

「梯子ならてっぺんに明かりを灯すこともできるが、木の枝じゃあそれが出来ねえ」

高さのない木の枝を巧みに使い、綱紀公が目を見張って喜ぶような技に仕上げろと、親方はきつい注文をつけた。

「がってんでさ」

梯子乗りのふたりは威勢のいい返事をした。

「もしも綱紀様が喜んでくれたら、道中奉行が祝儀《しゅうぎ》を弾んでくださるそうだ。梅鉢ご紋が摺《す》られたポチ袋のよう、ふたが閉まらねえほどに小粒銀を詰めてくださるてえ話だ」

命がけで技を見せれば、金沢に行き着いたころには仕舞屋《しもたや》の一軒も買えるほどの祝儀が手に入る……親方はこう聞かせて軽業師たちの気持ちを昂《たか》ぶらせてきた。

いよいよ今夜が屋外の初舞台だ。

天気も今夜まではもつと、空見のできる火の輪くぐりが請け合っていた。

「しっかり綱を張って、見事に渡りきってくんねえ」

親方は綱渡りの男女にも声をかけた。

「綱紀様からたっぷりお宝をいただけるように、何度でも稽古をやってもらうぜ」

「がってんだ」

軽業師たちの声が、舞台となる平らな原っぱに響き渡った。

マタギと川漁師たちは、全員があかね色の鉢巻きを首から提げていた。

なにしろ総勢四千人に届こうかという大所帯の帰国行列である。宿舎の確保も難儀だが、それ以上に大変なのが夕食と翌朝のメシの支度だった。

高崎宿から十一里の道を進んで到着する軽井沢宿である。平らな道は途中までで終わり、大半が上り下りの激しい山道なのだ。

寝場所をどうするかの前に、今夜のメシをいかに滋養のつく献立とするかが膳部主事に課せられていた。

幸いなことに軽井沢には獣が多く棲《す》む山と、流れの豊かな渓流が近くにあった。

旅が始まって五日目である。武家・奉公人を問わず、身体《からだ》に疲れが溜《た》まってきている時分だ。

それを承知している綱紀は、軽井沢で軽業の余興を全員で楽しめるように、道中奉行に指図していた。

が、腹が満たされてこそ、初めて余興も楽しめるというものだ。

加賀藩が在所のマタギと川漁師を帯同しているのは、食材を自前で調達せんがためだった。

「ここの山にもクマ、鹿《しか》、キツネ、タヌキ、ウサギが多く棲んでいるそうだ」

マタギの頭は配下の猟師六人に、狙う獲物の種類を聞かせた。全員が新式の猟銃と弾、そして強烈な破裂薬となる塩硝《えんしょう》を頭から支給されていた。

「かれこれ四ツだ」

頭は空を見上げ、天道の居場所で時の見当をつけた。

「仕留めた獲物をさばいて料理するには、少なくとも一刻はかかる。なにしろ四千人分だ、半端《はんぱ》じゃねえ」

六人をふたりずつ三組に分けて、仕留める獲物を決めるようにと指図をした。

「大物を狙うのもいいが、数が足りねえと騒ぎが起きかねねえ」

みなの口に獣肉が行き渡るように、数を獲《と》ることを心掛けろと言い渡した。

マタギたちは返事の代わりに、猟銃を高く掲げ持って頭の指図に答えた。

川漁師も十二人いたし、山菜摘みや春でも獲れるキノコ狩りに出向く女衆は二十人を数えた。

猟師も川漁師も、そして山菜やキノコを獲りに向かう女衆も、全員が首からあかね色の鉢巻きを提げていた。

軽井沢宿の役人は、鉢巻きを首から提げている者に限り、獣も魚も野菜も、存分に獲ってよしと認めていた。

今年の二月に着任したばかりの宿場役人は、綱紀一行の逗留《とうりゆう》に接するのは初めてである。

なにをするにも四千人という膨大な人数を受け入れるのは難儀の極みだった。

しかも前田家は居並ぶ者なき、図抜けた大身大名である。

なにを獲ってもらってもいい。とにかく揉《も》め事を起こさぬように逗留し、朝には次の宿場に向かってくれ……。

役人は声に出してこれを祈っていた。

きつい登りを幾つもこなして、隊列はまだ陽が高いうちに軽井沢宿の大木戸を入った。

宿場に入る五町（約五百四十五メートル）も手前から、先頭を行く髭奴《ひげやっこ》は大きな身振りで前田家到着を示していた。

「行列の尻尾《しっぽ》は、まだ峠にも差し掛かってねってよ」

「さすが日本一の前田様だがね。行列の長さも髭奴の威勢のよさも、桁違いだが」

目の前を行き過ぎる髭奴に目を向けたまま、村人たちは前田家の威勢のよさを称《たた》えた。

日暮れ前には綱紀主催の軽業興行が、宿場の広場で催される段取りだ。

「四月六日七ツ半（午後五時）より、宿場広場にて軽業の催しあり。宿場内および近在の住人は見物勝手次第なり」

軽井沢宿に先乗りした前田家奉公人たちは、二日も前からこれを触れて回っていた。

村の隅々にまで言いふらしておきながら、行列の宿場到着が遅れては、前田家の面目が丸潰《まるつぶ》れとなる。

この日は高崎宿を、まだ夜が明ける前の七ツ半に出立した。

出発に先立ち、道中奉行の山川中之助は隊列を引っ張る髭奴を別の場所に集合させた。周りに耳がないことを確かめてから、強い口調で訓示を垂れ始めた。

「念押しをするまでもないが、本日は十一里を行く道程である。しかも道の大半はきつい上り下りである」

軽井沢宿には何としても八ツ半（午後三時）到着を果たさねばならぬ……山川は髭

奴を前にして脇差しを抜き払った。

控えを含む三十人の髭奴が息を呑《の》んだ。

「八ツ半到着の可否と首尾を握る鍵《かぎ》はおまえたちだ」

山川は眼前に列をなしている髭奴たちとの間合いを詰めた。

「もしもしくじりをおかしたならば、おまえたちは髷《まげ》を失うものと覚悟いたせ」

成し遂げればひとり宛《あ》て金貨二分の報奨と、今夜の膳に加賀酒二合が供される。

「八ツ半到着を成し遂げるには上り下り・平地を問わず、半刻当たり一里半で進めばよい」

構えて進みの調子を落とさぬようにと、山川はあごを引き締めて申し渡した。

訓示の効き目は絶大だったらしい。

長くて長くて、そしてまだ長い前田家の大名行列は、見事に八ツ半の軽井沢宿到着を成し遂げた。

「よくぞ、してのけた」

着いたあとは腰が立たなくなっていた髭奴たちを、山川はひとりずつねぎらって回った。

「明日からも頼むぞ」

傍目には、山川が髭奴の手を握って奮闘を称えているかに見えた。が、まことは違う。

奉行は一分金二枚を納めた美濃紙《みのがみ》の小袋を、ひとりひとりに握らせていたのだ。

褒美はその日のうちに取らせる。

約束したことを直ちに実行すれば、働きぶりが大きく変わることを山川はこの道中で学んでいた。

髭奴全員に褒美《ほうび》を取らせてから、山川は宿舎に向かった。

本陣脇に建つ旅籠《はたご》の一室で道中奉行と鉄砲隊隊長とが向き合えたのは、宿場到着から四半刻が過ぎたころだった。

難所の峠越えを果たしたというのに、山川も隊長も顔には深いしわを刻んでいた。

奉行が居住まいを正して口を開いた。

「隊員の士気の高さに変わりはないか？」

「ござりませぬ」

鉄砲隊長は即答した。口ぶりに惑いはないが、眼の光にはわずかな陰があった。

道中奉行はそれを見逃さなかった。

「隊員のなかには、不安を覚えておる者がいるということか？」

隊長が正直な返答をしやすいように、山川から水を向けた。

ふうっと息を吐き出した隊長は、小さくうなずいた。

「鉄砲隊百人が福島関所を通過できぬやも知れぬといううわさが、多くの隊員の耳に入っております」

思い切って正直に答えたことで、口に渇きを覚えたらしい。作法にかなわぬを承知で、隊長は道中奉行よりも先に湯呑みに口をつけた。

山川は咎《とが》めず、あとの言葉を待っていた。

口を湿した隊長は、肚をくくったのだろう。山川を見る両目に力を込めた。

「我が鉄砲隊員にうわさが聞こえてくるということは、多数の家臣が福島関所を通過できるや否《いな》やと案じている証左にござりましょう」

話を続ける隊長の背筋は、鉄棒でも差し入れたかのごとく真《ま》っ直《す》ぐになっていた。

「もしも通過できずとなれば、宿舎のあてなき福島関所にて足止めを余儀なくされます」

四千人もの大所帯が、宿無しに……。

「そのような事態を惹起《じゃっき》いたしましたならば、殿の高名をてまえども鉄砲隊が貶《おとし》めることに相成りまする」

それを思うと胃ノ腑《ふ》が強く痛むと、隊長は正直に不安な思いを吐露した。

山川は答えぬまま、茶に手を伸ばした。

ひと口すった後《のち》に小声をもらした。

「今は待つのみだ」

短い言葉に山川の決意のほどがあらわれていた。

部屋に淀《よど》んでいる重苦しい気配には不似合いな歓声が、広場のほうから流れてきた。

宿場の広場では梯子乗りが軽業の稽古を始めていた。

高さ一丈半（約四・五メートル）もある梯子を立てかけて、てっぺん近くまで昇った軽業師が、両手を離してもう一本を下から受け取る。

引き上げたあとは、梯子のてっぺんにその一本を繋《つな》ぐという荒技だ。

なんら曲芸を見せずとも、ただ梯子を繋ぎ合わせるだけでも充分の見世物である。

気の早い村人が百人近く、すでに広場に集まっていた。

小芝居の興行が、夏場の数日に限って打たれるだけの軽井沢宿だ。しかも見物人から木戸銭は取らないのだ。

「さすがは百万石の大身大名だがね」

軽井沢村の住人たちは、口を揃《そろ》えて前田家の気前の良さを称えていた。

軽業を催す広場の反対側、山肌を切り開いて造作された水場では、四千人分のももんじ（イノシシ、鹿などの獣肉）料理の支度が進んでいた。

山に入った加賀のマタギ衆は、いずれも獣撃ちの確かな技を持っていた。

「軽井沢宿ではももんじが口にできる」

本郷を出るときから、武家も奉公人もこぞって軽井沢泊まりを楽しみにしていた。

峠を越えて宿場に行き着いたら、ももんじをたらふく食える。軽業までも楽しめる！

十一里も続く山道を早足で向かってこられたのも、畢竟《ひっきょう》、着いた後の楽しみが飛び切り大きかったからだ。

料理番たちも、期待の大きさを肌身で受け止めていた。

さばいた肉は村で仕入れた野菜、味噌《みそ》と一緒に大鍋《おおなべ》で煮込む段取りである。

米は今夕の大盤振舞いに備えて、高崎で新たに仕入れていた。肉もメシも、今夕は代わり限りなしである。

ももんじ調理は強い香りを放つ。なかでも脂《あぶら》ののったイノシシの肉を焼くと、煙に乗った香りは一町四方に届くと言われていた。

調理を進める水場から本陣までは、優に四町（約四百三十六メートル）は離れていた。ところが風は本陣にまでシシ肉を焼く煙を運んでいた。

「いま漂っておる香りは、我が家中の者に供するものであろうの？」

「仰《おお》せの通りにござりまする」

家臣の返答を聞いた綱紀は相好を崩した。

「まだまだ金沢は遠い先だ。この辺りで一同が精を付けることができれば、明日からの道中も滑らかに運ぶであろう」

綱紀の満足げな物言いに接した道中医・吉田承伯《よしだしょうはく》は、無言であたまを下げた。

綱紀は先の道中を案じている様子は見せなかった。

が、日々綱紀の容態を診ている承伯は、胸の奥底に深い憂《うれ》いを抱え持っていた。

もしも福島関所で足止めを申し渡されたら、綱紀が激高するのは容易に想像できた。

本郷を出てから五日が過ぎている。

朝・昼・夕の三度、承伯は綱紀の脈を測っていた。いまのところ脈に異常は見られないが、顔色が赤茶色なのが気になっていた。

「顔色赤黒きは血の巡りに障りある場合が多い。もしも顔色が赤銅色《しゃくどういろ》に見えしときは、血を行き渡らせる力が強すぎることを案ぜよ」

承伯が師事したのは将軍家御典医も務める家柄の医者で、血の巡りに関する大家とされていた。

「綱紀公はすでに古希を大きく過ぎておられる。脈のみならず、顔色の診断には細心の気配りを怠ることなきように」

師の戒めを忠実に守っている承伯は、一昨日から顔色が赤黒く見えることが多いのを案じていた。

高齢の綱紀には、激高こそ一番の禁物だと師は断じている。

綱紀の安泰を第一に想《おも》う承伯である。

軽井沢の先に待ち構えている福島関所の無事通過を、顔には出さぬように気遣いつつも強く願っていた。

二十五

果たして鉄砲隊百人を含む行列は、福島関所を越えることができるのか。

前田家重役の多数はシシ肉を食しても、龕灯《がんどう》の眩《まばゆ》い明かりに照らし出された軽業を見ても、抱え持つ屈託が消えることはなかった。

しかし軽井沢の村人たちは、前田家が江戸から帯同してきた軽業師の磨き抜かれた芸に、感嘆の吐息を漏らし続けた。

それは大名行列に加わっている下級武士や武家奉公人とて同じである。

シシ肉・鹿肉・タヌキ汁などに舌鼓《したつづみ》を打ち、酒も振る舞われたのだ。

軽業師が地べたを踏んで宙返りをうつたびに、面々は村人以上に拍手喝采《かっさい》した。

凄《すさ》まじい盛り上がり方にすこぶる気をよくした芸人たちは、予定を四半刻も超えて技を披露していた。

催しから一夜が明けた四月七日。

大名行列の大所帯は日の出とともに出立の支度を始めた。

今日の行程は軽井沢から塩名田までの八里（約三十一キロ）と少々である。

道のりも昨日より三里も短いし、峠越えとて昨日の厳しさに比べれば、地べたが腫《は》れた程度である。

一分金二枚ずつの褒美をふところに納めている髭奴たちは、朝日を顔に浴びながら威勢よく軽井沢を出発した。

宿場から一里五町（約四・五キロ）進んだ先が沓掛宿である。先乗り部隊は沓掛の旅籠二十一軒を昨夜から総動員して、朝飯を調えさせていた。

宿場の大木戸から大木戸の間は、およそ半里（約二キロ）だ。

さほどに大きくはない宿場だが、道幅は二十間（約三十六メートル）もあった。

沓掛宿周辺の山から切り出した木材の大半は、ひとまず宿場裏の木場に集められた。

丸太を満載した荷馬車が行き違えるように、宿場内の道幅は広い。四月七日の今朝は、その広い往来がひとで埋まっていた。

朝餉《あさげ》は握り飯と、竹筒によそった味噌汁である。それらを供する屋台が、往来の両側にびっしり連なっていた。

宿場の広い往来を埋めている人波は、朝飯を求める行列隊員だ。

「話には聞いておったが、いやはや……まことに壮観であるの」

初めて前田家の行列を目《ま》の当たりにした新任の宿場役人は、部下への指図も与えず宿場の人波に見入っていた。

行程がゆるいがゆえ、沓掛宿を出発したのは五ツ半（午前九時）どきだった。

前田家道中奉行・山川中之助は、この日の行程控えを沓掛宿場の役人に提出した。

沓掛〜追分〜小田井〜岩村田〜塩名田と進む行程だ。

「小田井宿にて中食を摂《と》る段取りにござる」

山川が中食場所まで役人に教えたのには、相応の理由があった。

「もしも御用飛脚が江戸より我が行列を追ってきた折りには、中食場所の小田井宿にて受け取る旨《むね》、その者に伝達願いたい」

伝言を役人から飛脚に伝えさせたいがため、山川は以後の行程子細を告げたのだ。

「福島関所通過の手立ては、浅田屋が必ず講ずる」

山川はそのことを確信していた。

とはいえ調った手立てを運んでくる浅田屋三度飛脚が、いかなる行程で中山道を駆けているかを山川は知る由《よし》もなかった。

小田井宿では出立予定時刻の九ツ半（午後一時）ギリギリまで飛脚を待った。

吉報は届かなかった。

「次の岩村田宿までは一里と八町（約五キロ）、岩村田から塩名田までもほぼ同じだ」

出立前に与えた髭奴への訓示は、こころなしか声が曇っていた。

晴天続きは綱紀様のご威光に違いない。

空を見上げた山川は、澄み切っていて美味《うま》い山間《やまあい》の空気を目一杯に吸い込んだ。

かならず吉報は届く！

強く自分に言い聞かせてから、山川は髭奴を位置につかせた。

四月七日の三度飛脚は、深谷宿からこの日の行程が始まっていた。

七日の一番走者・太一《たいち》は、深谷宿を明け六ツに飛び出した。

行列本体が沓掛で朝餉を摂っているときも、太一はひたすら駆け続けた。

はあん、ほぉ。はあん、ほぉ。

駕籠《かご》舁《か》きと同じ息遣いを続けて、太一は高崎を目指して奔り続けた。

深谷から高崎まで十里の道を、太一は見事に二刻で走り切り、宿場の大木戸を駆け抜けたときは、土煙を背後に従えていた。

「待たせたぜ」

荒い息のまま胴乱を身体から外し、次の走者禎助に託した。

禎助は胴乱のふたを開き、中身を確かめた。

江戸で受け渡された大事な書状が、しっかりと納まっていた。

「でえじなお宝を、確かにあにいから受け取りやした」

三十三歳の太一よりも八歳も年下の禎助は、胴乱を掲げ持って答えた。

「ここから先は山道ばかりだ」

山の神様に愛想よくするのを忘れるんじゃあねえぜと、太一は注意を与えた。

「がってんでさ」

短く答えた禎助は、すぐに飛び出そうと身構えた。

「待ちねえ」

太一は腰に提げていた鹿皮の小袋を取り外し、一服の薬包を取り出した。

「おかしらからいただいた疲れ取りの特効薬だが、おれには用はなかった」

山道が続く禎助にこそ、この薬は入り用だろうからと、太一は薬包を差し出した。

加賀藩の御用薬剤師が十数種類の薬草や獣の肝などを混ぜ合わせたという、飛び切りの薬効がある強精薬「魔丸《まがん》」である。

綱紀が古希を過ぎてもいまだ達者至極なのも、五日に一錠、魔丸を服用しているからだと言われていた。

「おれも何度か高崎から軽井沢までの十一里を走ったことがある。魔丸の効き目はてえしたもんだったぜ」

「そんなでえじな薬を……」

禎助は両手で薬包を押し頂いた。

「おめえがいまの江戸組のなかで一番の山道走りだてえのは、だれもが分かってる」

もしも飲まずに済んだら、次の矢三八《やさはち》に渡してやれと、太一は指図を与えた。

「がってんでさ、あにい」

太一に一礼をしてから、旅籠を飛び出した。

高崎を出て一里も走らないうちに、中山道は山に入った。ひとたび登りが始まると、軽井沢宿までは、もう下りはない。峠越えが幾つも続き、ひたすら登るだけだ。

浅田屋の仲間に限らず、飛脚の大半が登りを嫌った。

しかし禎助は登りが好きだった。

江戸に出てくる前、禎助の父親は熱海の伊豆山で杣《そま》（木こり）を生業《なりわい》にしていた。

一家五人が暮らす丸太小屋は、熱海の海岸から五十丈（約百五十メートル）も登った山の中腹に建っていた。

しかし日々の暮らしに入り用な品々を商うよろずやがあるのは、熱海の浜だ。

禎助が六歳となった正月五日に、母親は風邪をひいて寝込んでしまい、買い出しに浜までおりる手が失《う》せた。

「おいらが行くから、かあちゃんは寝てな」

母親が大好きだった禎助は、自分から買い出しを買って出た。

それを言い出したのには、母親が好きだという以外に、もうひとつわけがあった。

丸太小屋から三十五丈（約百メートル）下った平らな場所に、温泉が湧《わ》き出ていた。

浜の芸者姐《ねえ》さんたちは、夕暮れの一刻前にはこの湯まで登ってきていた。

浜に下りた禎助は、姐さんたちが現れる刻限に合わせて買い物を済ませた。

大きな品物を買ったときは、刻限に遅れないようにひたすら山道を駆け上った。

「まだ小さいのに感心だねえ」

姐さんたちは禎助を褒めた。ときには温泉で蒸《ふ》かしたまんじゅう、ゆで卵などを感心の駄賃としてくれたりもした。

「どれだけ早く駆け上れるのか、あたしに見せておくれ」

姐さんに求められたときは、目一杯の踏ん張りで急な山道を駆け上った。

母親の体調がすっかり回復したあとも、買い出しは禎助の仕事となった。

姐さん方を驚かせたい一心で、禎助は昨日よりも速く山道を駆け上ろうと努めた。

父親が江戸の材木商に大鋸挽《おがひ》きで雇われるまで、五年の間禎助は伊豆山を駆け上った。

こども時分に身体に蓄えた力が、三度飛脚になったいま、大きな実を結んでいた。

太一から授かった魔丸は、薬包ごと次を走る矢三八に受け渡された。

矢三八が走るのは軽井沢から塩名田までの八里と少々だ。

禎助が軽井沢宿に到着したのは四月七日の八ツ（午後二時）だった。

「ありがたくいただいとくぜ」

魔丸の薬包を鹿皮袋に納めた矢三八は、まだ八ツの鐘が鳴っているさなかに宿場の大木戸を飛び出していた。

二十六

軽井沢宿を八ツに飛び出した矢三八は沓掛、追分の二宿ではまったく駆け方をゆるめなかった。

先に残っているのは小田井、岩村田、そして行列本隊が投宿している塩名田宿である。

もしも塩名田で行列と行き会うことがかなえば、当初予定の下諏訪宿よりも手前で道中奉行に手渡すことができる。

走りながら矢三八は、昨夜の山川と交わしたやり取りを思い返していた。

昨夜の五ツ半（午後九時）過ぎ。宿場役人に引率された矢三八は、山川の部屋を訪れた。四千人もの隊列を率いる山川には、藩主に次ぐ極上普請《ぶしん》の部屋が供されていた。

浅田屋の飛脚である旨、宿場役人が告げると、直ちに入室が許された。

「あっしは三度飛脚の矢三八と申しやす」

素性を明かしたあとで、許可証発給に動いている子細を聞かせた。

「庄田様と林鳳岡先生が……」

あとの言葉を呑み込んだ山川は、しばし黙考を続けた。

帰国隊列はすでに軽井沢宿に投宿していた。軽業師などの演芸には前田家臣と、軽井沢近在の村民とが一緒になって興じていた。

投宿を重ねるなかで、山川は不備なき万全の指揮を下してきていた。

見切り出立した初日に比べれば、わずか数日のなかで人物が一回りも大きくなっていた。

黙考を終えた山川は、開いた両目を矢三八に合わせた。

「我が殿と前田家の命運は、そのほうらの健脚にすべてが委《ゆだ》ねられている」

よろしく頼むぞと、道中奉行が飛脚に言葉をかけた。

「まかせてくだせえ」

引き締まった肉置《ししお》きの両膝に手を載せて、矢三八はきっぱりと請け合った。

山川は光る両目で返答を受け止めていた。

長い長い行列が軽井沢宿から出払ったとき、矢三八は初めて肩の力が抜けるのを覚えた。

禎助は八ツに到着した。

支度を調えて待ち構えていた矢三八は、胴乱と魔丸を受け取るなり宿場を飛び出した。

軽井沢から塩名田までは八里と少々だ。きつい登りも少ない、ゆるやかな八里である。しかし矢三八は気をゆるめずに駆けた。

一刻でも早く書状を渡して、奉行様や他の重役さんたちを安心させてやりてえ。今日にもおれが塩名田宿に、その吉報を届けてあげられそうだ……。

床の中で気が昂ぶってしまい、矢三八は熟睡することができずに夜明けを迎えた。

岩村田宿に行き着いたのは、八ツ半を過ぎたころだった。

「半刻《はんとき》ほど前に、前田様の行列は出発されましたがね」

宿場茶店の婆《ばあ》さんは、手作りのまんじゅうをおまけだと言って添えた。

ここまで走り通してきた矢三八である。熱い番茶の美味さが身体に染《し》み通った。

甘いものは得手ではないが、あと半刻もすれば前田家行列に行き会えるのだ。身体の芯《しん》から込み上げてくる嬉《うれ》しさに押されて、矢三八はまんじゅうを手に持った。

ひと口を食べるなり……。

「うへっ！」

甲高い声がこぼれ出た。

餡《あん》に甘味がまるでない。まんじゅうの皮も蒸かし方が足りておらず、粉っぽさで口の中がざらざらした。

幸いなことに婆さんは奥に引っ込んでいる。そのまま残すのはわるいと思い、まんじゅうを上っ張りのたもとに落とした。

「ばあさん、美味かったぜ」

大声で伝えた矢三八は、四文銭三枚を盆に置いた。茶は八文だ。まんじゅうはひどくまずかったが、婆さんの気持ちは嬉しい。四文は心付けだった。

「口に合わねえもん出しちまっただよ」

のれんの陰から婆さんが答えた。矢三八のしたことを見ていたらしい。

「合わなくはねえさ。途中でまた、あれを食うつもりだからさ」

大声で言い残した矢三八は、勢いよく走り出した。たもとのまんじゅうが揺れた。

宿場を出ると道は登り道となり、山が深くなった。

重なり合って茂っている木々の枝が、西に傾き始めた陽光をさえぎっている。

まだ七ツ（午後四時）前とも思えない薄暗さだ。

なんでえ、この薄暗さは。

胸の内でつぶやいた矢三八は、つい足を止めた。先の尖《とが》った山石が転がっており、いきなり走りにくくなったからだ。

「まるで逢魔《おうま》が時《とき》のようじゃねえか」

声に出したほどに薄暗く、しかも中山道だというのに旅人がひとりもいなかった。

背筋にゾクゾクッと寒気を感じた矢三八は、両腕を振り回していやな心地を追い払った。

「さあ、行くぜ！」

大声で自分に威勢をくれてから、矢三八は走りに戻った。

山道は次第に登りの傾斜をきつくしていた。塩名田までは、このまま登り道が続くのだ。

はあん、ほお。はあん、ほお。

発する息遣いは大きい。しかし木々の枝がその声を吸い込んでいた。

ひときわ枝が重なりあっている曲がり角が、半町ほど先に見えていた。また背筋がゾクゾクッとした。

足を止めた矢三八は、胴乱の帯をきつく締め直した。

両手で顔を叩《たた》き、気合いをいれて曲がり角に向かった。

勢いをつけて角を曲がったら、すすまみれの年寄りと鉢合わせした。

「あんた、助けてくれや」

白髪の親爺《おやじ》は矢三八に手を合わせた。

「邪魔するんじゃねえ！」

怒鳴り声を発するなり、矢三八は右手で親爺を払いのけようとした。

加賀藩前田家の御用を承る三度飛脚は、遠目にも目立つ色味の半纏《はんてん》を羽織っている。

疾走してくる飛脚に出会ったときは、武家でも道を譲った。

ましてや農夫風情《ふぜい》の親爺が飛脚の前に立ちはだかるなど、沙汰《さた》の限りだった。

ところが親爺は、矢三八が払おうとして突き出した右腕にしがみついた。

「うちが燃えてるだ。なかにはまだ、嫁と孫が残ってるだ」

後生だから助けてくれと、親爺は矢三八の右腕を両腕で抱え込んだ。

野良《のら》仕事で鍛えた腕力なのだろう。矢三八が力を込めて振り払おうとしたが、腕にしがみついた親爺の腕力が勝っていた。

「言い分は分かったから、おれの腕から手を放しねえ」

「ほんとに助けてくれるだが？」

約束するまでは放さないという。

矢三八が本気で親爺を蹴飛《けと》ばしたら、腕を払いのけることはできただろう。が、死に物狂いの親爺を目の当たりにした矢三八は、蹴飛ばす気にはなれなかった。

「分かったてえんだ、親爺」

矢三八は深みのある低い声で答えた。その返答に、親爺もまことを感じ取ったらしい。腕を放すと、先に立って駆けだした。

矢三八が追ってくると信じ切った振舞いである。

胴乱の帯をきつく締め直してから、矢三八はあとを追った。

一歩を踏み出そうとした足に、引き攣《つ》るような痛みを覚えた。御用から外れた振舞いに及ぼうとした矢三八を、身体が諫《いさ》めたのだ。

「分かってるてえんだ！」

矢三八は、自分の足に言い返した。

前田家御用のためなら情けは邪魔だ、鬼になれと三度飛脚の本分を叩き込まれていた。

いまこそ鬼となるときだった。

分かっていても、火事場だけは見て見ぬふりができなかった。

山肌に拵《こしら》えた道は、まるで獣道も同然である。その道を親爺は駆け下りた。

矢三八は胴乱を傷つけぬように気遣いつつ、親爺を追った。

街道から五丈（約十五メートル）下った平らな場所に、親爺の住処《すみか》があった。

矢三八は三度飛脚になる前は、火消し屋敷に臥煙《がえん》（火消し人足）として雇われていた。立ち上る煙を見ただけで、火事の様子を見極めることができた。

屋根から漏れているのはまだ白煙だが、建屋のあちこちから黒煙が噴き出していた。

「どこにいるんでえ、嫁と孫は」

「奥の八畳間だ。孫が風邪で伏せったままだで、嫁がつきっきりだでよう」

片足を傷《いた》めているから、嫁は自分で立ち上がることができないらしい。

母屋《おもや》が焼け落ちるまで、もはや幾らも間がないと矢三八は判じた。

手早く胴乱の帯をほどき、身体から取り外した。

「おれは火の中に飛び込むから、おめえは命がけでこの胴乱を守ってろ」

胴乱の子細の説明をして、手間取っているヒマはなかった。親爺と向き合っている間にも、火は燃え続けているのだ。

「おれがもしも助け出すのにしくじって火の中に溺《おぼ》れたときは、とっつぁん、おめえがこの胴乱を塩名田の仁左衛門《にざえもん》という旅籠に届けてくれ」

おれは命がけで火の中に飛び込む。とっつぁんも命にかけて胴乱を塩名田に届けろと念押しをした。

「かならず届けるだが。旅籠のだれに渡せばええんだがね？」

「三度飛脚の新五郎《しんごろう》だ」

親爺に言い置いたときには、矢三八はすでに母屋に向かって駆けていた。

矢三八が火消し屋敷から出たわけを、浅田屋の仲間はだれも知らなかった。飛脚になる前に臥煙だったことも、浅田屋伊兵衛と組頭の玄蔵しか知らない。

自分の歩んできた道を、矢三八はひとに話す気にはなれなかったのだ。

臥煙を辞めたとき、矢三八は底なしに深い痛手を負っていた。

いまから五年前、矢三八が二十三だった夏のことだ。神田川に架かる和泉《いずみ》橋近くの長屋、慎太郎店《だな》から昼火事が出た。

矢三八が雇われていた火消し屋敷は神田駿河台《するがだい》下にあった。

「火元までの地の利はおれたちが一番だ。うちが一番纏《まとい》をふんだくるぜ」

臥煙頭《がしら》にケツを引っぱたかれて、火消し人足二十人は和泉橋をめがけて駆けた。

火元の慎太郎店は細い道を挟んで、御家人長屋と向き合っていた。屋敷を構えることもできない貧乏御家人が暮らす長屋は、周囲から嫌がられていた。

どの御家人も手元不如意《てもとふにょい》の極みである。月々の店賃を半年以上も払っていない御家人がごろごろいる。カネを払ってもらえないと分かっている棒手振《ぼてふり》たちは、御家人長屋は素通りをした。

カネは持っていないが、二言目には徳川家の直参家臣を口にし、わずか二間（約三・六メートル）しかない道の真ん中を歩き、向かってくる者を睨《にら》み付けた。野良犬さえも、御家人長屋の木戸は潜らないと言われていた。

そんな長屋と向かい合わせに建っている慎太郎店から昼火事が出た。

「御家人長屋に飛び火なんぞさせたら、ただじゃあ済まねえ」

火元が分かっている火消し組の面々は、息をきらして和泉橋へと向かった。

矢三八たちが駆けつけたときには、長屋の板葺《いたぶ》き屋根から黒煙が立ち上っていた。

昼間の火事ゆえ、どの家も亭主は仕事に出ていていない。女房とこどもが、限られた家財道具のふとん、ちゃぶ台、鍋や釜《かま》などを持ち出そうとしていた。

ただでさえ狭い長屋の路地が、モノとひとで埋まっていた。

「これじゃあ、手がつけられねえ」

臥煙頭は慎太郎店を捨てて、向かいの御家人長屋の火消しに回ると指図を与えた。

後から火事場に駆けつけてきた火消したちも、ひと目見ただけで長屋は捨てた。どの火消し組も、御家人長屋への飛び火を恐れていたのだ。

火消しといっても水をかけるわけではない。他所《よそ》に燃え移らないように、燃えている建物を壊して火の道を断つのが仕事なのだ。

慎太郎店は燃えるに任せておけば、やがては燃え尽きる。

向かい側の御家人長屋に燃え移らぬよう、神田川の水を汲《く》み上げて建物や木戸を濡《ぬ》らしておくのが大事だと、集まった火消し組は判じていた。

矢三八たちが御家人長屋へ移り始めたとき、慎太郎店から女が駆け出してきた。

「おちかさんと金坊が、まだ長屋のなかにいるのよ。後生だから助けてやって」

女は矢三八にしがみついて助けを求めた。

「あの火の勢いじゃあ、とっても助け出すのは無理だ」

臥煙頭は配下の人足たちに、この場から離れるぜとあごをしゃくった。

女は矢三八の刺子半纏のたもとを、千切れんばかりに摑《つか》んだ。

「お願い、この通りだよ」

たもとを放した女は、矢三八に両手を合わせて拝んだ。

矢三八は女の頼みを聞こうとしかけた。

「余計なことをするんじゃねえ！」

頭の怒鳴り声で矢三八の動きが止まった。

「すまねえ、勘弁してくんねえ」

女に軽くあたまを下げて、矢三八はその場から離れた。

安普請の長屋には杉が使われている。脂の残っている杉に火が回ったらしく、一気に火勢が強まった。

炎に包まれて焼け落ちる長屋のさまを、矢三八は背中で感じながら御家人長屋へと駆けた。

「なんだい、あんた。それでも火消しのつもりかい」

女の毒づきは刺子半纏を突き抜けて、矢三八の背中に突き刺さり、火が燃えつきて屋敷に帰ったあとも、矢三八のあたまの内では女の言葉が響き続けた。見たこともないおちかと金坊が、その夜の夢に出た。

悲しげな目で見詰められた矢三八は、まだ丑三《うしみ》つ時だったのに飛び起きた。

夜明けと同時に矢三八は、臥煙頭に暇乞《いとまご》いを願い出た。

頭も昨日の指図には深く思うところがあったらしい。

「おめえは足の速さが売り物だ。よかったらこの親方を訪ねてみねえ」

頭からもらった添え状を頼りに、矢三八は飛脚の仕込み宿に向かった。

一年半の厳しい走り稽古《げいこ》を終えたとき、仕込み宿の親方は浅田屋に矢三八を周旋した。

矢三八がもしも不祥事を起こしたときはすべての責めを負うと、親方自筆の起請文《きしようもん》を添えて、である。

以来、今日に至るまで、矢三八は山道の登りを得手とする飛脚として重用されていた。

「どこにいるんでえ、声を出してくれ」

背を屈《かが》めたまま、矢三八は声を張り上げた。母屋の土間は凄まじい煙に包まれており、わずかな先も見えなかった。

「おれの声が聞こえたら返事をしろ」

ひときわ高い声を発したら、煙に包まれた右の奥から女の声が聞こえた。

矢三八は一度母屋の外に出て、あたまから水をかぶった。そして干してあった手拭《てぬぐ》い三本を桶《おけ》につけ、水が垂れるほどに濡らした。

深呼吸をして目一杯に外の空気を吸い込んでから、一本の手拭いを口元にあてた。

再び母屋に飛び込んだあとは、声が聞こえた方角に向けて背を屈めて進んだ。

土間と板の間とは段差がある。背を屈めたまま板の間に上がった。

太い梁《はり》にまで、すでに火が回っているらしい。頭上から木の焦《こ》げるにおいが落ちてきた。

板の間を這《は》うようにして進んだ先に、女とこどもがいた。ふたりともしたたかに煙を吸い込んでいるらしく、ひどく咳《せ》き込んでいた。

「この手拭いを口と鼻にあてるんだ」

濡れた手拭いを通して息をしろと、ふたりに指図した。助けが来たことで、女もこどもも気持ちに張りができたようだ。矢三八の指図に強くうなずいた。

「あんた、片足が動かせねえのか？」

「んだっす」

女は即座に答えた。

「おめえは歩けるか？」

「うんっ！」

伏せっていただろうに、こどもは威勢のいい物言いで応《こた》えた。

矢三八は四つん這いになり、背中に乗れと女に言いつけた。

女はいざり寄り、矢三八の背中に乗ろうとした。が、足が言うことを聞かずうまく乗れない。こどもが母親の背後に回り、力を込めて抱え上げた。まさに火事場の馬鹿《ばか》力である。

「おれが先に進むから、おれが進んだ通りについてこい」

「はい」

こどもの返事を確かめてから、矢三八は四つん這いで板の間に向かい始めた。

火はすでに壁板にまで燃え広がり、新たな煙が生じていた。矢三八は煙のわずかな隙間《すきま》を縫うようにして進んだ。

肉置きのいい女の重さをこらえて煙の隙間を這っているうちに、外から差し込む光が見えてきた。台所に戻ってきたのだ。

土間から板の間までは、一尺五寸（約四十五センチ）持ち上がっている。こどもは身軽に飛び降りて外に駆けだした。

火の回った梁の端がミシミシッといやな音を立てた。屋根の重さに耐えられなくなっているのだ。

「おれを滑り台にして土間まで這い落ちるんだぜ」

「わがっただ」

女はこわばった声で返事をした。

矢三八は自分の足が板の間に残るように加減して、あたまから土間に落とし、手をついた。

乗っていた女は、懸命に矢三八の背中を滑り降りようとした。が、いかんせん、足の自由が利《き》かない。

両手で自分の身体《からだ》を前に引っ張ろうとしたとき、身体がずれた。

二十貫（七十五キロ）はありそうな目方すべてが、矢三八の足にのしかかった。

ボキッ。

鈍い音がしたとき、矢三八が悲鳴を上げた。

その声で親爺が飛び込んできた。野良仕事から戻ってきた息子も一緒だった。

親爺と息子は、最初に女を抱えて外に出た。矢三八から重石《おもし》をどけようとしたのだ。

女を地べたに放り投げるようにしたあと、再び土間に飛び込んできた。

「すまねえこんだ」

「勘弁してけれ」

親爺と息子は詫《わ》びを言いながら、矢三八を母屋の外に運び出した。

ほとんど間をおかず、茅葺《かやぶ》き屋根を突き破って炎が舌を出した。

激痛に襲われているはずの矢三八だが、もう呻《うめ》き声は漏らしてはいなかった。

矢三八の胴乱はこどもが両腕にしっかりと抱え持っていた。

二十七

塩名田の旅籠《はたご》仁左衛門は、八畳の客間が三部屋だけの小さな造りである。

このたびの加賀藩塩名田宿での投宿に際しては、小体な仁左衛門も家臣宿泊に供された。

八畳間に八人という窮屈な部屋割りである。それでも旅籠に泊まれる武家は幸運だった。家臣の大半は納屋《なや》や納戸《なんど》が寝床となった。山の夜は冷えるが野宿の者も多数いた。

新五郎はあるじとともに帳場での寝泊まりとなった。仁左衛門のこどもはこの日に限り近所の農家に移っていた。

「なんとかメシの支度が間に合っただよ」

暮れ六ツを過ぎたとき、手伝いの農婦たちが安堵《あんど》の吐息を漏らした。

わずか三部屋しかない仁左衛門に、今夜一晩限りとはいえ、二十四人もの武家が泊まるのだ。

これまではたとえ満室になったとしても、仁左衛門が十人の旅人を受け入れることは希《まれ》だった。

前田家家臣に旅籠を供したものの、夜具も箱膳《はこぜん》も食器も、すべてが足りなかった。

「おめんとごの布団《ふとん》と箱膳ば、うちに一晩だけ貸してけれや」

「飯炊《めした》きのときには、おめんとごのかかさ、手伝いに出してけれ」

旅籠のあるじ仁左衛門は前田家の二十四人を引き受けた日から、早々と当日の手配りを始めていた。

幸いなことに四月七日は朝から晴れた。

夜明けとともに仁左衛門は、冷たい湧き水を浴びて身を清めた。そして真新しいふんどしを締め、受け入れに臨んだ。先乗りして矢三八を待ち受けることになった新五郎も、四月七日の当日は受け入れの手伝いをした。

三度飛脚は投宿する旅籠でも「余計な手伝いは無用」が鉄則である。充分に承知している新五郎だったが、四月七日は尋常な日ではなかった。

当初の取り決めでは新五郎が明日、この塩名田から下諏訪までの十三里を受け持つ段取りだった。

そしてもしも下諏訪で許可証を渡せないという最悪の事態が生じた場合、下諏訪で待っている粋蔵《いきぞう》が、福島関所まで行列を追う手筈《てはず》である。

すこぶる理にかなった段取りだったが、新五郎はひとつのことを思い定めていた。

おれは走らないと決めていたのだ。

今日のうちに矢三八あにさんが、かならず許可証を届けてくる。

道中奉行様には明日の下諏訪宿まで待たせることなく、今日、この塩名田宿でお届けすることができる。

下諏訪で待っている粋蔵とおれとは、嬉しい無駄な備えとなるのは間違いない。

三度飛脚としての勘働きが、新五郎にそのことを訴え続けていた。

明日の備えは無駄になる。

かならずこの塩名田宿で、矢三八は隊列に追いつく。

それを確信する気持ちの裏では、もしも七ツ半までに来なかったらと、案ずる気持ちを膨らませていた。

身体の手入れを念入りに行っているだけでは、ついつい余計な心配をしてしまう。旅籠の手伝いなど、三度飛脚にはきつい御法度《ごはっと》……分かってはいても、身体を動かさなければあたまが心配を始めてしまう。

新五郎は井戸端で水を浴び、身体を清めてから旅籠の手伝いを始めた。

自ら手伝いを買って出た新五郎は、薪割《まきわ》りを受け持った。

二十四人分の夕餉《ゆうげ》と朝餉の支度。

三人しか入れない湯殿に、交代で湯につかれるように釜焚《かまた》きを続ける。

薪はどれほど備えておいても多すぎることはなかった。

「手伝ってもらえて、本当に助かりましただ」

八ツの休みにはあるじが茶を注ぎ、蒸かしたばかりのまんじゅうを新五郎に供した。

「いまごろ矢三八さんというひとは、どこらを走っていなさるかのう」

茶を飲みながら、仁左衛門は矢三八を話題にした。まだ仁左衛門は会ったことはなかったが、新五郎の口から何度も矢三八自慢を聞かされていた。

「いま時分は、きっと追分の辺りを走ってるころだろうさ」

まんじゅうを茶で流し込んだ新五郎は、矢三八の登り達者の足に言い及んだ。

一番の早足自慢の韋駄天《いだてん》といえども、登り道では矢三八にかなわない……新五郎はまるで我が事のように矢三八を自慢した。

「加賀様がお着きになる前に、矢三八さんが駆け込んでくれれば一番じゃがのう」

仁左衛門は喉《のど》を鳴らして茶を呑《の》んだ。

「あにいなら、きっと前田様の行列より先に飛び込んでくるさ」

新五郎は強く請け合ったあとで、番茶をすすった。

しかし……。

「お武家さんはみんな晩飯が終わったでよう。新五郎さんもメシを食ってけれや」

手伝いの農婦から晩飯を勧められたのは、暮れ六ツを四半刻過ぎたころだ。そのときになっても、矢三八はまだ旅籠に駆け込んではこなかった。

「メシの心配はいらねえから、おれをひとりにしといてくれ」

思わず尖った声を手伝いに投げつけた。

つい先刻までは気安く話しかけることのできた新五郎だったのに、いまは両目を強く光らせていた。

農婦は慌《あわ》てて新五郎の前から下がった。

ふうっ……。

音を立てぬように気遣いつつ、新五郎は息を吐き出した。

矢三八あにいが段取り通りに軽井沢宿を出ていれば、遅くとも暮れ六ツ（午後六時）にはここに着くはずだ……新五郎の顔が曇っているのは、次々に湧きあがる凶の目を抑え込めずにいたからだ。

あにいに限らず、他の面々も足を傷めることなく、受け持ちをこなせているのか？のっけの韋駄天は？

きび蔵は……太一は……禎助は……と、新五郎は順に名前を浮かべて案じていたが、いきなり深いため息をついた。

そもそも鉄砲隊通過の許可証は、御公儀から発給していただけたのか？

悪い目を考えると、際限なくいやなことを思い浮かべてしまう。

打ち消そうとすればするほど、尋常ではないことが起きているに違いないと思えた。

暮れ六ツを過ぎても着かないということは、軽井沢を出るのが大きく遅れたからだと、新五郎は思い込もうとした。

が、すぐにその思案は打ち消した。

駆ける途中で日没を迎えると判じたときは、無理に出発をせずに翌朝回しにする。

胴乱の中身を守ることを最優先すること。

これが取り決めの肝だった。

とすれば、遅れのわけはふたつしか考えられなかった。

軽井沢に届いていないか、段取り通りに走り出した矢三八に異変が生じたかの二つに一つだ。

江戸から福島関所の通過許可証を飛脚が運ぼうとしていた。

予想外の事態が生じたときは、先乗りして待っている飛脚に対処を委ねると伊兵衛は申し渡した。

「現場の様子は、ここでは判じようがない。もしもの異変が生じたときにどう動くかは、おまえたちに任せる」

その結果についてはすべての責めをわたしが負うと、伊兵衛は言い切った。

伊兵衛の言葉を思い返した新五郎は、腕組みをほどいた。気を落ち着けようとして、煙草《たばこ》盆を引き寄せた。

立て続けに三服を吸ったことで、ようやく気持ちが鎮《しず》まった。

五ツ（午後八時）まで待とう。

五ツを過ぎても矢三八が着かないときは、道中奉行に子細を話して判断を仰ぐ。

肚《はら》を決めた新五郎は、さらにもう一服を火皿に詰め始めた。

問いかけた新五郎に、もはや煙草を吸う気は失せていた。吸い殻を灰吹きに叩き落とした。

「いまは何時の見当でやしょう？」

「言いたくはねえが」

仁左衛門は新五郎に目を合わせた。五ツになったら肚をくくって道中奉行を訪ねると新五郎は決めていた。

「かれこれ五ツだがね」

見当を告げてから、羽織っているどてらの前を仁左衛門は閉じ合わせた。山間の宿場の夜は、四月でもまだまだ冷えていた。

「やっぱり五ツになりやしたか」

新五郎はキセルの吸い口をプッと強く吹いてから、鹿皮《しかがわ》の道具入れに納めた。迷っていた思いを、いまの一吹きで断ち切ったのだろう。

立ち上がった新五郎は、小豆色の半纏に袖《そで》を通した。三度飛脚の半纏は、奉行に面談を求めるときの通行手形だった。

前田家道中奉行の山川中之助は、宿場に一軒しかない脇《わき》本陣を宿舎としていた。本陣と脇本陣までは、二町（約二百十八メートル）の山道を登ることになる。

「山の闇《やみ》は深いでの」

仁左衛門は女中に言いつけて提灯《ちょうちん》を支度させた。

「脇本陣までの山道は、うちのゴンがよく分かってるでの」

仁左衛門の飼い犬が、先導役として新五郎の前で尾を振っていた。

「重ね重ねありがてえ」

新五郎はゴンのあたまを撫《な》でた。犬好きなのがわかったのか、ゴンの尾の振り方が強くなった。

「行くぜ」

「ワンッ」

新五郎とゴンが声を交わし合ったとき、仁左衛門の表情が変わった。

「ちょっと待つだ。荷車みたいなものが登ってきているでの」

今年で五十歳の仁左衛門であるが、歳《とし》は重ねていても、耳の聞こえのよさは塩名田宿でも図抜けていた。

ゴンも物音を感じ取ったのだろう。月星の頼りない明かりしかない闇の道を、物音めがけて駆け下り始めた。ゴンが暗闇に溶け込んだあとで、新五郎にも物音が聞こえた。

ギイッ、ギイッ。

荷車の軸が軋《きし》む音に重ねて、ひづめが山道を踏む音も聞こえてきた。

ことによると！

仁左衛門と新五郎は同じことを考えたようだ。提灯を手にした新五郎が走り出した。あとを仁左衛門が追いかけた。

荷車は旅籠のすぐ近くにまで登ってきていた。提灯の明かりがまぶしいのか、荷車を引く牛が不機嫌な声で啼《な》いた。

「矢三八あにいか？」

牛が引く荷車の五間（約九メートル）手前で、新五郎は大声を発した。

「おれだ！」

荷台の上から即座に返事がした。

新五郎は提灯を仁左衛門に預けて荷車に駆け寄った。

「なにが起きたんでえ、あにい」

闇のなかで問いかけているところに、仁左衛門が提灯を提げて寄ってきた。

明かりが荷車を浮かび上がらせた。薄い敷き布団の上に矢三八が横たわっていた。

その姿を見た新五郎は息を呑んだ。

蒼白《そうはく》な顔色に加えて、右足の爪先《つまさき》があらぬ方向を向いていたからだ。

ひどい状態の矢三八だが、胴乱はしっかりと両腕で抱え持っていた。

「勘弁してくれ、新五郎。走りをしくじっちまった」

利き足の右が折れていると明かした。

「すぐに道貫《どうかん》先生のとこさ行くだ」

仁左衛門の言い分に、牛を引いてきた親爺も深くうなずいた。

道貫先生とは、宿場でやわら道場を開いている山田道貫のことだ。五尺八寸（約百七十六センチ）の巨漢で、骨接《つ》ぎ医者も兼ねていた。

山田道場は旅籠仁左衛門と宿場役所の真ん中近くにあった。

「何よりもまずは、骨接ぎの先生とこだ」

矢三八になにが生じたのかは一切訊《き》かず、新五郎たち一行は山道を登り始めた。

道貫は矢三八の足首に、風呂敷《ふろしき》のように平らにしたクマの皮を巻き付けた。皮には細い麻綱が結わえ付けられており、綱の先端は滑車に通す仕組みとなっていた。

「巻き付けたクマ皮は、どれほど強く引っ張っても滑り抜けることがない」

きつく右の足首に巻き付けたあと、道貫は新五郎・仁左衛門・農家の親爺と息子の四人を見た。

「いまから右足を強く引っ張る。あんたらはこの男の身体が引きずられぬよう、しっかり押さえつけていなさい」

指図された四人とも、神妙な顔でうなずいた。

治療台に大の字に寝かされた矢三八は、ふんどし一本の姿である。寒がらぬように、治療室の端には火鉢が置かれていた。

「あんたの右足をこれより強く引っ張ることになる」

クマ皮に結わえ付けた細綱を、道貫は引く仕草を見せた。

「強く引けば激痛が襲いかかるが、痛みはあんたが生きているあかしだ」

我慢しろと言い渡した道貫は、矢三八の口に鹿皮を巻いた棒を嚙《か》ませた。

「これをしっかり嚙んでおれば、痛みをやり過ごすことができる」

矢三八に棒を嚙ませたあと、道貫はその棒を引き剝《は》がそうと力を込めた。上下の歯で強く嚙まれた棒は、びくとも動かなかった。

道貫は四人に目配せをした。治療台に寝かされた矢三八の身体を、台の左右に分かれて立つ四人が押さえつけた。

綱を滑車に通した道貫は、先端に竹を編んで拵えた籠《かご》を取り付けた。その籠に、重さ十貫もある石を入れた。

「グググッ」

矢三八がくぐもった声を漏らした。両目に力を込めて、棒を嚙む力を強めた。

道貫手製の竹籠は、石の重さにも破れはしなかった。

伸びた右足を動かして、道貫は折れた骨の接ぎ目を合わせた。

巨漢に似合わず両手の動きは細やかだ。折れた骨は見事に接ぎ目が重なり合った。

爪先の向きが尋常に戻った。

「折れた骨が元通りに繫《つな》がり合うまでには、ひとにもよるが、ざっと一カ月はかかる」

治癒するまでの段取りを説き聞かせつつ、道貫は桐《きり》板で矢三八の足を囲った。

「板をかぶせておけば、外からのいらぬ力が折れた足に加わることを防げる」

板の囲いを取り外すまでは、江戸に帰るのは無理だと道貫は診断した。

「さすがは三度飛脚だけあって、足を包む肉置きのよさは抜きん出ておる。骨も並の者の倍はあろうかと思うほどに太い」

これほど丈夫な骨を真っ二つに折るとは、いかなる事態が生じたのか？　道貫は正味で知りたがっていた。

「てめえが間抜けだったんでさ」

矢三八は言葉を濁したが、親爺と息子は黙ってはいなかった。

「もしこのひとに出会えねがったら、嫁も孫も焼け死んでいましただ」

矢三八が口止めしようとしてもきかず、親爺は洗いざらいの顚末《てんまつ》を話した。

新五郎はひとことも口を挟まず、矢三八を見詰める形で顚末を聞いた。

「まことに仁《じん》に篤《あつ》い男だの」

道貫は矢三八が示した命がけの振舞いを、高く買ったらしい。

「そのような御仁から、治療代を取ることはできぬ」

骨接ぎ治療に必要な材料の実費はもらうが、治療費の支払いは無用だと告げた。

「治るまでは、うちに泊まればええ」

仁左衛門は旅籠の一部屋を使えばいいと申し出た。

「人助けのために、足の骨を折りなすったんだがね。道貫先生が治療代をとらねなら、うちも旅籠賃はいらねっから」

仁左衛門は気負うことなく言い切った。

矢三八の投宿場所が定まったと分かるなり、親爺が仁左衛門の前に出てきた。

「このひとが泊まっておいでの間は、米と、身体に滋養をつける獣肉は、うちから届けさせてもらうだ」

ぜひにもやらせてほしいと、親爺と息子が横たわったままの矢三八に迫った。

「このひとを戸板に乗せてから、荷車に移しなさい」

旅籠に着いたあとも、戸板を担《かつ》いで運び入れるように、と道貫は注意を与えた。

「どこに戸板がありますかのう?」

「わたしについてきなさい」

道貫に従う形で、仁左衛門・親爺・息子の三人が治療室から出て、新五郎と矢三八のふたりが残された。

横になったままの矢三八の背中に、新五郎は手を差し入れた。

「勢いをつけて起こしやすぜ」

足に障《さわ》らぬように気遣いつつ、新五郎は矢三八の上体を起こした。

矢三八と新五郎が向き合う形になった。

新五郎は右手を指先まで伸ばし、矢三八に思いっきり平手打ちを食わせた。

バシッと乾いた音がした。

「すまねえ、新五郎」

矢三八はこのひとことしか口にできなかった。言葉で詫びるには、しでかしたことが重すぎたからだろう。

思いの詰まったひとことを、新五郎はしっかりと受け止めた。

「生きてくれてよかったぜ、あにい」

男ふたりがひと粒ずつ、涙を落とした。

「あにいにのしかかって足の骨を折っちまうてえのは、クマみてえな女だなあ」

「そいつあねえぜ、新五郎」

矢三八はいつもの物言いに戻っていた。

「クマが聞いたら、気をわるくするかもしれねえ」

「ちげえねえ」

初めて笑い声が弾《はじ》けたとき、戸板の隅を持った三人が戻ってきた。

二十八

新五郎は胴乱をしっかりと身体につけて、道中奉行の投宿している脇本陣に向かった。

「そのほう、なに者であるのか」

かがり火を焚いて張り番を務めている前田家下級家臣が誰何《すいか》する声は、強い尖《とが》りを含んでいた。

「てまえは本郷浅田屋の奉公人で、前田様の御用をうけたまわる飛脚人足でさ」

三度飛脚の新五郎だと名乗った。それでも張り番は得心しなかった。

「このような刻限に押しかけてきたうえ、奉行様への面談強要などは沙汰《さた》の限りだ」

張り番は新五郎が身につけている胴乱に目を向けた。

「そのほう、胴乱の中身は如何《いか》なる品を持参いたしておるのか」

山川中之助につなぐには、胴乱の中身改めをさせろと迫った。

「お断りしやす」

新五郎は強い口調で拒んだ。

「道中奉行様にしかお見せできやせん」

新五郎に言い切られた張り番は、両目がかがり火のように燃え立った。

「たかが飛脚人足の分際で、わしに楯突《たてつ》くとは了見違いもはなはだしい」

新五郎に詰め寄った張り番は、胴乱をひったくろうとして腕を伸ばした。

新五郎はやすやすと身を躱《かわ》した。

張り番のこめかみに血筋が浮いた。

「このうえ狼藉《ろうぜき》に及ぶなら、いまこの場にて成敗いたすぞ」

張り番が太刀の鯉口《こいぐち》を切ろうとしたとき、同役が止めに入った。

「いま一度、そのほうの名を名乗りなさい」

口調は穏やかである。新五郎は本郷浅田屋の三度飛脚人足、新五郎だと名乗った。

「あい分かったゆえ、暫時《ざんじ》この場に控えていなさい」

申し渡した張り番は、山川の都合をうかがいに建屋に入った。

同役が放つ射るような視線を身体で受け止めながら、新五郎は待った。

かがり火の薪を追加しているときに、内に入った張り番は山川を案内して戻ってきた。

道中奉行は三度飛脚を待ち受けていた。

「新五郎か」

名指しをされた新五郎は、山川との間合いを詰めた。

「火急の用にございますゆえ、なにとぞてまえとさしで向き合ってくだせえ」

道中奉行とじかに話したことなど、新五郎には一度もなかった。ていねいに話しているつもりだが、敬語になっていなかった。

かがり火の光を浴びて、胴乱が光った。

「委細はその内にあるのか？」

「へいっ！」

新五郎は気合いを込めて返答した。

「粋蔵は下諏訪宿でてまえが向かうのを待っておりやすが、一日早く塩名田宿で御用が片付きやした」

胴乱を開いた新五郎は、鳳岡が入手した福島関所の通過許可証を差し出した。

前田家重役ともなれば、滅多なことでは表情を動かさない。変事に直面しても平常の顔を保つ鍛錬を日頃から積んでいた。

しかし許可証を目の当たりにしたいま《ま》、山川は身分も忘れて破顔した。

それほどに、山川が抱え持っていた屈託は深くて重いものだった。

いや、わしだけではない……。

山川が最初に思い浮かべたのは、鉄砲隊隊長だった。隊員に迷いや疑念を起こさせぬよう、あの男は巌《いわお》のごとく微動だにせぬ背中を見せ続けていた。

その姿を見て隊員も案ずる気を起こさずに従ってこられた。

鉄砲隊が堂々と前進することで、家臣たちも隊列を崩さず進むことができていた。

つまりは四千人行列の全員が、心底の安堵を得られる。

一日が過ぎるたびに、行列は福島宿に近づいていたのだ。関所通過の許可証なしでは、百人の鉄砲隊が足止めを食らうのは目に見えていた。

今夜の山川は、もはや空腹すら覚えなくなっていた。

本郷出立の朝から、重苦しくのしかかっていた鉄砲隊通過の悩みごと。それが振り払える頓服《とんぷく》を、三度飛脚が届けてきたのだ。

「よくぞ……よくぞしてのけてくれた」

山川は声も上擦っていた。

新五郎は黙したまま、山川の褒め言葉を体全体で受け止めていた。

両手で持った通過許可証を、山川はていねいな手つきで漆塗りの文箱《ふばこ》に収めた。

こんな山間の脇本陣でも、居室には違い棚が設けられている。文箱を仕舞って戻ってきてから、山川は新五郎を見た。

「このうえなき吉報ゆえ、直ちに殿のお耳に届けたい」

子細を聞かせてほしいと、山川はもう一度なぞり返すように命じた。

吉報・凶報とも、綱紀は何時たりとも直ちに報《しら》せよと家臣に命じていた。

新五郎はなにひとつ省かず、ここまでの経緯を山川に聞かせた。

許可証の無事を第一義とするため、飛脚は日暮れたあとは走るのを控えてきた。

走るのもひとり十里を限りとして、人足の走りに障りが生じぬように配慮もしてきた。

これらを聞き取った山川は、いぶかしげな目を新五郎に向けた。

「ならば新五郎、この塩名田宿にも七ツ半過ぎには届いていたであろう」

なにゆえ持参がこんな刻限になったのか。

山川は柔らかな口調で問い質《ただ》した。

質されたくなかった問いである。が、道中奉行に偽りは言えない。

新五郎は背筋を伸ばし、深呼吸をひとつくれてから口を開いた。

「じつは軽井沢からここまでを受け持っていた矢三八が、途中でひどい怪我《けが》を負う羽目になりやした。足の骨を折ったんでやす。百姓に荷車で運んでもらい、旅籠に着くなり骨接ぎの道貫先生に手当てをしてもらいやした」

そんな騒動があったがゆえに、許可証の持参が遅れたと事情を話した。

新五郎はなにひとつ、偽りは口にしなかった。が、あえて説明を省いた部分があった。

一通りの説明を受けた山川は、新五郎が口にしなかった部分に踏み込んだ。

「常日頃から身体鍛錬には怠りのない三度飛脚の人足が足を折るとは、尋常ならざる異変であろう。矢三八は山道を踏み外して、深い谷底にでも転がり落ちたのか？」

「滅相もねえこってさ」

新五郎は強い口調で言い返した。不注意から山道を転がり落ちるなどは、飛脚人足の恥だ。

「人足当人の過失ではないとするなら、いかなる事態が生じたのか」

得心のいく説明をしろと、山川は迫った。口調には尖りが含まれていた。

新五郎はもう一度、深呼吸をした。

存分に息を吐き出してから口を開いた。

「塩名田宿手前の山道で、矢三八は老いた百姓に呼び止められやした」

「呼び止められただと？」

山川の目の両端が吊《つ》り上がった。

「当家の御用をうけたまわっておる三度飛脚が、百姓ごときの呼び止めに応じたと申すのか」

山川は身の内から湧《わ》き立つ怒りを抑えようとはしなかった。

新五郎は答えず、落ち着いた目で山川を見詰めていた。

「新五郎、神妙に返答いたせ！」

山川が重役とも思えぬ声の荒らげ方をして返答を迫った。

「その通りでさ」

新五郎は開き直りの口調で応じた。

「その通りとは、なにがその通りなのだ」

「矢三八あにぃは、百姓の頼みを聞き入れて立ち止まったんでさ」

「この呆気者《うつけもの》めが！」

山川の怒声は、ふすまを突き抜けて廊下にまで轟《とどろ》いた。居室の外の気配が凍り付いたらしい。すべての物音が途絶えた。

「わしが促さずともそのほうはみずから口を開き、なにが生じたのか委細を聞かせよ」

言い終えた山川は、息遣いを調えた。それほどに怒りは凄《すさ》まじかった。

山川が怒りを募らせれば募らせるほど、新五郎の気持ちは落ち着いた。

「百姓家の屋根から煙が立ち上っておりやしたんで……」

百姓から聞かされた子細を、新五郎はすべて山川に話し始めた。

聞き終えたあとも、山川の怒りはいささかも収まらなかった。

「これより殿に顚末をお聞かせ申し上げてくる。きつい仕置きがあるものと覚悟して、この部屋で待っておれ！」

強い口調で言い置いた山川は文箱を抱え持ち、音を立ててふすまを閉じた。

二十九

綱紀は就寝前の読書を、一日の締めくくりとして楽しみにしていた。

行列が進んでいる昼間、若い頃の綱紀は乗物のなかで極力居眠りをせぬようにと心がけていた。

しかし古希を過ぎてからは考え方を変えていた。中食を摂《と》ったあと、眠気を追い払うことをしなくなった。

堂々と昼寝を楽しむことに変えた綱紀には、道中奉行も八ツ半までは乗物に声をかけぬように計らっていた。ほどよく揺られながら楽しむ午睡は、綱紀達者の秘策でもあったのだ。

このたびの帰国道中にあっては、午睡の長さが伸びていた。

一刻《とき》の眠りは当たり前である。日によっては一刻半眠り続けることもあった。

歳を重ねるにつれて、夜の眠りの訪れは遅くなっていた。たっぷりと午睡をとった日は、四ツ（午後十時）を過ぎても一向に眠くはならなかった。

書見台の両側に五十匁《め》ロウソクの燭台《しょくだい》を立てるのが、綱紀の読書の流儀だ。二基合わせれば百匁《ひゃくめ》の明かりが得られた。

足りない灯火の下で読書すると、たちまち目に強い疲れを覚えた。

大身百万石の藩主である。明かりの費えを案ずることなど無用だった。

「さぞや、つらかったことだろう」

頁《ページ》をめくりつつ、綱紀は声を漏らした。

今夜の本は綱紀お気に入りの一冊、弁慶物である。

兄頼朝と図らずも対立してしまった義経は、京を離れた。義経の忠臣弁慶は、もちろんこの逃避行に加わった。そして綱紀の領国加賀国安宅《あたか》関にさしかかった。

綱紀が思わず声を漏らしたのは……。

安宅関越えを成し遂げんがために、敬慕する義経を弁慶が打擲《ちょうちゃく》する箇所を読み進めていたときだった。

綱紀はだれにも……肝胆相照《かんたんあいて》らす間柄の林鳳岡にすら、胸中に秘めたるひとつの思いを明かしたことはなかった。

自分を弁慶になぞらえて、義経である吉宗を守ろうと決めていることを、である。

徳川本流の嫡男《ちゃくなん》ではない吉宗は、紀州から連れてきた家臣団のほかには気を許せる者がほとんどいなかった。綱紀こそ、その極めて限られた吉宗が気を許せる相手だったのだ。

学問好きで読書好き。

相手の向学心の高さを認め合っている吉宗と綱紀は、歳の差が大きいことも幸いしていた。

「綱紀様と上様ほどに歳が開いておいでであれば、相手に対して無益な嫉妬心《しっとしん》が生ずることもござりませぬ」

年若い吉宗の為《な》すことすべてを、好意的な目で見守ることができる……林鳳岡のこの言い分に、綱紀は深く同意していた。

年若い吉宗を命がけで守ろうとする綱紀。

この図式を綱紀はだれにも明かさず、密《ひそ》かな楽しみとしていた。

胸の内で落涙しつつも、安宅関では富樫《とがし》の前で義経を打ってみせた弁慶。

弁慶になりきって読み進めていた綱紀ゆえに、思わず声を漏らした。

「道中奉行様が、殿に面談を求めて出張ってこられております」

近習《きんじゅ》の者が寝所の外から声を投げ入れた。

本を閉じた綱紀は、面談願いを受け入れた。

「よろしき頃に存じます」

寝所の外から声がした。客間が暖まったと近習の者が告げにきたのだ。綱紀は自分の手でふすまを開き、近習番を従えて客間へと向かい始めた。

「殿の御成にございます」

告げを聞いた山川は、両手を膝前《ひざまえ》について顔を伏せた。

座に就いた綱紀は山川に顔を上げさせた。

両手を膝に置き背筋を鋼板の如《ごと》く真《ま》っ直《す》ぐに伸ばした山川は、気を張り詰めているのか、唇が小刻みな引きつりを見せていた。

「茶を持て」

綱紀が小声で命じると、瞬《まばた》きする間もおかずに近習番が茶を運んできた。

「山川にも供してやりなさい」

この指図にも瞬時に応《こた》えた。

綱紀の湯呑《ゆの》みは脚の長い茶托《ちゃたく》に載っている。山川には平らな茶托のうえに湯呑みが置かれていた。

「茶の一服でもすすれば、そのほうの張り詰めた心持ちもゆるむであろう」

遠慮は無用と言われた山川は、湯呑みを両手で押し頂き、音をたてずにひと口すすった。

張り詰めていたものが、一服の茶で失《う》せたらしい。唇の引きつりが治まっていた。

「火急に殿のお耳にお入れ申し上げたき事態が生じましたがゆえ、時をも顧みずに参上いたしました次第にござりまする」

綱紀は鷹揚《おうよう》なうなずきで、山川に先を話すように促した。

山川は膝元の文箱のふたを取り除いた。収めた書状が見える形で文箱を差し出した。

受け取った綱紀は書状を見た。

鉄砲隊百人の福島関通行を許可する、公儀発行の通行許可証だと分かったらしい。

藩主はいかほど小身大名であろうとも、滅多なことでは人前で顔色を動かさぬ鍛錬を積んでいた。

ましてや並ぶ者なき前田家百万石の藩主に就いて、すでに七十年以上の長きを経ている綱紀である。

その綱紀が……。

「いつ、これが届いたのか」

脇息《きょうそく》に預けていた身体《からだ》を起こし、上体まで乗り出さぬばかりである。

「つい今し方、浅田屋の三度飛脚がてまえの宿舎まで届けに参りましてございます」

山川も声を弾ませた。綱紀の上機嫌が伝わったからだ。

ところが返答を聞いた綱紀は、目の光を強くした。

「それは山川、この夜道を駆けてきたということであるのか」

問い質《ただ》す綱紀の声が調子を変えていた。

藩主に仕えて長い山川は、綱紀がなにを思って声の調子を変えたかを即座に察した。

「大事な書状を持ったまま、夜道を駆けてきたわけではございませぬ」

先ほど自ら新五郎を責めた山川が、綱紀の声に触れ、思わず飛脚をかばう物言いをした。

「ならば山川、子細を聞かせよ。どれほど時を要しようとも気に留めるなどは無用ぞ」

命じた綱紀は文箱にふたをかぶせた。

届けられた書状の重要さを綱紀も熟知していた。

綱紀が脇息に寄りかかったのを見定めてから、山川は子細を話し始めた。

軽井沢から塩名田の間を担《にな》った飛脚の矢三八が、およそ考えられない振舞いに出てしまった……。

新五郎から聞き取った顚末を細大漏らさず落ち着いた口調で説明してきた山川が、ここに至って声を一段低くした。

「あろうことか矢三八なる飛脚人足は、許可証の収まった胴乱を身につけたまま、往還にて懇願した農夫とともに」

山川は口に溜《た》まった唾《つば》を呑み込んだ。

「火消しに向かうという、不埒《ふらち》の極みにござりまする挙に出ました」

懸命に努めても、山川は昂《たか》ぶる気を抑えることがかなわなくなり、すっかり声が大きくなっていた。

「しかもあろうことか、矢三八は農婦および男児を助け出そうとして火中に飛び込んだ挙げ句、飛脚には命も同然の足の骨を折るという、言語道断の不始末をしでかしました」

綱紀を見詰めながら、山川は火事の顚末を一気に話した。

「そのほうにこの許可証を届けてきた飛脚の名は、新五郎と申したはずだが？」

「仰《おお》せの通りにございまする」

新五郎はこの宿場への先乗り飛脚で、矢三八が軽井沢から塩名田までの八里を受け持っていた飛脚だと説明した。

綱紀は右の手のひらを突き出して、山川に口を閉じさせた。

広い客間が静まり返った。土圭《とけい》の歯車が動く音が際立《きわだ》った。

二度の深呼吸をした綱紀は、ふすまに目を向けた。

「茶を持て」

先刻にも勝る小声である。

ふすまの向こうで近習番が動き始めた。土圭が、四ツ半（午後十一時）の鉦《かね》を叩《たた》き始めた。

「それで……」

綱紀は身体を起こし、背筋を伸ばした。

「この書状をそのほうに届けてきた飛脚は、いずこに詰めておるのか？」

山川に質す綱紀の語調には、いささかの咎《とが》めも含まれてはいなかった。

山川は返答する前にひと息をおいた。

「てまえの宿舎にて、張り番をつけて待たせております」

「張り番とは、なんのことだ？」

綱紀はつい、素の物言いで問うた。

「飛脚人足どもに対しましては、殿に許可証を差し出しましたるのちに、しかるべく沙汰を下す所存にござりまする」

これ以上は伸びないというほどに、山川は背筋を伸ばしていた。

「殿に許可証をご高覧賜りましたのちには、福島関にて提示いたしますまで、てまえの手元に保管させていただきたく存じまする」

山川の返答を綱紀は了としていなかった。

「そのほうは、余の問いに答えておらぬ」

山川を見詰める綱紀もまた、背筋を伸ばしていた。

「そのほうが宿舎に戻るまで、新五郎なる飛脚人足を留め置くのは分かる」

咎人でもない者に、張り番をつけるとはどういうことかと、強い口調で質した。

「それはしかし……」

山川が口を開きかけると、綱紀が制した。

「足を骨折したという矢三八の手当てに、宿場の医者でことは足りておるのか？」

入り用とあれば同行の御典医に治療をさせよと山川に命じた。

「お指図に逆らうようでござりまするが」

山川は丹田に力をこめて綱紀を見た。

「人足矢三八めが骨折を負いましたるは、当家にはなんらかかわりのない農家の火事場においてでござりまする」

林鳳岡が老体を張って入手した通行許可証を、矢三八は身勝手な振舞いに及んだことで危うきにさらした。

その一点をもってしても、厳しい沙汰を下すに足る不埒千万な所業である。

逃亡を防ぐための張り番を配置したのは正当な手続きである旨《むね》、綱紀に訴えた。

「そのような所業に及んだ者の治療に御典医殿を煩《わずら》わせては、御政道に背《そむ》くかと存じます」

山川は真っ向から異を唱えた。たとえ切腹を命じられようともあとには退かぬとの決意が、山川の顔にあらわれていた。

綱紀はすぐには応じず、手焙《てあぶ》りにかざした両手を揉《も》んだ。

息を詰めて見詰めていた山川は、息が続かなくなったのだろう。

ふうっ。

音を立てぬように小さく吐き出した。

綱紀はそれを待っていたらしい。

「茶菓を持て」

言いつけた声には張りがあった。

近習番が用意したのは焙《ほう》じ茶と、菓子皿に載った干菓子である。背筋を張り、固い表情を続けている山川の前にも供された。

「甘味が肩こりをほぐしてくれようぞ」

ひとつを口にするようにと綱紀は勧めた。やさしい口調だが、命じたも同然である。

前田家御用達《ごようたし》の菓子屋、加賀諸江屋謹製の落雁《らくがん》である。山川が前歯で噛むと、カリッと乾いた音がした。

綱紀が目元をゆるめて山川を見た。

「肩の張りが抜けたか？」

綱紀はまた、平易な物言いで問うた。

「まことによろしき甘味にございまする」

山川は肩から力を抜いたまま応えた。

返答を了とした綱紀は、新たな落雁ひとつを手に持って山川を見た。

「乗物に長らく座したままでおると、気鬱《きうつ》に襲われることもある。そんな折りに口にする落雁は、気張らしの特効薬での」

嚙み砕いた落雁を、綱紀は焙じ茶で喉《のど》に滑り落とした。湯呑みを茶托に戻したあとは、ゆるめていた目を引き締めた。

「余が……いや、今宵は肩の凝る物言いはせず、気楽に話をしよう」

綱紀は羽織の紐《ひも》をほどき、山川の目の前で脱いだ。藩主みずから裃《かみしも》を脱いだも同然で、これより無礼講であることを示した。

「わしが好んで読むのは、身を挺《てい》して義経を守る弁慶の話だ」

綱紀は寛《くつろ》いだ口調で話を始めた。

「わしは吉宗様をお守りする弁慶であると、自任いたしておる。吉宗様ほどの名君にお仕えできる我が身の僥倖《ぎょうこう》を思わぬ日はない」

綱紀は脇息に寄りかかろうともせず、山川を相手に話を続けた。

将軍に命がけで仕えてみて、初めて前田家安泰のために命がけで務めてくれる者のありがたさを察することができる。

諸江屋は長旅の疲れを解きほぐすために、思いを込めて落雁を拵《こしら》えてくれている。

前田家に仕える者はひとり残らず、お家安泰を願ってくれている。

「そのほうを含めて、わしの周りは無数の弁慶が固めてくれておる。まことに藩主冥利《みようり》に尽きるというものだ」

綱紀は目の前の山川を見詰めた。

「身に余るお言葉を賜りまして、ありがたき限りにござりまする」

無礼講ゆえ、山川は綱紀に目を合わせたまま応えた。

「そのほうの沙汰を待っておる浅田屋の飛脚人足もまた、前田家のために命を賭《と》してくれておる」

綱紀は目の光を強くした。

「べんけい飛脚に厳しい沙汰は無用ぞ」

慈愛に満ちた眼差しを浴びた山川は、両手をついて顔を伏せた。

綱紀の言葉に喝采《かっさい》するかのように、ロウソクが一斉に明かりを揺らせた。

三十

いかなる用命にも応ずる気構えでいた宿場名主の一人である仁左衛門だったが……。

「これより直ちに、餅搗《もちつ》きを始めていただきたい」

道中奉行から申し渡されたときは、思わず問い直した。

「真夜中の餅搗きにございますか？」と。

山川は一度だけ、強くうなずいた。

「前田家にとって、この上なき慶事が持ち上がったがゆえの餅搗きだ」

いまからの手配りは難儀だろうが、ぜひにも頼むと山川は仁左衛門にあたまを下げた。

「奉行さまにあたまを下げていただくなど、畏《おそ》れ多きのきわみにございますで」

餅搗きを引き受けますと山川に応えた。

「そのほうらには難儀を重ねさせるが、明日の朝餉《あさげ》には搗きあがった餅で、雑煮を仕立ててもらいたい」

「なんと！」

仁左衛門の目が驚きで大きく見開かれた。

宿場内の旅籠に投宿している武家だけで、およそ八百人を数えていた。農家や民家に分宿している家臣まで加えれば、二千五百人を大きく超えているだろう。

さらには千人以上が、宿場内で野宿を強いられていた。

朝餉の献立はそれぞれの旅籠《はたご》、農家、民家に任されていた。野宿の者には、旅籠と農家が朝餉を供する段取りである。

真夜中のいまから夜通しの支度を進めたとしても、到底全員に雑煮を振舞うことなどかなわぬ相談だった。

「命がけで御用を務めさせていただきますが、御家中のみなさんの朝餉に雑煮を調えますのは、到底かなわぬことと存じます」

なにとぞご容赦くだされ……仁左衛門は山川の目を見詰めて許しを願った。

「わしの物言いがわるかった」

山川は首を振り振り、仁左衛門の誤解を正し始めた。

「朝餉に雑煮を振る舞ってもらいたいのは、本陣と脇本陣、および周辺の旅籠に投宿しておる重役と役職者に限ってのことだ」

人数は多めに見積もっても三百人には届かぬだろうと山川は見込みを口にした。

「その人数ならば、充分に支度は調えられますが、他の皆さん方にはいかがいたされますので？」

「丸餅を配ってくれればよい」

応えたあとで山川は、餅米の備えはいかほどあるのかと質した。

「うるち米ならば一石でも二石でも造作なく集められますが、餅米となりますと……」

途中で口を閉じた仁左衛門は番頭を呼び寄せた。そして急ぎ餅米を集めたとして、どれほどの量が見込めるかと問うた。

「十俵ならば、半刻のうちに集められます」

番頭はきっぱりとした口調で請け合った。

「算盤《そろばん》をここに」

山川の言いつけで、番頭が即座に動いた。小型の算盤を手にした山川は、丸餅一個を拵えるのに餅米はいかほど入り用かと番頭に問い質した。

「ほどよき大きさの丸餅ならば、二勺《しゃく》（十分の二合）あれば充分の形になります」

返答を聞くなり、山川は算盤を弾き始めた。道中奉行は歴代、算術と算盤を得手とした。参勤交代の費え勘定には、米一升の代金に至るまで目を配る必要がある。算術と算盤が得意でなければ、奉行職は務まらなかった。

丸餅ひとつに餅米二勺ならば、一合で五個できる勘定だ。一升で五十個、一斗で五百個の丸餅が得られる。米俵一俵に餅米は四斗詰められている。十俵なら四十斗があてにできた。

一個二勺の丸餅ならば、二俵の餅米があれば四千個が拵えられる……山川は初めて安堵《あんど》し、顔つきを明るくした。

「まことに雑作をかけることになるが、夜明けまでに三俵、十二斗の餅を搗き上げてもらいたい」

費えに限りはつけない。とにかくひとを総動員して餅搗きに取りかかってもらいたいと仁左衛門に告げた。

「前田様のご慶事を祝う手伝いならば、だれが力を惜しみましょうや」

何の慶事かを問うこともせず、仁左衛門は直ちに餅搗きに取りかかった。

呼び集めていた三十人の玄人衆《くろうと》も、餅搗きに加わることになった。

宿場中から餅搗き道具と人手を集めれば、夜明けまでに三俵分の丸餅を拵えることはできる……この見当は番頭がつけた。

宿場の往来には八十を超える一升搗きの臼《うす》と、二百七十本を数える杵《きね》が集められた。

真夜中過ぎだというのに、宿場中の者が忙しく立ち働いていた。が、前田家家臣は手伝いを厳禁されていた。

「明日もまた、長い道中が続く。構えて手伝いに出たりせぬように」

山川の指図を受けた官吏たちは、旅籠を回って家臣に申し渡していた。

連日の道中で、家臣たちはくたびれ果てていた。しかも軽井沢から塩名田までは、前日同様の山道が続いていた。

餅搗きの音が響き渡る塩名田宿で、前田家家臣たちはいびきをかいて熟睡していた。

「そなたにすべてを委《ゆだ》ねたぞ」

仁左衛門に儀仗《ぎじよう》を預けた山川は、丑三《うしみ》つ時に横になった。

山の里の夜は冷えが厳しい。

しかしこの夜は燃え盛る薪《まき》と、威勢よく湯気を噴き出す蒸籠《せいろう》が、ともに山間の冷えを追い払っていた。

丸餅を拵える女房連中は白い息を吐きながらも、ひたいには汗を浮かべていた。

終章

享保二年四月八日、明け六ツどき。

「しっかり養生してくだせえ」

矢三八に話しかける新五郎の顔を、赤味の強い朝日が照らしていた。

「ここの宿場には、あにい好みの肉置《ししお》きのいい姐《ねえ》さんが群れでいるからよう。足の養生の手伝いには事欠かねえだろうさ」

「まったくだ」

応えた矢三八のわきには、すでに女人ふたりが付き添っていた。

おのれの命をも顧みず、農婦とこどもを助け出した矢三八である。宿場の女たちの気持ちを一身に集めていた。

「いつまでも居着いてねえで、きちんと江戸にけえってきてくだせえよ」

矢三八の手を強く握ってから、新五郎は駆けだした。強い朝日を浴びた胴乱が眩《まばゆ》く光った。

通行許可証を納めてきた胴乱だが、いまは別のものが入っていた。

勢いをつけて新五郎が足を蹴《け》り上げるたびに、ドサッ、ガサッと餅が鳴った。塩名田宿で夜通しかけて搗きあげた丸餅である。

ほどよく固くなりかけている四十七個を、新五郎は自分の手で選び出した。

「なにゆえそのような半端《はんぱ》な数なのだ、遠慮は無用だ、餅は充分にある」

四十七個という数をいぶかしんだ官吏は、五十でどうかと三個を加えようとした。

「あっしら飛脚は縁起を担《かつ》ぎやすんで」

新五郎はていねいに断り、四十七個を胴乱に詰めた。この胴乱で丸餅を運ぶのは、道中奉行の山川から言われたことだった。

「おまえたちの忠臣ぶりにはあたまが下がる。この餅搗きを殿が言いつけられたのも、いわばおまえたちの働きあってのことだ。わしの思慮が浅かったことを許してくれ」

山川は素直な物言いで、自分の至らなかったことを認めた。

「入り用なだけの丸餅を、胴乱に詰めて江戸まで持ち帰るがよい」

このたびの書状届けを受け持った飛脚全員で丸餅を食らい、福島関の無事通過と道中の安泰を念じてほしい……山川の言葉を、新五郎は胸を張って受け止めた。


はあん、ほう。はあん、ほう。

定まった息遣いで駆けながら、新五郎は仲間を順に思い浮かべた。

最初に駆けた韋駄天《いだてん》は上尾宿で、二番手を受け持ったきび蔵は深谷宿で、それぞれ四月六日から逗留《とうりゅう》を続けていた。

三番手の太一は高崎で、四番手の禎助は軽井沢で、昨日から居続けを始めていた。

明け六ツに塩名田宿を発《た》った新五郎は、昼前には粋蔵が逗留する下諏訪に行き着けるだろう。

粋蔵とともに祝い酒を酌《く》み交わしたあとは、連れ立って下諏訪宿にある鳩《はと》屋に向かう心積もりをしていた。

江戸と下諏訪とを伝書鳩で結んでいる鳩屋は、朝頼めばその日の夕方七ツに本郷浅田屋まで伝文を届けてくれるのだ。

明日には本郷で待つ玄蔵と伊兵衛にも、通行許可証を届けられたと伝わる。

四十七個の餅は、無事に道中奉行に手渡すことができた四月七日を意味し、忠臣蔵四十七士にもかけていた。

早く粋蔵と祝い酒を味わいたい！

駆ける足に力を注ぎ、調子を早めた。

はあん、ほうの息遣いも早くなった。

おれっちは前田様をお守りする、べんけい飛脚だぜ……。

胸の内でつぶやいたら、新五郎の顔に晴れがましさが浮かんでいた。

前方に移った朝日が新五郎の日焼け顔を、愛撫《あいぶ》するかのような優しさで照らしていた。

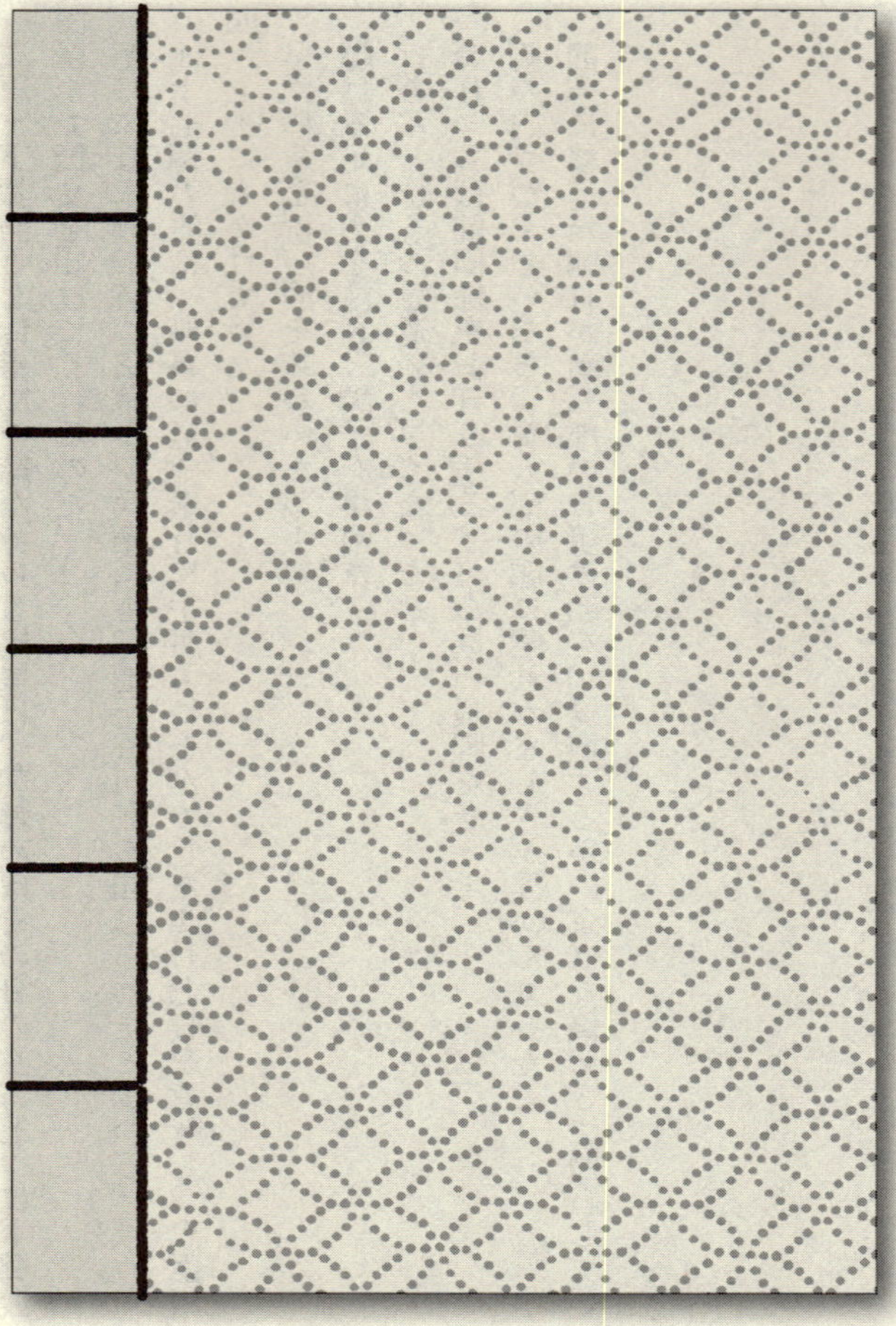

読み終えた浅田屋伊兵衛は背筋を伸ばし、目を閉じて腕組みをした。

「べんけいだったのか……」

こころの奥底からこぼれ出たつぶやきを、伊兵衛は漏らした。

ゆるい動きで腕組みを解いた伊兵衛は、手焙《てあぶ》りを引き寄せた。凍えた部屋を暖めるには、到底届かない小さな暖でしかない。

伊兵衛には気に入りだった。

殉職した弥吉から伝授された、凍えの乗り切り方だったからだ。

「指先さえ懐炉灰で温めれば、一歩を駆け出す気合いが生まれやす」

走り出したあとは、自分の力で身体《からだ》の芯《しん》から燃やすことができる。

「余計な温《ぬく》もりがあると、自分で自分の身体を燃やして暖まることができやせん」

弥吉から教わったことを、伊兵衛はいまも大事にしていた。

とりわけ「綱紀道中記」を読み終えたいまは、指先の温もりが身体に染《し》み通った。

ひとはだれしもが、義経に仕える弁慶。

このことに深く思い当たったとき、伊兵衛の想《おも》いは弥吉の殉職に向かった。

生まれながらにして伊兵衛には、浅田屋江戸店当主の座が決まっていた。

比類なき大身大名の御用を承る浅田屋。

当主の名に恥じぬよう、いかにあるべきか。

奉公人とは、いかに威厳を保ちつつ接するべきか。

伊兵衛はまだ幼名のころから、常に「浅田屋江戸店当主とは……」をしつけられてきた。

雪之丞が描いた「綱紀道中記」を読了したいま、伊兵衛は深く思い当たっていた。

ひとはだれしもが弁慶であるということに、自分は考えが及んでいなかった……と。

比類なき大身大名である前田家といえども、徳川家に二心《にしん》なく仕える身であった。

綱紀公はいついかなるときでも、このこころを忘れられたことはなかった。

それは老中首座の松平定信様とて同じだ。

あらゆる強権を発動なさる立場にあるお方であっても、徳川家に仕えておいでだ。

身分が高くなればなるほど、大きな力を手中に収められる。しかしその力は詰まるところ、仕える義経を守るために発揮すべき弁慶の力なのだ。

弥吉を筆頭とする三度飛脚たちは、あのとき見事に弁慶になりきっていた。

ゆえに義経を守るために身を挺《てい》することに、なんのためらいもなかった。

高い身分の座に就けば就くほど、守るべき義経は大きなものとなる。

定信様ほどのお方であれば、綱紀公がいかに八代将軍を大事に思っておられたかを、読み取られるに違いない……。

ここに思い至ったことで、深い息が漏れた。

前田様を一番の大事だと、もちろん伊兵衛は考えて振る舞ってきた。

しかし弁慶だと考えたことはなかった。

べんけい飛脚を配下にいただく我が身の幸せを、伊兵衛は手焙りにかざした指先で深く実感していた。

解説

縄田一男

本書『べんけい飛脚』は、「小説新潮」の二〇一〇年七月号から二〇一三年九月号にかけて連載された作品で、二〇一四年十月二十日、新潮社から刊行された長篇である。

この一巻は、先に新潮文庫に収録された『かんじき飛脚』(二〇〇五年十月、新潮社刊)に次ぐ、加賀藩御用の三度飛脚〈浅田屋〉の男たちを主人公にしたシリーズの第二弾である。

もちろん、本書のみでも、充分、楽しめるが、なるべくなら、第一弾『かんじき飛脚』から読まれた方が興味は倍加するだろう。しかし、ものぐさな方のために、一応、『かんじき飛脚』の内容と読みどころを記しておく。

従って、すぐ書店へ走ろうと考えている方は、この段は飛ばしていただきたい。

さて、『かんじき飛脚』で飛脚たちに下された御用は正に密命といってもいいものだった。

これには事情がある。加賀藩主前田治脩《はるなが》の内室は、現在、病中で臥《ふ》せっているが、そもそも江戸屋敷に留め置かれた大名の内室は、藩が幕府に差し出した人質も同然、故《ゆえ》に人質が病にある時はそれを届け出なければならない。しかしながら、これが判明すれば、幕府にさまざまに付け入る口実を与えることになり、たいていの場合、藩は箝口令《かんこうれい》を敷いてこれを秘匿《ひとく》した。が、それが漏れたのである。老中首座松平定信は、加賀藩と土佐藩（こちらにも同様の事情がある）に、新年祝賀の私的な招待状を送ったのだ。しかも内室同伴の――。内室の病状を恢復《かいふく》させるためには、国許《くにもと》から肝臓病の特効薬の密丸《みつがん》を取り寄せねばならない。期限は十日。加賀藩の命運は飛脚たちの足に託されたのである。道中は、雪や風ばかりではない、御庭番の急襲すら予想される危険なものとなった。

題名の〝かんじき〟とは、雪の中に足が深く入るのを避けるために、はきものの下につけるもので、多くは木の枝やつるを輪にして作られる。道中を急ぐ飛脚の俊助《しゅんすけ》は、父親の死に目に会うべく大波を潜《くぐ》り抜けようとする、おそめとその子亀太《かめた》を命懸けで救《たす》けるが、いま、俊助の足にあるかんじきはおそめと七歳の亀太が、その御礼に心をこめて作ったものだ。

飛脚の中からは裏切り者も出て、物語は後半、猟師たちの助力を得た飛脚たちと御庭番たちとの雪山での対決という、山本一力作品はじまって以来の活劇場面が展開することになる。が、興奮してページを繰りながら、読者は、その興奮が次第次第に理屈を超えた感動に転じていくのを実感するに違いない。何の根拠もない、が、それは、先に記したように、幼い亀太が心をこめて作ったかんじきをはく男が、そして、大勢の人間が江戸で無事に帰って来ることを祈っている男たちが、決して死ぬわけはない、いいいいいいいいいいいいいいいいいいい生きるために走っている男たちが何で死ぬことがあろう——という半ば確信にも似た思いなのである。そして凄《すご》いといえば、昨日まで顔も知らなかった男たちのために命を懸けられる猟師たちも凄い。こちらは彼らの、いつ死んでも悔いはない、——それくらいの証《あかし》を示しているのである。

正に極上の一巻だ。

さて、作家が作品を書くに当たっての誠実は、それぞれ異なるだろうが、山本一力にとってのそれは、登場人物の職業をきっちり書く、ということに他ならない。これは、一つには、現代では虚飾に奢《おご》って忘れ去られていること、すなわち、額に汗して働くことこそ、人間の最も美しい姿である、という認識を甦《よみが》えらせるためであり、いま一つには、労働を通して得られる喜びや哀《かな》しみこそ、人間が精一杯生きた証に他ならない、という思いがあるからではないのか。

そして〈浅田屋〉シリーズ第三弾である本書『べんけい飛脚』は、さらに第一作を上回る出来栄《できば》え——ここからは、本書の内容に立ち入るので、どんなものぐさな人でも、是非とも、本文の方に移っていただきたいと思うのだが、——今回の作品は二部仕立てになっている。

再び登場する松平定信との仲が剣呑《けんのん》になりかかっている加賀藩の意を酌《く》んだ道具屋が、江戸と金沢とを結ぶ飛脚御用を請け負っている〈浅田屋〉に、秘巻『享保便覧《きょうほうびんらん》』を見せるところから物語はスタートする。

それは享保二年のこと——大規模な鉄砲隊を伴って、江戸から帰国した加賀藩の一行が、何故《なにゆえ》、何のお咎《とが》めもなくすんだのかを記したもの。

〈浅田屋〉の主《あるじ》である伊兵衛《いへえ》は、この記録を、松平定信に見せる極上の読物に仕立て、加賀藩が公儀には何の二心も抱いていないことを証明しようと思い立つ。

そこで伊兵衛が白羽の矢を立てたのが、うだつの上らぬ戯作者雪之丞《げさくしゃゆきのじょう》だ。彼はこの仕事の取材をしていく中で、さまざまな職業に従事する男たちの矜持《きょうじ》を知り、成長し、苦悶《くもん》の中から立ち上がる。

ここまででも、充分、感動的な物語なのだが、第二部は、その雪之丞が書いた、七十四年前、いかにして浅田屋の男たちが、老中と一触即発の加賀藩を救ったか、という物語が展開する。

そして題名の〝べんけい〟の意味を知ったとき、あなたは涙が流れてとまらなくなるだろう。

私は、本書の単行本が刊行されたとき、ちょうど二ヶ月遅れで書評をしたので、今年の読書納めに除夜の鐘でも聞き乍《なが》らぜひ、と記したのを憶《おぼ》えている。

本当だったら、ここで解説を終えてもいいのだが、今回、筆をとるに当たって、何かの参考になるものはないかと思って、第一作『かんじき飛脚』の新潮文庫版を編集部から送ってもらった。

そして巻末の解説者の名前を見たとき、私は思わず絶句してしまった。

そこには、
児玉清
と書いてあるではないか。

児玉《こだま》さんとはNHKのBS週刊ブックレビューで度々御一緒したが、そればかりではない——児玉さんの晩年、児玉さんと山本一力さんと私は、偶々《たまたま》、三人で一緒に仕事をすることが多かった。共著も出したし、共編のアンソロジーもつくった。でもこの三人の中で児玉さんだけがもういないことは、読者の方々も御存じであろう。

そして『かんじき飛脚』巻末の解説は、作家山本一力の誠実に児玉清《きよし》が誠実をもって応《こた》えた、すばらしいものであった。

では、お前の誠実とは何だ？

私は突然、二人の男からそう問いかけられたような気がして立ち往生してしまった。飛脚の仕事は、ただ単にモノを運ぶだけではない——そのモノにまつわる人々の思いや運命すら運ぶ。

ならば私の誠実は、山本作品の誠実を児玉さんから引き継いで語ることだ。

何だか眼頭が熱くなってきたので、このへんで解説の筆をおかせてもらうことにする。

（平成二十九年七月、文芸評論家）

この作品は平成二十六年十月新潮社より刊行された。

山本周五郎著
青べか物語
うらぶれた漁師町浦粕に住みついた〝私〟の眼を通して、独特の狡猾さ、愉快さ、質朴さをもつ住人たちの生活ぶりを巧みな筆で捉える。

山本周五郎著
赤ひげ診療譚
小石川養生所の〝赤ひげ〟と呼ばれる医師と、見習い医師との魂のふれ合いを中心に、貧しさと病苦の中でも逞しい江戸庶民の姿を描く。

山本周五郎著
さぶ
ぐずでお人好しのさぶ、生一本な性格ゆえに不幸な境遇に落ちた栄二。二人の心温まる友情を描いて〝人間の真実とは何か〟を探る。

藤沢周平著
竹光始末
糊口をしのぐために刀を売り、竹光を腰に仕官の条件である上意討へと向う豪気な男。表題作の他、武士の宿命を描いた傑作小説5編。

藤沢周平著
橋ものがたり
様々な人間が日毎行き交う江戸の橋を舞台に演じられる、出会いと別れ。男女の喜怒哀楽の表情を瑞々しい筆致に描く傑作時代小説。

藤沢周平著
たそがれ清兵衛
その風体性格ゆえに、ふだんは侮られがちな侍たちの、意外な活躍！　表題作はじめ全8編を収める、痛快で情味あふれる異色連作集。

池波正太郎著

おせん

あくまでも男が中心の江戸の街。その陰にあって欲望に翻弄される女たちの哀歓を見事にとらえた短編全13編を収める。

池波正太郎著

あほうがらす

人間のふしぎさ、運命のおそろしさ……市井もの、剣豪もの、武士道ものなど、著者の多彩な小説世界の粋を精選した11編収録。

池波正太郎著

谷中・首ふり坂

初めて連れていかれた茶屋の女に魅せられて武士の身分を捨てる男を描く表題作など、本書初収録の3編を含む文庫オリジナル短編集。

井上靖著

敦煌（とんこう）

毎日芸術賞受賞

無数の宝典をその砂中に秘した辺境の要衝の町敦煌——西域に惹かれた一人の若者のあとを追いながら、中国の秘史を綴る歴史大作。

井上靖著

風林火山

知略縦横の軍師として信玄に仕える山本勘助が、秘かに慕う信玄の側室由布姫。風林火山の旗のもと、川中島の合戦は目前に迫る……。

井上靖著

蒼き狼

全蒙古を統一し、ヨーロッパへの大遠征をも企てたアジアの英雄チンギスカン。闘争に明け暮れた彼のあくなき征服欲の秘密を探る。

遠藤周作著
沈黙
谷崎潤一郎賞受賞
殉教を遂げるキリシタン信徒と棄教を迫られるポルトガル司祭。神の存在、背教の心理、東洋と西洋の思想的断絶等を追求した問題作。

遠藤周作著
王国への道
―山田長政―
シャム(タイ)の古都で暗躍した山田長政と、切支丹の冒険家・ペドロ岐部――二人の生き方を通して、日本人とは何かを探る長編。

遠藤周作著
侍
野間文芸賞受賞
藩主の命を受け、海を渡った遣欧使節「侍」。政治の渦に巻きこまれ、歴史の闇に消えていった男の生を通して人生と信仰の意味を問う。

司馬遼太郎著
新史 太閤記
(上・下)
日本史上、最もたくみに人の心を捉えた〝人蕩し〟の天才、豊臣秀吉の生涯を、冷徹な史眼と新鮮な感覚で描く最も現代的な太閤記。

司馬遼太郎著
関ヶ原
(上・中・下)
古今最大の戦闘となった天下分け目の決戦の過程を描いて、家康・三成の権謀の渦中で命運を賭した戦国諸雄の人間像を浮彫りにする。

司馬遼太郎著
城塞
(上・中・下)
秀頼、淀殿を挑発して開戦を迫る家康。大坂冬ノ陣、夏ノ陣を最後に陥落してゆく巨城の運命に託して豊臣家滅亡の人間悲劇を描く。

吉村昭著

長英逃亡（上・下）

幕府の鎖国政策を批判して終身禁固となった当代一の蘭学者・高野長英は獄舎に放火させて脱獄。六年半にわたって全国を逃げのびる。

吉村昭著

桜田門外ノ変（上・下）

幕政改革から倒幕へ――。尊王攘夷運動の一大転機となった井伊大老暗殺事件を、水戸薩摩両藩十八人の襲撃者の側から描く歴史大作。

吉村昭著

生麦事件（上・下）

薩摩の大名行列に乱入した英国人が斬殺された――攘夷の潮流を変えた生麦事件を軸に激動の五年を圧倒的なダイナミズムで活写する。

隆慶一郎著

吉原御免状

裏柳生の忍者群が狙う「神君御免状」の謎とは。色里に跳梁する闇の軍団に、青年剣士松永誠一郎の剣が舞う、大型剣豪作家初の長編。

隆慶一郎著

かくれさと苦《く》界《がい》行《こう》

徳川家康から与えられた「神君御免状」をめぐる争いに勝った松永誠一郎に、一度は敗れた裏柳生の総帥・柳生義仙の邪剣が再び迫る。

隆慶一郎著

影武者徳川家康（上・中・下）

家康は関ヶ原で暗殺された！　余儀なく家康として生きた男と権力に憑かれた秀忠の、風魔衆、裏柳生を交えた凄絶な暗闘が始まった。

北原亞以子著
祭りの日 慶次郎縁側日記
江戸の華やぎは闇への入り口か。夢を汚す者らから若者を救う為、慶次郎は起つ。江戸の哀歓を今に伝える珠玉のシリーズ最新刊！

北原亞以子著
雨の底 慶次郎縁側日記
恋に破れた貧乏娘に迫る男。許されぬ過去に苦しむ女たち。汚れた思惑の陰で涙を流す人々に元同心「仏の慶次郎」は今日も寄添う。

北原亞以子著
乗合船 慶次郎縁側日記
婿養子急襲の報に元同心慶次郎の心は乱れ、思いは若き日に飛ぶ。執念の絶筆「冥きより」収録の傑作江戸人情シリーズ、堂々の最終巻。

宇江佐真理著
春風ぞ吹く —代書屋五郎太参る—
25歳、無役。目標・学問吟味突破、御番入り——。いまいち野心に欠けるが、いい奴な五郎太の恋と学問の行方。情味溢れ、爽やかな連作集。

宇江佐真理著
深川にゃんにゃん横丁
長屋が並ぶ、お江戸深川にゃんにゃん横丁で繰り広げられる出会いと別れ。下町の人情と愛らしい猫が魅力の心温まる時代小説。

宇江佐真理著
古手屋喜十 為事覚え
浅草のはずれで古着屋を営む喜十。嫌々ながら北町奉行所同心の手助けをする破目に——人情捕物帳の新シリーズ、ついにスタート！

宮部みゆき著

本所深川ふしぎ草紙

吉川英治文学新人賞受賞

深川七不思議を題材に、下町の人情の機微とささやかな日々の哀歓をミステリー仕立てで描く七編。宮部みゆきワールド時代小説篇。

宮部みゆき著

幻色江戸ごよみ

江戸の市井を生きる人びとの哀歓と、巷の怪異を四季の移り変わりと共にたどる。〝時代小説作家〟宮部みゆきが新境地を開いた12編。

宮部みゆき著

あかんべえ（上・下）

深川の「ふね屋」で起きた怪異騒動。なぜか娘のおりんにしか、亡者の姿は見えなかった。少女と亡者の交流に心温まる感動の時代長編。

畠中恵著

しゃばけ

日本ファンタジーノベル大賞優秀賞受賞

大店の若だんな一太郎は、めっぽう体が弱い。なのに猟奇事件に巻き込まれ、仲間の妖怪と解決に乗り出すことに。大江戸人情捕物帖。

畠中恵著

ぬしさまへ

毒饅頭に泣く布団。おまけに手代の仁吉に恋人だって？　病弱若だんな一太郎の周りは妖怪がいっぱい。ついでに難事件もめいっぱい。

畠中恵著

ねこのばば

あの一太郎が、お代わりだって?!　福の神のお陰か、それとも…。病弱若だんなと妖怪たちの「しゃばけ」シリーズ第三弾、全五篇。

西條奈加著
善人長屋
差配も店子も情に厚いと評判の長屋。実は裏稼業を持つ悪党ばかりが住んでいる。そこへ善人ひとりが飛び込んで……。本格時代小説。

西條奈加著
閻魔の世直し
―善人長屋―
天誅を気取り、裏社会の頭衆を血祭りに上げる「閻魔組」。善人長屋の面々は裏稼業の技を尽し、その正体を暴けるか。本格時代小説。

西條奈加著
上野池之端
鱗や繁盛記
「鱗や」は料理茶屋とは名ばかりの三流店。名店と呼ばれた昔を取り戻すため、お末の奮闘が始まる。美味絶佳の人情時代小説。

塩野七生著
チェーザレ・ボルジア
あるいは優雅なる冷酷
毎日出版文化賞受賞
ルネサンス期、初めてイタリア統一の野望をいだいた一人の若者――〈毒を盛る男〉としてその名を歴史に残した男の栄光と悲劇。

塩野七生著
コンスタンティノープルの陥落
一千年余りもの間独自の文化を誇った古都も、トルコ軍の攻撃の前についに最期の時を迎えた――。甘美でスリリングな歴史絵巻。

塩野七生著
ロードス島攻防記
一五二二年、トルコ帝国は遂に「喉元のトゲ」ロードス島の攻略を開始した。島を守る騎士団との壮烈な攻防戦を描く歴史絵巻第二弾。

三浦綾子著

細川ガラシャ夫人（上・下）

戦乱の世にあって、信仰と貞節に殉じた悲劇の女細川ガラシャ夫人。清らかにして熾烈なその生涯を描き出す、著者初の歴史小説。

三浦綾子著

千利休とその妻たち（上・下）

武力がすべてを支配した戦国時代、茶の湯に生涯を捧げた千利休。信仰に生きたその妻おりきとの清らかな愛を描く感動の歴史ロマン。

和田竜著

忍びの国

時は戦国。伊賀攻略を狙う織田信雄軍。迎え撃つ伊賀忍び団。知略と武力の激突。圧倒的スリルと迫力の歴史エンターテインメント。

和田竜著

村上海賊の娘（一〜四）

本屋大賞・親鸞賞・吉川英治文学新人賞受賞

信長vs.本願寺、睨み合いが続く難波海に敢然と向かう娘がいた。壮絶な陸海の戦いが幕を開ける。木津川合戦の史実に基づく歴史巨編。

青山文平著

伊賀の残光

旧友が殺された。伊賀衆の老武士は友の死を探る内、裏の隠密、伊賀衆再興、大火の気配を知る。老いて怯まず、江戸に澱む闇を斬る。

青山文平著

春山入り

山本周五郎、藤沢周平を継ぐ正統派にして、全く新しい直木賞作家が、おのれの人生を掴もうともがき続ける侍を描く本格時代小説。

北方謙三著
武王の門（上・下）
後醍醐天皇の皇子・懐良は、九州征討と統一をめざす。その悲願の先にあるものは——。男の夢と友情を描いた、著者初の歴史長編。

北方謙三著
陽炎の旗
—続・武王の門—
日本の〈帝〉たらんと野望に燃える三代将軍・義満。その野望を砕き、南北朝の統一という夢を追った男たちの戦いを描く歴史小説巨編。

浅田次郎著
憑（つきがみ）神
別所彦四郎は、文武に秀でながら、出世に縁のない貧乏侍。つい、神頼みをしてみたが、あらわれたのは、神は神でも貧乏神だった！

浅田次郎著
五郎治殿御始末
廃刀令、廃藩置県、仇討ち禁止——。江戸から明治へ、己の始末をつけ、時代の垣根を乗り越えて生きてゆく侍たち。感涙の全6編。

安部龍太郎著
信長燃ゆ（上・下）
朝廷の禁忌に触れた信長に、前関白・近衛前久の陰謀が襲いかかる。本能寺の変に至る一年半を大胆な筆致に凝縮させた長編歴史小説。

安部龍太郎著
下天を謀る（上・下）
「その日を死に番と心得るべし」との覚悟で合戦を生き抜いた藤堂高虎。「戦国最強」の誉れ高い武将の人生を描いた本格歴史小説。

べんけい飛脚《ひきゃく》

新潮文庫　　や－54－7

平成二十九年十月一日発行

著者　山《やま》本《もと》一《いち》力《りき》

発行者　佐藤隆信

発行所　株式会社新潮社

郵便番号　一六二―八七一一
東京都新宿区矢来町七一
電話　編集部(〇三)三二六六―五四四〇
　　　読者係(〇三)三二六六―五一一一
http://www.shinchosha.co.jp

価格はカバーに表示してあります。

乱丁・落丁本は、ご面倒ですが小社読者係宛ご送付ください。送料小社負担にてお取替えいたします。

印刷・大日本印刷株式会社　製本・株式会社大進堂

ISBN978-4-10-121347-7 C0193